문학작품
시리즈
제5권

크리스마스 이브

크리스마스 이브

초판 1쇄 인쇄 2020년 5월 20일
초판 1쇄 발행 2020년 5월 23일
옮 긴 이 김승일(金勝一)·윤선미
발 행 인 김승일(金勝一)
출 판 사 경지출판사
출판등록 제 2015-000026호

잘못된 책은 바꿔드립니다.
가격은 표지 뒷면에 있습니다.

ISBN 979-11-90159-40-1
　　　979-11-90159-39-5 (세트)

판매 및 공급처 경지출판사

주소: 서울시 도봉구 도봉로117길 5-14　**Tel:** 02-2268-9410　**Fax:** 0502-989-9415
블로그: https://blog.naver.com/jojojo4

이 책은 경지출판사가 하이툰(海豚)출판사와의 독점계약으로 본사의 서면 허락 없이는 어떠한 형태나 수단으로도 이 책의 내용을 이용하지 못합니다.

※ 이 도서의 국립중앙도서관 출판시 도서목록(CIP)은 서지정보유통지원시스템 홈페이지(http://seoji.nl.go.kr)와 국가자료공동목록시스템에서 이용하실 수 있습니다.

문학작품
시리즈
제5권

크리스마스 이브

황뻬이자(黃蓓佳) 지음 | 김승일·윤선미 옮김

경지출판사
Korea Wisdom China

머리말

커간다는 것은 쉽지 않은 일이다

모든 어린이들은 커가기 마련이다. 어떻게 커 가는가? 어떠한 형태로 커 가는가? 이것이 나의 관심사이다. 2009년에 나는 장편 시리즈 『5명의 여덟 살 배기』를 내놓았다. 그 시리즈 소설에서는 중국의 최근 100년 간 서로 다른 시대에 처한 5명의 8살짜리 어린이의 성장 이야기를 다루었다. 이 『크리스마스이브』는 바로 그 장편 시리즈의 마지막 한 권이다.

'00후'(00後, 2000년 후 태어난 세대)의 어린이인 런샤오샤오(任小小)는 이 장편 시리즈 중 1924년의 메이샹(梅香), 1944년의 커지옌(克儉), 1967년의 샤오미(小米), 1982년의 아이완(艾晚)과 비교할 때 생명의 격차가 갑자기 커졌다. 그의 식견, 그가 매일 아침 일어나 생각하는 문제, 그의 대인관계를 처리하는 능력, 어리지만 어른스러운 성격, 어른들 사이에서 관계처리를 잘하는 여유, 사회의 만사만물에 대한 이해 정도는 정말 놀라울 정도로 성숙된 것이 영락없는 애어른이다. 그의 '80후'(1980년 이후) 부모로서의 제멋대로와 미성숙이 '00후'인 런샤오샤오를 너무 일찍 철들게 만든 것이다.

우리 주변의 아이들을 자세히 살펴보면, 그들의 몸에서 순진과 감동 등 많은 것들이 사라지고 점점 현실적이고 계산에 밝으며 폐쇄적이고 이기적이 되어버린 것을 발견할 수 있다. 왜냐하면 그들은 전자제품을 마주하는 시간이 사람과 상대하는 시간을 훨씬 많기 때문이다. 기계는 그들을 똑똑하게 만들지만 또 그들을 차갑게도 만든다. 예를 들면, 런샤오샤오 이전 세대 어린이들과 비교할 때, 메이샹의 순진함, 커지옌의 자유로운 야성, 샤오미의 너그러움, 아이완의 착함과 인내심이 런샤오샤오에서는 찾아보기 어렵다. 나는 이 세계가 너무 빨리 발전하여 꽃망울이 잉태되기도 전에 이미 꽃이 피어나고 아이들이 어린 시절을 뛰어 넘어 직접 어른이 되어 버릴까봐 늘 걱정하고 있다. 커간다는 것은 사실 아주 쉽지 않은 일이다. 즐거운 만큼 힘들다. 커가는 과정에는 비밀도 많고 고민도 많고 막막함도 많고 환멸도 많다. 하나하나 경험해보고 체험해본 뒤에야 비로소 진정으로 인생의 문턱을 넘어 먼 곳의 반짝이는 빛을 볼 수 있다.

이 책 속의 8살짜리 런샤오샤오가 번잡하고 시끄러운 사회에서 조용하게 커가는 자유를 누릴 수 있기를 바란다.

CONTENTS

**Part
1**

아빠는 '방콕남'

1
아빠는 '방콕남'

  나의 본명은 런샤오샤오(任小小)이다. 그러나 학교에서는 촌스러운 별명이 따로 있다. 바로 '꼬마 마님'이다. 처음에 애들이 이런 여성스러운 별명을 나에게 붙여 주었을 때, 나는 화가 나고 분해서 물불을 가리지 않고 그 애들과 싸운 적도 몇 번 있었다. 그러나 소용없었다. 나의 친구들은 여전히 시실거리며 나를 수치스럽게 하는 그 별명을 노래하듯 입에 달고 다녔다. 국장직에서 퇴직한 할아버지께서 국장이 하는 어투로 이렇게 타일러주셨다. "어떤 일이 발생하는 것을 막을 수 없다면, 가장 좋은 방법은 그대로 내버려 두고 상관하지 않는 것이란다." 나는 할아버지의 말을 따랐다. 누군가가 내 별명을 부를 때마다 나는 아주 '할리우드'식으로 어깨를 으쓱하면서 오만하기 그지없는 웃음을 던져주었다. 그랬더니 친구들이 깜짝 놀라는 것이었다. 그들은 속으로 "왜 평소와는 반응이 다은 거지?"하고 생각하면서 오히려 불안해하였다.

  실생활에서 나는 진짜로 나와 아빠 단 둘만의 가정을 돌보고 있다. 예를 들어, 오후 수업이 끝난 뒤 선생님은 방과 후 수업을 하고 싶거나 학교에서 숙제를 하고 싶은 학생은 남으라고 귀띔하시곤 한다. 그때면 나는 전 반 아이들의 주목을 받으며 토끼처럼 튀어 일어나 미리 정리해둔 책가방을 들고 급급히 의자를 젖히고 교실 문을 박차고 뛰쳐나가곤 한다. 등 뒤에서는 키득키득하고 애들이 비웃는 소리가 들려도 나는 단호하게 뒤도 돌아보지 않고 퉁퉁거리며 단숨에 계단을 뛰어내려 운동장을 가로질러 깡충깡충 뛰어노는 1학년 꼬마들 틈에 끼어 학교 대문을 벗어나곤 한다.

어쩌면 이렇게 생각하는 사람도 있을 것이다. 우리 아빠가 불치병에 걸렸는가? 아니면 장애인인가? 왜 8살짜리 아이의 보살핌이 필요하지?

그건 완전 잘못 생각하고 있는 것이다.

우리 아빠는 1980년 1월 1일생으로 올해로 만 서른이다. 너무 젊지 않은가? 한번은 아빠가 나를 데리고 네티즌 모임에 나갔는데 사람들이 나를 보더니 깜짝 놀라는 것이었다. "아이고, 런이(任意)씨 이렇게 어린 아우가 있었어! 자네 아버님이 참 대단하시네, 기력이 왕성하신가봐!" 아빠는 얼굴이 빨개져서 부끄러워하면서 아무 말도 못하고 그저 씩 웃었을 뿐이다. 묵인한 셈이다. 그 이후로 나는 아예 아빠를 "형"이라고 불렀다. 아빠도 싱글벙글 웃으며 큰 소리로 대답하곤 하였다. 그 호칭이 썩 마음에 들어 즐기는 눈치였다.

이로 보아 우리 아빠는 사실 일찍 아빠가 되는 것이 달갑지 않았던 것 같다. 우리 반 여학생들은 모두 우리 아빠가 너무 잘생겼다고 하였다. 키 180에 하얀 피부, 네모난 얼굴, 우뚝 솟은 코, 짙은 눈썹, 특히 속눈썹이 검고도 촘촘한 것이 마치 미국 드라마에 나오는 유명 배우 같았다. 아빠의 볼 아래쪽에는 튼튼한 깨물근(음식물을 씹을 때 작용하는 가장 강력한 근육 가운데 하나 – 역자 주)이 있는데, 그가 화를 내고 성질을 낼 때면 대추만한 깨물근이 아래위로 움직이는데 마치 피부 아래서 쥐가 이리저리 뛰어다니는 것 같다. 그러나 그런 경우는 별로 많지 않다. 왜냐하면 대부분의 경우 아빠는 흐리멍덩하고 해이하며 소극적이기 때문이다. 그는 밖에 나가지 않고 늘 집에 박혀 있기를 좋아한다. 여름에는 웃통을 벗은 채 비치팬츠만 달랑 걸치고 하늘색 슬리퍼를 끌고 다닌다. 건사하기가 귀찮다며 머리카락을 박박 다 밀어버리곤 한다. 겨울에는 면 파자마를 두르고 '키티 고양이' 무늬가 있는 털 슬리퍼를 신고 있다. 머리카락은 한 치 길이로 잘랐지만 가로세로 제멋대로 헝클어져 있다. '사순' 브랜드의 남성용 샴푸 한 병은 2년이나 썼는데도 겨우 절반밖에 안 내려갔다. 우리 아빠와 같은 젊은이들을 신문에서는 '방콕남'이라고 부른다. 너무 형상적인 이름인 것 같다. 그 신문을 아빠에게 보여주었더니 아빠는 힐끗 보더니 목소리를 길게 끌면서 말했다.

"이건 내 닉네임 중 하나인데 어떻게 신문에 올랐지?"

어쨌든 누가 창조한 단어인지 우리 아빠 같은 사람들에게 딱 맞는 표현이다. 그러니 내가 어찌 방과 후 집으로 돌아가지 않을 수 있으며, 어찌 아빠를 돌보는데 신경을 쓰지 않을 수 있겠는가? 만약 아빠에게 저녁 식사를 사다주지 않으면 그는 배달음식을 시키거나 아니면 감자 칩 두 통으로 끼니를 때우기가 일수다. 나는 배달음식을 질리게 먹었다. 배달시켜 먹는 도시락은 항상 닭다리와 돼지갈비인데 누렇고 쪼글쪼글한 것이 모양새가 아주 의심스럽다. 맥도날드의 소고기 햄버거는 이젠 구역질이 난다. 볶음면의 기름에서는 조개 냄새가 난다. 더군다나 신문과 TV에서 모두 맥도날드는 정크푸드[01]이고, 배달음식을 너무 많이 먹으면 지방간염에 걸릴 수 있다고 보도하였다. 그렇다고 나는 아빠가 다른 집 엄마들처럼 단정하게 차려 입고 시장에 가서 신선한 야채와 고기를 사다가 씻고, 삶고, 볶고, 튀겨 따끈따끈한 맛있는 음식을 한 상 차려놓고 가족들을 기다릴 것이라는 기대는 할 수 없다. 나에게 그런 복을 받을 차례가 올리가 없기 때문이다. 나는 매일 방과 후 채소시장 옆의 작은 음식점에 들러 찐 빵이나 사오마이(燒賣, 찐 만두의 일종), 어떤 때는 시루떡과 같은 주식을 사가지고 집에 가서 전자레인지에 넣고 2분 정도 가열한다. 그리고 냉장고에서 주방 밀폐 용기를 꺼내 마찬가지로 전자레인지에 넣고 가열한다. 주방 밀폐용기에는 메이깐채(梅幹菜) 고기볶음이나 갈치졸임(紅燒帶魚, 갈치를 기름과 설탕을 넣어 살짝 볶고 간장을 넣어 익혀 검 붉은색이 되게 한 중국요리 – 역자 주), 돼지간 졸임(鹵豬肝), 오징어볶음과 같은 음식이 들어있다. 그 음식들은 외할머니랑 새 할머니가 만들어 번갈아가며 우리 집에 가져다준 것이다. 그들은 깨끗하게 씻은 애 배추(얼갈이 만들 때 쓰는 배추 속고갱이 – 역자 주), 시금치, 토마토, 수세미외, 쑥갓… 등도 함께 가져와 냉장고에 넣어주곤 하였다. 그러면 아빠는 아주 손쉽게 이런 식재료를 이용하여 계란 한두 개를 깨 넣고 맛은 별로지만 영양이 충분한 국을 만들어 내곤 했다. 나는 작은 음식점의 모든 밀가루 간식 가격을 통달하였다. 고기 속이든 찐빵 1원 20전, 야채 속이 든 찐빵 60전, 사오마이 1원, 시루떡 50전,

---

01) 정크푸드 : 정크는 쓰레기·넝마를 의미하며 불필요한 것에 대한 총칭이다. 따라서 정크 푸드란 고칼로리에 영양가가 없는 식품을 뜻하며, 햄버거·피자 같은 즉석식품이 이에 속한다. 속어로 정크 푸드는 헤로인(heroin)과 같은 마약을 가리키는 경우도 있다. 잡동사니 식품을 과다 섭취하여 생긴 비만이나 각기병, 영양실조와 같은 질병을 가리켜 정크 푸드 증후군이라고 한다.

팥빵 70전. 그리고 나는 또 채소시장의 모든 야채와 생선, 고기 가격도 잘 알고 있다. 붕어 7원 80전, 토마토 1원 60전, 풋고추 3원 30전, 뒷다리 살… 그러나 나는 야채는 사본 적이 없다. 그저 지나가면서 습관적으로 가격표를 힐끗 보았을 뿐이다. 나는 내가 몇 살 더 자라면 언젠가는 외할머니랑 새 할머니 대신 아빠를 위해 채소를 사다 씻어서 요리하는 임무를 맡을 것이라고 생각하고 있다.

　그리고 보면 친구들이 나를 '꼬마 마님'이라고 부르는 것도 사실 아주 적절한 표현이라고도 할 수 있다. 조롱기가 섞이긴 하였지만 터무니없는 비방만은 아니었던 것이다. 다만 내가 받아들이지 못하는 것은 자존심 때문이었다. 참고로 아빠는 도시의 최저생활 지원 대상은 아니다. 그렇다고 할아버지의 경제적 도움도 필요 없다. 오히려 집밖에 나가지 않고 집에만 박혀 있는 우리 아빠지만 자신과 나를 먹여 살릴 수 있는 능력은 있다. 아빠의 직업에 대해 말하면 모두가 곧바로 알아차릴 수 있을 것이다. 그는 인터넷 대필 작가이다. 다른 사람의 블로그를 관리해주고 돈을 번다. 블로그 주인은 대다수가 유명 인사들인데, 연예계 스타, 스포츠 스타, TV 유명 방송인, 증권 분석가, 건강 고문… 등 다양한 분야의 명인들이다. 그들은 사실 모두 바쁜 사람들이다. 오늘은 북경으로, 내일은 상해로 "공중을 날아다니는 사람들"로 자신의 블로그를 업데이트할 시간적 여유가 전혀 없는 사람들이다. 또 어떤 사람들은 그럴 능력조차 없기도 했다. 예를 들면 스포츠 스타나 연예계 스타의 경우 그들이 스포츠나 연예활동은 할 수 있어도 블로그에서 인생을 논하고, 느낀 바에 대해 이야기하며, 국내외 견문에 대해 이야기하든지, 라이벌에 대해 교묘하게 빗대어 욕하라고 하면, 그들은 써낼 수 있는 능력이 없다. 쓸 수 있다 하더라도 그럴 인내심이 없을 것이다. 그래서 우리 아빠와 같은 중문과 출신의 '예비 작가'를 고용해야만 한다. 시간도 많고, 어느 정도 정서적 느낌도 갖추었으며, 적당히 식견도 갖추었고, 재치 있고 깔끔한 필력도 갖추었으니 며칠에 한 번씩 그 명인들을 대필하여 블로그를 써 올려 네티즌들에게 경이로움과 만족감을 주면 되는 것이다.

아빠는 비정기적으로 다섯 명에서 열 명에 이르는 우량 고객을 보유하고 있다. 이들 돈 많고 어리석은 사람들이 우리 아빠의 그런 잔잔한 정서가 흐르는 블로그 게시물을 원한다. 나는 친구들 앞에서 자랑할 거리라도 만들어보려고 고객이 어떤 유명한 스타들인지 아빠에게 빙빙 둘러서 물어본 적이 있었다. 그런데 아빠는 끝내 한 글자도 털어놓지 않았다. 그러면서 그는 이 또한 '직업 도덕'이고 인품 문제라고 하였다. 마치 의사가 환자의 병에 대해 발설할 수 없고, 변호사가 위탁인의 문서를 흘릴 수 없는 것과 같다고 하였다. 아빠는 자신이 이 방면에서 훌륭해 신용이 있기 때문에 그의 고객이 끊이지 않는 것이며, 그래서 나를 먹여 살리고 공부시킬 능력이 있는 것이라고 말했다.

아빠가 돈을 가장 많이 벌었던 달에는 은행카드에 1만 원이 넘게 입금되기도 했다. 정말 대단하지 않은가?

물론, 매 한 편의 블로그 게시물을 쓸 때마다 그는 자신을 '블로그 주인'으로 변신시켜 다양한 풍격의 말을 해야 하기 때문에 이 또한 쉬운 일은 아니라고 아빠가 말하곤 하였다. 축구 스타는 축구 스타의 어투로 말하고 배우는 배우의 기질을 살려야 하기 때문이었다. 우스운 꼴을 보여서도 안 되고, 망신을 당해서도 안 되며, 글을 미미하게 재미없게 써서는 더더욱 안 되었다. 하루 중에서 대부분의 시간, 특히 깊은 밤이면 아빠는 눈빛이 살아나 컴퓨터 앞에 단정하게 앉아서 타닥타닥 키보드를 두드린다. 글을 쓰기도 하고 다른 사람들이 어떻게 썼는지를 보기도 한다. 또 임시로 '충전'도 해야 한다. 고객과 관련된 여러 업종의 지식을 보충하고 네티즌들의 혹평을 포함해 시사 정치, 찌라시, 사회의 핫이슈 등에 주의를 기울여야 한다. 때문에 매일 아침, 내가 알람소리에 깨어나 학교에 갈 때쯤 컴퓨터 앞에서 철수하는 아빠는 항상 두 눈이 빨갛게 충혈 되어 있었고, 수염이 텁수룩하며 목을 축 늘어뜨린 것이 "담장을 오르지 못하는 똥개(癲狗扶不上墻頭)"와 같았다. 그러니 나는 할 수 없이 역할을 바꿔 아빠의 '형'이 되어주는 것이다. 아빠를 도와 우유를 데우고 빵을 구어 그가 몽땅 먹는 것을 지켜보다가 침대에 데려다 눕혀 자게 한다.

그렇게 잠든 아빠는 내가 오후에 수업이 끝나 집에 올 때까지 잔다. 아빠가 잠을 충분히 자야만이 비로소 밤중에 혈기왕성하게 황당하고 쓸데없는 글을 긁적거릴 수 있는 것이다. 글을 쓸 때의 아빠는 얼굴이 불그레하고 윤이 나며 이마에서 빛이 나고 코끝에는 땀방울이 잔잔히 돋아나있으며, 두 다리에 힘을 주고 허리를 꼿꼿이 세우고 있는 모습이 마치 땅에서 막 뽑아낸 싱싱한 미나리 같았다.

나의 엄마 이름은 상위팅(桑雨婷)이다. 아빠는 엄마를 '뚱뚱이'라고 부르기를 좋아한다. 사실 엄마는 전혀 뚱뚱하지가 않다. 뚱뚱하지 않을 뿐만 아니라 오히려 날씬하다. 키가 늘씬하고 다리도 길며 걸을 때는 발끝이 한 일자로 되어 처음 보는 사람들은 그가 모델인 줄 알 정도다. 그렇게 예쁜 엄마가 왜 '뚱뚱이'일까? 나는 아빠가 자기 취향에 따라 임마를 '익마화'하였다고 생각한다. 어쩌면 아빠가 환상하는 좋은 여자는 뚱뚱하고 인자하며 앞치마를 두르고 집안일을 후딱 해치우는 바람에 온몸에서 따뜻한 젖 냄새가 풍기는 여자일지도 모른다.

아빠는 컴퓨터에 저장되어 있는 그들의 옛 사진을 볼 때마다 자주 이런 말을 하였다. "뚱뚱이가 그때는 참 순진했었는데…" 때로는 "뚱뚱이가 그때는 울보였었지. 주사 맞으면서도 울었거든. 그런데 지금은 울지 않는단 말이야. 울지 않는 여자가 제일 무서워."라고 말하곤 하였다.

그들은 둘 다 고향이 칭양(靑陽)으로 동향 사람이고 또한 동창이다. 대학교 4학년 때에 둘은 동거를 시작하였는데 실수로 내가 생긴 것이다. 아빠는 그 부끄러운 일에 대해 설명할 때마다 "소년과 소녀였거든…"이라고 거듭 강조하곤 했다. 물론 아빠가 책임을 덜려고 하는 말이었다. 22살이 어떻게 소년소녀란 말인가? 무슨 일에서나 앞뒤를 재지 않고 일단 저지르고 보는 아빠의 충동적인 성미 탓일 것이다.

임신한 엄마는 너무 무서워 외할머니에게 감히 말하지도 못하고, 혼자 셋방 집에 숨어서 울기만 하였다. 엄마가 아빠에게 '울보'라는 인상을 준 것은 아마 그때였을 것이다. 그러나 엄마는 여자였기에 우는 것 말고 아무 것도 할 수가 없었다. 그들은 낙태수술을 받으려고 병원까지 갔었다. 모두 세 번이나 갔었는데 매번 엄마가 울면서 반대했기에 되돌아서곤 하였단다. 엄마는 아픈 것이 무섭기도 하고 또 부끄럽기도 하였을 것이다. 그리고 또 어쩌면 의식 깊은 곳에서는 나를 어여삐 여겨 땅콩만한 나를 죽일 수 없어서였을지도 모른다.

남들의 눈을 속이면서 겨우 졸업한 엄마와 아빠는 고향 칭양으로 돌아와 급히 혼인 신고부터 하였다. 신문에서 스타들의 스캔들을 보도하는 말로 하면 '속도위반 결혼'인 것이다. 혼인 신고접수처의 사람들은 둘 다 이제 막 법정 혼인 연령에 이르렀다며 못내 안타까워하였다. 양가 부모들은 노발대발하였다. 요즘 세대 젊은이들이 취직도 안 한 상태에서 결혼부터 하는 경우가 어디 있느냐는 둥, 먼저 가정을 돌본 다음에 일자리를 찾으려면 같은 또래 친구들에게 아득히 뒤처져 있을 거라는 둥 할머니와 할아버지, 외할머니와 외할아버지는 화가 난 나머지 그들 둘을 집에서 쫓아내버렸다. 성격이 강한 외할머니는 심지어 딸과 모녀 관계를 단절하겠다는 선포까지 하였다. 엄마와 아빠는 일자리도 구하지 못하고 돈도 없고 해서 단칸짜리 셋방에서 대학 동창과 고등학교 동창들의 도움을 받으며 비참하게 몇 개월을 보냈다. 참담한 날이 오래갈 줄 알았는데 내가 태어나면서 뜻밖의 변화가 생겼다. 네 노인은 병원에서 나를 처음 보는 순간 마음을 돌려 '나이가 어려 세상 물정을 잘 모르는' 두 젊은이를 용서하기로 하였다. 외할머니와 외할아버지는 서둘러 방을 청소하고 딸과 외손자를 집으로 데려와 '산후 조리'를 돌보았다. 할머니와 할아버지는 사방을 수소문하며 집을 물색한 끝에 돈을 내어 아빠에게 방 두 칸짜리 아파트를 사주셨다. 7~8년 전 칭양의 집값은 그다지 비싸지 않아 아파트를 사주는 게 가능했지만, 지금은 몇 세대가 모은 돈을 다 털어 넣어도 살 수 없다는 게 우리 할아버지의 말씀이시다.

  이제 집도 생기고 아이도 생겼으니 아빠는 정신을 똑바로 차리고 취직하여 한 가족을 부양하는 책임을 짊어져야 했다. 명색이 성(省)의 명문대 졸업생인데 공무원시험을 치든지, 교사로 취직을 하는지, 기업에 들어가 화이트칼라가 되든지 하는 일은 별로 어려운 일은 아닐 것이었다.

그러나 아빠는 그렇게 생각하지 않았다. 아내와 아이는 처갓집에서 돌봐주고 있으니 자기 혼자 빈둥거리면서 점심은 부모 집에서, 저녁은 장모 집에서 때우면서 아무 압력도 느끼지 않고 지냈다. 가끔 할아버지의 잔소리가 잦아지고 얼굴색이 굳어지면 그는 아예 발길을 끊고 혼자 자기 거처에 틀어박혀 라면으로 끼니를 때우면 그뿐이었다. 그는 "내가 제일 좋아하는 일을 할 것이다. 차라리 부족한 대로 있을망정 아무 일이나 할 수는 없다"라고 당당히 선포하였다. 한동안 대립 국면이 이어지다가 결국은, 노인들은 아들을 아까워하는 마음에 백기를 들고 말았다. 할머니는 며칠에 한 번씩 반찬들을 올망졸망 가득 담아 들고, 할아버지는 굳은 얼굴로 뒤를 따라 아들의 거처로 찾아오셔서는 음식을 데우고 밥을 떠서 그가 먹는 것을 지켜본 다음 쓸고 닦고 방청소까지 해주고서야 결국 긴 한숨을 쉬면서 돌아가셨다.

신문에서 아빠 세대의 외동자녀, 이른바 '80후'들에 대해 평가한 글을 본 적이 있는데 "생각이 없이 되는 대로 살면서 아무것도 개의치 않는다"는 인상을 받았다. 그것은 그들의 부모가 응석받이로 버릇없이 키웠기 때문이라고 나는 생각한다. 우리 세대는 다를 것이다. 우리 부모들이 자신만 사랑할 뿐 우리를 그렇게 편애하지 않기 때문에 우리는 스스로 자신을 돌보면서 자라야 한다. 우리는 외로우면서도 강한 세대이다.

그렇게 그럭저럭 살았더라도 나중에 엄마 아빠가 이혼하는 일은 없었을 것이다. 이 세상에서 여자는 늘 남자보다 욕망이 더 강하다고 한다. 이것은 내가 자기 계발 책에서 본 내용이다. 우리 엄마 아빠의 상황도 그러하다. 엄마가 먼저 각성한 것이다. 엄마는 두 사람이 아직 젊었는데 이렇게 흐리멍덩하게 일생을 보내서는 안 된다고 생각했다. 엄마는 그때 이미 수유를 끊어 몸매가 소녀의 모습으로 회복되었으며 심지어 소녀 때보다도 더 생기가 넘쳐났다. 엄마는 피부가 희고 매끄러웠으며 S라인이 살아있는 몸매로 칭양의 거리에 나서면 자타가 공인하는 자태를 뽐내곤 했다. 후에 아빠가 나에게 "네 엄마는 그때 얼굴이 참 매력적이었어."라고 말했다. 나는 '매력적'이라는 말이 구체적으로 무슨 뜻인지 이해하지 못했지만, 엄마가 많은 사람들을 반하게 하였을 것이라고 추측했다.

그 해에 대학 친구들의 승진 소식이 엄마 아빠의 귀에 자주 날아들었다. 해외로 나간 사람도 있고, 대학원에 진학한 사람도 있고, 정부기관에 들어가 지도자의 비서가 된 사람도 있고, 가족기업을 인수하여 '재벌 2세'의 창업의 길을 열어가는 사람도 있었다. 그러나 우리 아빠는 구제불능이었다. 온라인 게임에 빠져, 배만 부르면 만족인 '자유인'의 삶에 만족하였다. '매력적'인 엄마는 진취적이지 않은 아빠가 한심하였다. 그래서 아빠와 싸우고 울고불고 난리를 피우다가 결국 이혼을 택하고 말았던 것이다.

공정하게 말해서 이 일은 엄마의 탓이 아니다. 우리 아빠가 이렇게 잘생기고 글도 이렇게 잘 쓰는데, 절망이 극에 달하지 않았다면 바보가 아닌 이상 그와 이혼할 리가 없었다.

엄마는 나를 외할머니에게 맡겨놓고 홀로 대학시절에 익숙해진 청두(城都)로 돌아갔다. 엄마는 먼저 대외무역회사에 취직하였다. 그러다가 업무 관계로 호주에서 온 와인 상인을 알게 되었는데 명품 백과 다이아몬드 하나에 홀려 바로 호주 상인의 별장에 들어가 살게 되었다. 나중에 엄마는 상인이 호주에 아내와 아이가 있다는 사실을 알게 되었다. 그는 저도 모르는 사이에 '내연녀'가 되어 버린 것이다. 이를 용납할 엄마가 아니었다. 결국 엄마는 상대방의 따귀를 후려치고 뛰쳐나와 뒤도 돌아보지 않고 그 빌어먹을 별장을 떠나버렸다.

얼마 지나지 않아 엄마는 또 다시 연애에 빠졌다. 이번 상대는 연하 남이었다. 그 남자는 나이트클럽 가수였다. 생김새는 분명 준수하였지만 엄마와 사귀기 시작하면서 엄마를 현금 인출기로 삼아 시도 때도 없이 돈을 요구하였고, 엑스터시도 먹고 마작도 했으며, 친구들을 모아놓고 웃고 떠들며 난장판을 만들곤 하였다. 이 또한 용납할 엄마가 아닌지라 몇 번이나 죽네 사네하며 싸우다가 결국 그 연애도 끝나버렸다.

아빠는 엄마를 매우 동정하였다. 엄마 얘기만 나오면 언제나 "뚱뚱이 사는 게 쉽지 않지…" "뚱뚱이가 고생깨나 하겠군…" "뚱뚱인 왜 그따위 남자들만 만나는 거지?"라고 말하곤 하였다. 그 말은 그래도 자신의 '방콕남' 생활이 가장 편안한데 애초에 그를 떠나지 말았어야 했다는 것이었다.

엄마도 나와 외할머니를 보러 칭양으로 올 때마다, 떠돌이생활로 허송세월한 지난 몇 년을 아쉬워하는 눈치였다. 엄마는 내가 있는 자리에서 외할머니에게 "결혼해 사는 데는 그래도 같은 또래가 제일 믿음직해요. 경력도 가치관도 비슷하여 말이 통하거든요."라고 말하곤 하였다.

그럴 때마다 외할머니는 바로 "그럼 칭양으로 돌아와 런이와 재결합하렴. 샤오샤오도 이젠 8살이나 되었는데."라고 부추기곤 했다.

그러면 엄마는 머뭇거리면서 "샤오샤오 아빠는 아직도 정식 일자리를 구할 생각이 없대요?"라고 되묻곤 한다.

 그 말이 나에게 들으라고 한 말임을 나는 바로 알아차린다. 엄마는 내가 그 말을 아빠에게 전해주기를 바라는 것이다. 이 정도 눈치도 없이 내가 어찌 외할머니에게 '애어른'이란 소리를 들을 수 있겠는가!

 그러나 아빠는 받아들이지 않았다. 그날 내가 엄마의 뜻을 다시 전했더니, 아빠는 눈살을 찌푸리며 나에게 지극히 실망한 표정을 지으며 말했다. "뚱뚱이는 참 멋없어. 왜 자기 관념을 한 걸음이라도 앞으로 발전시키려고 하지 않는 건지."

 역시 성사될 수 없는 일이었다.

 나는 아무래도 상관없다. 우리 반에는 부모가 이혼한 아이가 몇몇 있는데 그 애들은 울고불고 눈물콧물이 범벅이 돼서 공부할 생각도 않고, 학교 도시락에 있는 고기 완자(肉丸子)도 넘기지 못하였다. 그러나 나는 그렇게 약한 사람이 아니다. 나는 어릴 적부터 혼자서 나 자신을 돌보았고, 아빠 집, 할아버지 집, 외할머니 집을 전전하면서 지냈기 때문에, 갑자기 집에 엄마가 나타나면 도리어 어찌할 바를 모를 수도 있었다.

 우리 할아버지 이름은 런톈탕(任天堂)이다. 아빠는 그 이름이 너무 웃기다고 하였다. 아빠가 초등학교에 다닐 때 가장 핫한 일본 게임기 이름이 '런톈탕'(任天堂, 일본명으로 '닌텐도')이었던 탓에 한 반의 친구들은 그의 뒤를 따라다니며 "런톄당, 런톈당"하고 마구 소리치며 할아버지 이름으로 그를 놀렸다고 한다. 화가 나서 이성을 잃은 그는 집에 가서 할아버지에게 이름을 바꾸라고 강요까지 하였다. 그랬더니 할아버지가 "닥쳐라 이놈아! 난 태어나서부터 이 이름이었어. 40년이나 이 이름으로 불렸는데, 일본 기계가 나온 지 겨우 몇 년이나 되었냐고…"라고 호통까지 쳤다고 한다.

우리 할아버지는 1970년대의 대학생으로, '문화대혁명' 이후 대학입시제도가 회복된 뒤 제1기로 대학에 입학하셨다. 그 전에 할아버지는 이미 몇 년이나 직장을 다니셨고 결혼해서 가정도 이루셨다. 그래서 대학 3학년 때 할머니가 칭양 본가에서 우리 아빠를 낳으셨다. 이런 일은 지금에 와서 말하면 많은 사람들이 상상도 못할 일이라고 생각할 것이다. 그러나 할아버지 말에 따르면 그때는 다 그랬다고 한다. 숱한 남자 대학생들은 수염이 덥수룩하였고 마누라와 아이가 있었다고 한다. 그리고 아버지와 아들이 함께 한 학교에 다니는 일도 있었다고 했다. 15살짜리 아들이 대학 본과생이고 37세 아버지가 대학원생인 경우였다. 그렇게 된 것은 다름이 아니라 10년 동안의 '문화대혁명'이 사람들의 시간을 너무 허비시켰기 때문이란다.

'문화대혁명'이 무엇인지 알 수 없어서 내가 인터넷에서 찾아보았더니 헐! 수백만 수천만 개의 검색결과가 나왔다. 그중 몇 개를 골라서 클릭해 보니 "주자파(走資派)" "홍위병(紅衛兵)" "재산을 몰수하고 반란을 일으키다(抄家造反)"… 는 말들이 나와 볼수록 어리벙벙해졌다. 아무튼 앞으로 역사수업에서 배우게 될 텐데 미리 자신을 얼떨떨하게 하지 않기로 했다.

할머니는 예전에 방직공으로 일하셨는데 할아버지와 금실이 아주 좋았다. 그들은 젊었을 때에 같은 마을 생산대에 들어가 일하셨다(插隊)고 한다. "농촌 생산대에 들어가 일한다는 것"도 내가 이해할 수 없는 일이었다. 아무튼 할아버지는 대학에 들어가기 전에 할머니와 결혼하셨다. 후에 할아버지는 대학을 졸업하고 칭양현 정부에서 과장으로, 국장으로 근무하셨다. 원래는 할아버지를 부현장으로 발탁시키려고 했는데 조직부에서 기록을 찾아보니 나이가 다 된지라 그만둘 수밖에 없었다고 한다. 할머니에게서 가장 대단한 경력은 공장의 모범노동자로 선정된 일이었다. 마흔이 막 넘어 공장의 구조조정으로 할머니는 정리실업자가 되었다. 그 뒤로 할머니는 가정주부로 남편을 내조하고 자녀를 교육하면서 할아버지와 아빠를 부족함 없이 잘 보살폈다. 5년 전 내가 세 살도 채 안 되었을 때 참사가 발생하였다. 할머니가 채소 사러 채소시장에 가는 길에 갑자기 큰 트럭에서 기계 부품이 떨어지면서 공교롭게 할머니의 머리에 떨어지는 바람에 할머니는 그 자리에서 즉사하셨다. 천재였던 할머니였기에 할아버지는 죽고 싶을 정도로 슬펐지만 가까스로 이겨내는 수밖에 없었다.

할아버지는 이삼 년 동안 기운을 차리지 못하셨다. 나를 바라보는 눈빛도 흐리멍덩해 지셨다. 아빠가 시간급 가사도우미를 고용해 할아버지에게 빨래도 해드리고 밥도 지어드리게 하였지만, 몇 명을 바꾸어도 할아버지 마음에 드는 사람을 구할 수가 없었다. 할아버지는 가사도우미를 할머니와 비교하셨던 것이다. 그건 애초에 잘못된 비교 방법이었다. 애초에 비교치가 달랐으니까 말이다. 그러다가 할아버지는 재작년에야 비로소 다른 사람의 소개로 허런(赫仁)이라는 새 할머니와 재혼을 하셨다. 처음에 나는 속으로 많이 불편하였다. 새 할머니가 너무 젊었기 때문이었다. 마흔 한 살인가 두 살인가? 웨이브 파마를 하고 청바지에 짧은 스웨터를 입었으며, 웃을 때면 실눈을 짓고 하였는데 늘 만족하여 기뻐하는 모습이었다. 젊은 건 덮어놓고, 문제는 새 할머니가 허라라(赫拉拉)라는 중학생 여자아이를 데리고 온 것이었다. 그 여자 아이는 나보다 5살 위인데, 항렬로 따져 나는 그 아이를 '고모'라고 불러야 한다는 것이었다. 그러니 어찌 어색하지 않을 수 있겠는가? 나는 한 번도 허라라를 '고모'라고 부르지 않고 직접 이름을 불렀다. 다행히도 허라라는 별로 개의치 않았다. 만약 내가 정말로 그를 '고모'라고 불렀다면 그 애도 어색해 했을 것이다. 그 애의 눈은 그의 엄마를 닮아서 가늘고 길었다. 그러나 그 애 엄마의 가는 눈은 온화하고 선한 인상을 주는 반면에 허라라의 가는 눈은 칼 같아서 사람을 도려낼 것만 같았다. 나는 허라라가 실눈을 해가지고 사람을 쳐다보는 것이 싫었다.

새 할머니는 칭양텔레비전방송국에서 근무하셨다. 구체적으로 무슨 일을 하는지는 모른다. 새 할머니와 할아버지가 막 결혼했을 때, 나는 매일 텔레비전 앞에 앉아 칭양 현지 텔레비전방송 프로그램만 특별히 골라 보았다. 나는 잘 아는 사람이 TV 화면에 나오면 어떤 모습일지, 자오웨이(趙薇) 누나처럼 예뻐져 깜짝 놀라게 될지 무척 궁금하였다. 그러나 내가 눈을 멧대추만큼 크게 부릅뜨고 보아도 새 할머니 얼굴은 보지 못했다. 후에 아빠도 TV를 보겠다고 앉았다. 아빠는 칭양뉴스를 보지 않고 'NBA'를 보겠다고 우겼다. 나는 새 할머니가 TV에 나오는 것을 한번 보게 해야 잠을 자러 가겠다고 버텼다. 그러자 아빠가 내 귀를 잡아당기며 말했다.

"꿈 깨라. 아나운서만 화면에 나올 수 있는 거야. 네 새 할머니처럼 그렇게 못생긴 얼굴이 TV에 나왔다가 누가 놀라 자빠지는 걸 보려고?"

나는 아빠가 질투하는 거라고 생각했다. 양심적으로 말해서 새 할머니가 못생긴 얼굴은 아니었다. 그런데 나의 새 할머니를 '어머니'라고 불러야 하니 아빠는 운이 나쁜 것이었다. 그러니 아빠 마음도 불편했을 것이다.

우리 외할머니는 성이 수(蘇) 씨인데 우리 칭양실험초등학교의 교장선생님이시다. 대단하지 않은가? 매일 학교에서 담임선생님이나 영어 선생님이 우리 외할머니를 만나면 모두 공손하게 "교장 선생님"이라고 부르면서 손을 내리고 경건한 표정으로 외할머니의 말씀을 듣는 것을 보고는 내가 얼마나 으쓱해 했는지 모른다.

외할머니는 눈빛이 예리하다. 내가 무슨 생각을 하고 있는지 언제나 꿰뚫어 보는 듯 했다. 외할머니는 기회만 있으면 "외할머니는 외할머니이고 너는 너야. 네가 잘못을 저지른다면 외할머니는 더욱 엄하게 벌을 줄 것이야!"라고 주의를 주곤 하였다. 또 "교육은 공평해야 하거든. 네가 학교에서 어떤 특권을 누리는 것을 허용할 수 없어."라고 말씀하시곤 하였다.

말은 그렇게 하셔도 어릴 때부터 나를 키워온 외할머니는 나를 부족함 없이 보살펴 주셨다. 나는 다섯 살 때부터 외할머니를 따라 학교에 갔는데, 외할머니는 아침부터 저녁까지 팽이처럼 뱅글뱅글 바쁘게 움직이셨다. 그 중의 하나가 늘 1학년 교실에 작은 의자를 가져다 나를 앉혀놓고 방청하게 하였다. 여섯 살 때 정식으로 입학신청을 하고 교감 선생님 앞에서 면접을 보게 되었는데, 내가 1학년 학과 내용을 줄줄 외우는 것을 보고 교감 선생님은 놀라 눈이 휘둥그레졌다. 교감선생님은 외할머니를 찾아가 "이 아이는 1학년 다닐 필요가 없을 것 같습니다. 직접 2학년으로 올려도 되겠습니다."라고 말씀하셨다. 외할머니가 그렇게 해도 될지 사람들이 뒤에서 수군거리기라도 하면 어쩌나 망설이는 것을 본 교감 선생님이 "제가 책임지겠습니다. 누가 쓸데없는 소릴 하려거든 나를 찾아오라고 하겠습니다!"라고 책임을 떠맡았다. 그렇게 되어 나는 2학년에 편입되었고 반에서 키가 제일 작아 제일 앞줄에 앉았다. 외할머니는 특별히 나의 담임선생님을 찾아가 나를 "다른 학생들과 똑같이 대할 것"을 당부하셨다. 외할머니는 그래도 마음이 놓이지 않아 매번 시험이 끝나면 내 시험지를 찾아내 선생님들이 일부러 나를 봐준 건 아닌지, 틀린 것을 옳게 해준 건 아닌지 꼼꼼히 살펴보곤 하셨다. 그러나 그런 일은 당연히 없었다. 공부면에서 나는 종래 외할머니를 실망시킨 적이 없었다. 지금 나는 4학년이 되었는데 반에서 10등 밖으로 밀려난 적이 없었다. 외할머니는 내가 우리 아빠 어릴 적과 같다면서 공부에 총기가 있다고 하셨다. 아빠도 예전에 외할머니의 학생이었다는 점을 밝혀둔다.

그렇게 강인한 외할머니의 삶은 불행했다. 예를 들면 딸인 우리 엄마가 혼전 임신에 이혼까지 하고 홀로 남경에서 떠돌고 있으면서 몹쓸 남자들만 만나 지금까지 의지할 곳조차 없어서 외할머니의 속을 태우고 있는 것이다. 그리고 또 외할머니가 오전 7시에 학교에 출근해 저녁 6시가 넘어서야 퇴근하여 집으로 돌아오면서 일에 전념하는 바람에 우리 외할아버지는 이 몇 십 년 동안 '살림하는 남자'로 살게 되었다. 그런 외할아버지가 50세 되던 해에 문득 각성하여 반항하면서 외할머니와 단호히 이혼 수속을 밟으셨다. 외할아버지가 자신은 이제 지는 해와 같은 사람이니 어떻게든지 시간의 꽁무니를 붙들고 제대로 된 삶을 한번 누려볼 것이라고 아빠에게 말씀하셨다. 외할아버지가 말씀하신 '삶을 누린다는 것'은, 사실 매일 푸짐한 음식상을 차려주고 저녁에는 뜨거운 물을 떠다 팔걸이의자에 앉아 있는 외할아버지에게 발을 씻겨주면서 살뜰하게 보살펴줄 수 있는 여자를 찾는 것을 말한다. 외할아버지는 후에 혼인소개소를 통해 남편과 사별한 정리실업자를 만났다. 그 여성분은 품성은 고왔으나 애석하게도 명이 길지 못하였다. 외할아버지와 결혼한 지 얼마 되지 않아 유방암에 걸리는 바람에 오히려 외할아버지가 1년 넘게 시중을 드시다가 결국은 저세상으로 보내야 했다. 요즘 우리 외할아버지는 기운이 빠져 지낸다. 이미 퇴직을 한 외할아버지는 아침 일찍 일어나서 찻집에 나가셔서는 하루 종일 카드놀이를 하면서 시간을 때우고 계신다. 점심에는 찻집에서 간단한 식사를 하시는데 고기 완자 같은 육류 요리는 골라서 가지고 온 작은 도시락에 담아뒀다가 저녁에 집에 가지고가서 야채를 넣고 볶거나, 혹은 갈비에 당면을 넣고 국을 끓여 드시곤 한다. 그는 사람을 만나기만 하면 젊어서는 아내와 자식 시중을 들어야 했고, 늙어서는 또 자기 자신을 챙겨야 한다며 팔자타령을 늘어놓곤 한다. 그는 조건이 괜찮은 양로원이 있는지 여기저기 알아보고 있다고 한다. 양로원에 미리 침대 하나를 예약해 놨다가 때가 됐다 싶으면 짐을 싸서 들어갈 생각이란다. 아빠는 외할아버지를 무척 동정한다. 왜냐하면, 아빠가 중학교에 다니면서 엄마와 몰래 연애할 때 외할아버지가 그들을 감싸주었기 때문이다. 후에 엄마가 임신한 사실을 알고 외할머니가 노발대발할 때도 외할아버지가 중간에서 조정하여 내가 이 세상을 볼 수 있었다. 아빠는 궁지에 빠진 외할아버지를 보고 "외할아버지를 모셔와 우리와 함께 살면 안 되겠니?" 하고 나와 상의한 적이 있었다. 나는 단호히 저지하였다. 왜냐하면 그것은 아빠의 일방적인 생각일 뿐이기 때문이었다. 생각해 보면 자기 자신도 챙기지 못해 내가 돌봐야 하는 아빠가 어떻게 노인을 잘 보살필 수 있겠는가? 어쨌든 아빠가 그런 생각을 할 수 있다는 것은 그가 착하다는 것을 설명한다. 본질적으로 우리 아빠는 좋은 사람이다.

Part 2

아빠에게 굴러들어온 새 직업

2

아빠에게 굴러들어온 새 직업

토요일, 나는 잠에서 깼으나 30분 동안 편안하게 침대에 누워 뒹굴다가 7시 30분이 되서야 일어났다. 기실 나는 8시 30분, 심지어 9시까지 일어나지 않아도 된다. 내가 언제 일어나든 상관하는 사람이 아무도 없기 때문이다. 나의 친구들은 주말이 되면 이틀 동안, 서예, 미술, 피아노, 바이올린, 무용, 태권도 등 다양한 수업들로 꽉 차있지만 나만은 아무것도 배우지 않고 한가하게 지낼 수 있다. 아빠는 어렸을 때 할아버지의 강요로 전자 오르간을 배웠는데 몇 년 동안 시간만 낭비하고 제대로 배우지 못했다고 한다. 지금은 아예 'C'음이 어디에 있는지조차 잊어버렸다고 한다. 아빠는 흥미를 느끼고 천부적 재능이 있으면 쓰레기를 주워도 고대문자 대가(古文字大師)로 될 수 있다면서 신문에도 이런 사례가 실렸다고 했다. 천부적 재능이 없으면 아인슈타인을 청해 배워도 A+B=C조차 배워내지 못할 것이라고 했다. 그 말에는 나도 동감이다. 나는 주말 이틀 동안 바빠서 숨 돌릴 새도 없는 친구들이 불쌍하다는 생각이 들었다.

그런데 아침 7시에 일어나 학교에 가는 데 습관이 된 나는 그 시간이 되면 저절로 잠에서 깨곤 한다. 더 자려고 해도 안 된다. 외할머니는 나를 '고생바가지 팔자'라고 조롱하였다. 그런데 워낙 이렇게 못나게 생겨먹은 걸

어쩌겠는가!

기상해서 내가 제일 먼저 하는 일은 아빠를 보러 가는 것이다.

평일에 아빠는 날이 밝아야 잠자리에 드는데 주말에는 습관을 바꾸어 새벽 3시에 자고 오전 10시에 깨어난다. 잠이 덜 깬 채 소파에 앉아 멍하니 있다가 샤워하고 면도하고 자신을 화이트칼라처럼 다듬고 나서는 주방에 들어간다. 우리 둘은 서로 거들면서 점심식사를 준비한다.

생활습관을 바꾼다는 것은 고통스러운 일이라고 아빠가 말한 적이 있다. 나는 아빠가 나를 위해 이런 일을 한다는 것을 알고 있다. 아빠는 가능한 한 많은 시간을 짜내 나와 함께 밥을 먹고 숙제하고 놀아줄 수 있기를 원한다.

나는 살금살금 거실을 가로질러 아빠의 침실 문 앞으로 걸어가서 손잡이를 비틀어 문을 빠끔히 열었다. 방에는 커튼이 두껍게 드리워져 있고 침대 위에 이불이 아빠의 몸을 감싸고 있는 것이 희미하게 보인다. 아빠는 고양이처럼 꼼짝하지 않고 조용히 자고 있다. 숨도 쉬지 않는 것 같다. 이 점은 할아버지를 닮지 않았다. 할아버지는 주무실 때 코를 드르렁드르렁 고시는데, 새 할머니가 어떻게 견디시는지 상상이 안 간다. 그 대신 아빠 방에서는 짙은 냄새가 난다. 두피기름 냄새, 몸 냄새, 양말의 구린 냄새 그리고 한밤중에 먹은 라면 냄새까지 마구 뒤섞여 있다. 그런 냄새는 탁하고 짙어서 아주 좋지 않다. 그러나 나는 좋아한다. 문틈으로 새어나오는 그 냄새를 맡으면 마음이 편해지곤 한다. "아빠가 살아있구나. 이 방에, 내 곁에 있구나. 어떤 어려운 일이 있어도 아빠가 제일 먼저 달려와 나를 도와주겠구나" 이런 생각을 하게 된다.

나는 아빠의 방문을 더 크게 열고 까치발을 해가지고 설어 들어간나. 커튼을 뚫고 새어 들어온 아침 햇살을 이용해 의자와 바닥에 아무렇게나 나뒹구는 풀오버, 핫팬츠, 양말, 청바지 그리고 지퍼 달린 '아디다스' 재킷을 주워서 한 보따리 뭉쳐 안고 방을 나와 문을 꼭 닫는다. 나는 이 모든 것을 하면서 아빠가 깨지 않도록 될수록 소리를 내지 않으려고 애쓴다. 그리고 나는 그 옷들을 세탁기에 넣고 어지러워진 내 옷도 함께 넣는다. 세제 두 스푼을 넣고 스위치를 켜고. '표준' 세탁 모델을 선택한 후 시작 버튼을 누른다. 세탁기가 '윙윙'하면서 돌아가기 시작하고 물이 흘러드는 소리가 난다. 이 틈을 타 나는 서둘러 아침을 먹는다. 우유 한 컵에 마트에서 사온 케이크 한 조각, 때로는 바나나를 한 개 곁들이기도 한다. 냉장고에서 막 꺼낸 우유를 컵에 부으면 컵 외벽에 작은 물방울이 맺힌다. 맑고 투명한 것이 마치 공기가 마술을 부린 것 같다. 외할머니는 찬 우유를 마시면 위가 상한다면서 마시기 전에 전자레인지에 1분간 돌려서 마시라고 항상 당부하신다. 그러나 대부분의 경우 나는 그러는 것이 귀찮다. 나는 찬 우유도 괜찮다. 아빠가 사람은 적응성이 아주 강한 생물체이니까 자신을 여리 디 여린 '완두콩 공주'로 만들 필요는 없다고 말한 적이 있다.

나는 마지막 한 입 남은 케이크를 입에 우겨넣은 후 책상 앞에 앉는다. 가방에 들어있는 책과 문방구를 모두 쏟아내서는 숙제를 하기 시작한다. 나는 먼저 영어 단어를 베껴 쓴 다음 수학숙제를 하고 마지막에 과문 단락의 기본 내용을 쓰고, 단문을 짓고, 글을 짓는 순으로 써내려간다. 내가 영어숙제를 먼저 하는 이유는 단어를 베끼는 것이 머리를 쓰지 않아도 되어 제일 쉽기 때문이다. 때로는 TV를 켜 볼륨을 '0'에 맞춰놓고 TV화면을 보면서 빠르게 써내려가기도 한다. 글짓기가 가장 힘들기 때문에 제일 마지막에 둔다. 그리고 나는 기분과 시간 상황에 따라 작문을 얼마나 길게 쓸지 어떤 수준으로 쓸지를 결정하곤 한다. 국어 선생님은 외할머니에게 "런샤오샤오의 작문 수준은 언제나 롤러코스터를 탄 것처럼 오르내립니다."라고 고자질하였다. 선생님이 참 형상적으로 비유하셨다. 그러나 나는 그런 상황이 지극히 정상적이라고 생각한다. 왜냐하면 모든 작문 제목이 취향에 맞는 것도 아니고, 좋은 글을 쓸 기분이 언제나 나는 것도 아니기 때문이다. 예를 들어 오늘 작문은 제목이 "내가 가장 존경하는 사람"인데, 나는 참으로 난처하다. 사실, 나는 애니메이션을 발명한 사람을 가장 존경한다. 그가 오늘날 숱한 어린이들을 즐겁게 해주었기 때문이다. 그렇다고 정말 그렇게 써도 되는 걸까? 선생님은 이런 제목의 작문을 쓸 때면 일반적으로 주변의 좋은 일을 많이 하는 좋은 사람을 써야 한다고 말씀하셨다. 청소부, 경찰, 남을 돕는 이웃 등에 대해 써야 생각을 갖춘 작문으로 평가받아 좋은 점수를 받기 쉽다고 하셨다. 하지만 내가 좋아하는 사람을 존경할 권리도 없는데 어떻게 작문을 잘 지을 수 있겠는가?

어쩔 수 없다. 머리를 쥐어짜서라도 엮어 맞추어야 한다. 신문에 이런 사건이 보도된 적이 있다. 퇴직한 노인이 길거리에서 용감하게 도둑을 잡다가 도둑의 칼에 찔렸는데 간이 찢어져 병원으로 이송되었지만 결국 숨지고 말았다는 사건이었다. 나는 그 퇴직한 노인을 우리 이웃이라고 가정하고 인터넷에 접속하여 그에 관한 보도를 검색하기 시작하였다. 검색한 내용을 나의 말투로 바꾸어 작문을 'PS'할 참 이었다.

그때 아빠 방의 문이 덜컥 하고 열리더니, 아빠가 러닝셔츠와 반바지바람에 슬리퍼를 끌며 화장실로 다급하게 뛰어갔다. 열린 방문으로 퀴퀴한 냄새가 물씬 풍겨 나왔다. 나는 아빠가 일어날 건지 아니면 화장실에 다녀와서 계속 잘 건지 알 수 없었다. 그때 화장실에서 놀란 아빠의 부름 소리가 들려왔다. "샤오샤오야! 런샤오샤오! 빨리, 빨리 좀 와봐!" 내가 볼펜을 내려놓고 달려가 보니 화장실은 온통 물바다가 되었는데 아빠가 물에 들어서서 허리를 구부정히 하고 두 손으로 세탁기 위쪽의 수도꼭지를 잡고 쏟아져 나오는 수돗물을 막느라고 허둥대고 있었다. 아빠 몸에 걸친 러닝셔츠며 머리카락이며 얼굴이 물을 잔뜩 뒤집어 써 흠뻑 젖어 있었는데 우스꽝스러웠다.

세탁기를 연결한 수도꼭지가 또 골이 뭉개져 빠져버린 것이다.

우리 집 수도꼭지들은 다 너무 오래되어 노화현상이 심각하였다. 내가 수리공을 불러 고쳐야 한다고 아빠에게 여러 번 귀띔하였지만 아빠는 번번이 "알았다"고 대답은 잘하면서 돌아서면 바로 잊어버리곤 하였다. 전에도 똑같은 사고가 있었다. 그때도 화장실이 '물바다'가 되었었는데 아빠가 철사로 수도꼭지를 되는대로 감아놓고 말았던 것이다. 나는 물이 스며들어 아래층 집의 천장으로 새기라도 하면 큰일이라고 말하면서 인테리어까지 다시 해줘야 할 것이라고 아빠에게 귀띔하였다. 그러나 아빠는 우리 집 물이 어떻게 남의 집까지 샐 수 있겠느냐며 눈까지 흘겼었다. 나는 TV에서 그런 일이 방송된 적 있는데 두 집이 소송까지 갔다고 말했다. 그러나 아빠는 손가락을 하나 세워 보이며

"1만분의 1의 가능성이야."

라고 하면서 대수롭지 않게 여겼다.

정말 할 말이 없었다. 아빠는 일꾼을 부르는 것이 번거로웠던 것이다.

그러나 난들 뭘 할 수 있겠는가? 필경 돈을 지불하는 사람은 내가 아니라 아빠이니 말이다.

나는 재빨리 복도계단으로 달려가 수도 밸브를 닫았다. 물이 끊기자 아빠는 작은 밥 그릇인 양푼을 가져다 물을 푸고 밀대 걸레로 물을 닦아냈다. 그리고 또 사방을 뒤져 철사를 찾아내서는 말썽을 부리는 수도꼭지를 아예 막아버리려고 했다. 그래서 내가 반대해 나섰다.

"그렇다고 세탁기를 쓰지 않을 수는 없잖아요?"

아빠는 아주 기세 좋게 대답하였다.

"안 될 것도 없지? 기껏해야 세탁소에 몇 번 더 가면 될 걸!"

참, 배부른 소리다. 빨래를 죄다 세탁소에 맡겨 씻으려면 얼마나 많은 비용이 들겠는가? 그런 경제력이나 되면서 저러는지 한심스러웠다. 화장실을 수습하는데 꼬박 한 시간이 걸렸다. 그 다음 아빠가 샤워하고 머리를 말리고 면도하고 옷을 단정히 차려입는데 또 30분이 걸렸다. 그리고 나서 아빠가 나의 의견을 물었다.

"점심을 뭐 먹을까?"

"아무 거나요."

내가 대답했다.

"아무 거나는 안 되지."

아빠가 아주 엄숙하게 바로잡았다. 나는 하마터면 웃음을 터뜨릴 뻔했다. 아무 거나의 반대말은 정중한 것인데, 그러려면 진수성찬으로 푸짐하게 차려야 한다. 그리고 나는 냉장고에 고작 오이 1개와 주먹보다도 작은 토마토 3개, 소시지 반개 그리고 말린 건두부가 조금 있는 게 전부라는 것을 알고 있다. 이번 주에 외할머니와 새 할머니가 가져다준 반찬은 벌써 다 먹어버리고 다음 주 공급품은 아직 도착하지 않은 상태였다. 아빠는 밖에 나가 채소를 사오는 것을 질색하는 사람이다. 그는 장을 보고 밥을 하는 것은 가장 의미 없는 일이라고 생각한다. 그럴 시간이 있으면 인터넷에서 '채소를 훔치는' 게임을 하겠다고 한다. '채소를 훔치는' 게임이 얼마나 짜릿한가, 채소를 사는 것처럼 따분하고 지루하지도 않다는 게 아빠의 생각이었다.

"이렇게 하자."

아빠가 말했다.

"할아버지네 집에 가서 한 끼 때우자. 어차피 주말이라서 한번 다녀와야 하니까."

난 찬성이었다. 비록 허라라를 만나는 것이 좀 싫기는 했지만 그래도 별거 아니라고 치부했다. "까짓 것 만나도 말을 하지 않으면 되지 뭐. 설마 나를 잡아먹기라도 하겠어?"하고 뇌까리면서 말이다.

아빠는 길을 걸을 때 제대로 걸을 때가 없다. 그는 기력이 너무 왕성하다. 평소에 집에만 박혀있어 힘을 쓸 곳이 없어서인지 밖에만 나오면 이리 뛰고 저리 뛰고 재주를 부린다. 우리 동네 인도에는 벽돌이 매화 모양으로 깔려 있는데, 아빠는 발끝을 세우고 매화 한가운데 있는 벽돌만 골라 디딘다. 그러면서 그럴듯하게 '매화말뚝 딛기 훈련'이라고 한다. 우스워 죽겠다. 나는 영화에서 소림사 중들이 그런 기본기를 연마하는 것을 본 적이 있다. 그것은 사람 키보다 높은 말뚝 위에서 나는 듯이 걸어 다니는 것인데 아빠가 발끝을 세우고 개구리뜀을 하는 것과는 아예 격이 다르다. 아빠는 또 일부러 울퉁불퉁한 길을 찾아 걷기를 좋아한다. 구덩이를 보면 '제자리멀리뛰기'를 하고 모래더미를 보면 기어이 올라가 발자국을 몇 개 남겨야 직성이 풀린다. 이런 유치한 아빠 때문에 사람들이 나까지 아니꼬운 눈길로 흘겨보는 것 같아 같이 걸어가는 것조차 창피할 지경이다. 나는 늘 아빠와 적당한 거리를 두고 따라가며 그의 유치한 장난을 무덤덤하게 바라본다.

오늘 아빠는 새로운 재주를 피웠다. 양팔을 벌리고 새처럼 두 발을 번갈아 가면서 좁은 갓돌 위에서 휘청휘청 걸어가는데, 마치 체조 선수가 평형대 위를 걷고 있는 것 같았다. 아빠는 또 조심스레 몸의 균형을 잡으며 뒷걸음질로 걸어가면서 신이 나서 나를 불렀다.

"너도 올라와! 우리 시합하자. 누구라도 먼저 떨어지면 지는 거야."

사실 나도 한번 올라가 걷고 싶었다. 만약 내가 아빠와 시합한다면 지는 쪽은 틀림없이 아빠일 것이다. 나는 키도 작고 몸도 가볍고 움직임도 더 조화로워 어느 면에서나 우세였다. 그러나 나는 아빠에게 호응하고 싶지 않았다. 아빠는 장난기가 심해서 누가 호응해주면 더 신나하는 사람이기 때문이다.

"런샤오샤오, 너 어린 것이 무슨 생각이 그리 많냐. 이 형한테 불만이 있는 거 아냐?"

자신을 잘 알고 있는 아빠는 조금은 화가 난 표정이었다.

"그런 거 아니에요! 오늘은 발이 아파요."

내가 말했다.

"너 어제까지 체육수업을 했잖아, 달리기에서 2등까지 했으면서…"

아빠가 바로 까발렸다.

"너무 빨리 달리는 바람에 발이 삐었거든요."

나도 이유가 충분했다. 아빠가 식지로 나를 콕 찔렀다. 기록부에 남겨둘 것이라는 뜻이었다. 정말 웃겨! 설마 내가 두려워할까봐? 그거야말로 귀신이 곡할 노릇이지. 외할머니, 할아버지, 그리고 새 할머니, 외할아버지, 모든 사람들이 모두 내 편이다. 그들은 늘 내가 무책임한 엄마와 아빠를 만나 어린 나이에 혼자서 자신을 돌봐야 하니 쉽지 않다면서 기분 나쁜 일이 있거나 하면 꼭 그들에게 얘기하라고 하였다. 그러면 그들이 내 역성을 들어줄 것이라는 것은 뻔한 일이었다.

나는 정말 기분이 좋지 않을 때가 많았지만 단 한 번도 누구에게 말한 적이 없었다. 나는 어리광을 부리고 질질 짜면서 누가 와서 달래주기를 기다리는 사람을 얕보기 때문이다.

아빠가 내 성미를 잘 알고 있는 것일까? 그래서 나를 이렇게 대충대충 키우고 있는 것일까? 아빠는 내가 고자질하는 것도 반항하는 것도 두렵지 않은 것이다. 때로는 우리 두 사람의 역할이 바뀌어야 한다는 생각도 해본다. 내가 어른이 되고 아빠가 아이가 되든가, 혹은 내가 형이 되고 아빠가 동생이 되든가 말이다.

강아지 한 마리가 갓돌 위에 쪼그리고 앉아 똥을 싸고 있다. 그리고 그 옆에서 한 아주머니가 휴지와 비닐봉지를 들고 서서 시중을 들고 있었다. 개가 변비인지 다리를 벌리고 이를 악물며 고통스러운 표정을 짓고 있었다. 개는 아빠가 휘청휘청 뒷걸음질 치는 것을 보고도 꼼짝하지 않았다.

아빠는 두 팔을 펴고 두 다리를 번갈아 뒤로 옮겨놓으며 걷다가 발뒤축이 장애물에 닿자 재빨리 움츠렸지만 몸은 그만 균형을 잃고 갓돌 위에서 떨어지면서 벌러덩 엉덩방아를 찧고 말았다. 그 바람에 놀란 강아지가 왈왈하고 연거푸 짖어댔다.

"뭐하는 거예요? 다 큰 사람이 똑바로 걷지 않고 무슨 장난이에요?"

잔뜩 성이 난 아주머니가 아빠를 꾸짖었다.

"이것 보세요. 그쪽 개에게 걸려 넘어진 건 나예요. 어디서 억지를 부리세요?"

"개는 짐승이잖아요. 당신도 짐승인가요?"

아주머니가 아빠를 흘겨보았다. 그리고는 개를 끌고 가면서 말했다.

"가자. 저쪽으로 가서 싸자. 저딴 나쁜 놈은 상대하지 말자."

아빠는 일어나서 엉덩이에 묻은 먼지를 툭툭 털면서 그 개에게 얼굴을 찡그려 보였다. 얼굴에 불만스러운 빛이 역력하였지만 어쩔 수도 없었다.

까까머리에 둥실둥실한 턱을 가진 미륵불처럼 생긴 사람이 자전거를 타고 동네 도로를 질주해 오다가 우리 아빠를 보더니 연신 소리 지르고 손을 흔들더니 허둥지둥 자전거에서 내렸다. 나는 그 아저씨를 알아봤다. 그는 아빠의 초등학교 동창인데 성은 정(鄭) 씨이고 별명은 '정 보살'이다. 경찰 교도소에서 근무한다는 것 같았다. 한번은 경찰복을 입고 우리 집에 놀러 왔었는데, 모자에 달린 반짝반짝 빛나는 경찰 마크가 아주 멋져 보였다.

"아이고, 런이, 마침 부탁할 일이 있는데 잘 만났네. 무조건 도와줘야 하네."

그는 자전거를 버리고 아빠 손을 덥석 잡았다. 아빠는 대뜸 의리에 찬 표정으로 말했다. "돈이 필요하나 목숨이 필요하나, 말만 해!"

정 보살은 껄껄거리며 웃었다.

"그 정도는 아니고. 내가 밥부터 먼저 살까? 국수 먹겠나 아니면 혼돈(작은 만둣국 같은 종류 ─ 역자 주)으로 하겠나. 자네 맘대로 고르게!"

아빠가 몰래 나를 힐긋 훔쳐보았다. 쩨쩨한 동창생 때문에 내 앞에서 체면이 서지 않음을 느낀 것이 분명했다.

"됐어."

아빠가 손을 저었다.

"국수도 혼돈도 다 됐고. 용건이나 말하게."

"그래도 밥부터 먹어야지."

"내 아들도 있어." 아빠가 조금 떨어져 있는 나를 가리켜 보였다.

정 보살은 그제야 옆에 사람이 있는 것을 발견하였다. 그는 나에게 씩 웃어 보였다. 인사 인 셈이었다. 아빠의 동창들은 대부분 결혼하지 않았다. 그들은 나를 볼 때마다 표정이 이상야릇해지곤 한다. 좀 어색하기도 하고 또 좀 수줍어하는 것 같기도 하고 아무튼 미안해하는 것 같았다. 나는 그들이 결혼을 안 해서 아빠에게 미안한 건지 아니면 아빠가 결혼해서 그들에게 미안한 건지 모르겠다. 정 보살은 나를 보더니 생각을 바꾸었다. 신비한 표정으로 아빠를 멀리 화단 쪽으로 끌고 가더니 한참 동안이나 뭐라고 수군거렸다.

아빠가 머리를 땡땡이처럼 흔드는 것이 보였다. 분명 동의하지 않는다는 의미였다. 정 보살이 아빠의 어깨를 힘껏 치면서 협박에 강요까지 하는 것 같았다. 몸을 돌려 도망가려는 아빠를 힘이 센 정 보살이 덥석 붙잡았다.

그러자 아빠가 웃으면서 두 손을 맞잡는 것이었다. 항복한 것 같았다.

아빠는 마음이 너무 약하다. 출근하는 일만 빼면 다른 건 뭘 어떻게 하든 좋다는 식이었다. 그렇지 않았으면 엄마와도 지금처럼 되지는 않았을 것이다. 원하는 것을 이룬 정 보살은 자전거에 올라타더니 감쪽같이 자취를 감췄다.

아빠는 화단 옆에서 내가 오기를 기다리고 있었다. 그리고 수심이 가득한 얼굴을 한 채

"샤오샤오야,"

라고 부르더니 말했다.

"아마도 내가 뭘 잘못 한 거 같구나!.."

내가 무슨 일인지 묻자 아빠가 대답하였다. 정 보살은 칭양 소년교도소 교도원인데, 소장의 부탁으로 소년교도소의 수감생들에게 문학수업도 해주고, 문학사(文學社)도 운영해달라고 아빠에게 부탁하러 온 것이란다.

"소년교도소가 뭐예요?"

내가 물었다.

"소년범을 가둬두는 곳이야. 많은 아이들이 죄를 범했을 경우, 살인, 강도, 마약 밀매 별의별 범죄가 다 있지. 그 죄를 지은 아이들이 만 18세 미만이어서 그 애들에게는 실형을 선고할 수 없으니 소년교도소에 가두어두고 교육시키면서 개조시키는 거야."

나는 갑자기 영화에 나오는 음험한 눈빛을 가진 거리의 망나니들이 생각나 오싹 소름이 끼쳤다. 우리 칭양현에 그런 특별한 곳도 있다니 정말 생각 밖이었다.

"왜 범인들에게 문학 강의를 하나요?"

"아, 그건 말이다. 문학이 좋은 거니까 그러지. 문학은 사람의 마음을 정화할 수 있고 지혜로워지게 할 수 있거든. 그리고 또 어지러워진 마음을 거울처럼 맑게 닦을 수도 있지."

아빠는 폼을 잡기 시작했다.

"왜 형에게 부탁하는 거죠?"

나는 고개를 들어 아빠를 바라보았다. 아빠가 득의양양해서 말했다.

"지금 너 나를 얕잡아 보는 거니? 형이 이래 뵈도 명문대 중점 학과인 중문과 졸업생이거든. 인기 있는 인터넷 문학 대필 작가로 이 바닥에서는 유명하단 말이야! 그깟 소년범을 가르치는 게 뭐 대수냐? 현 고등학교의 고3 학년도 충분히 가르칠 수 있거든."

그러다가 아빠가 갑자기 기운이 빠진 것처럼 말했다.

"그런데 왜 정 보살이 나를 찾아왔지? 나에게 소년범을 가르칠 자격밖에 없단 말인가?" 아빠는 잠깐 생각에 잠기는 것 같더니 깜짝 놀라며 말했다.

"어이쿠, 낮에 수업을 한다면 7시면 일어나야 하는데 내 생체 리듬이 다 깨질 거잖아, 그렇잖니? 그건 너무 힘들 거야! 매일 일찍 일어나야 한다니, 돌아버리겠다."

아빠는 후회하는 눈치였다. 그런 아빠를 보면서 나는 아주 중요한 걸 상기시켜 주었다.

"만약 교실에 살인범이 앉아있다면 두렵겠죠?"

아빠는 눈만 껌벅거렸다. 아마 그건 미처 생각지 못한 모양이다. 아빠는 머리를 긁적이더니 확신 없이 말했다.

"글쎄, 심리적 장애가 있을까? 그러나 모르지, 아주 재미있을 수도 있지. 도전적이잖아. 생각해 봐, 살인범과 눈길이 마주쳤다고 하자. 눈길과 눈길의 대결이라…"

그는 양손의 중지와 식지를 서로 맞대고 예리하게 대립하는 시늉을 하면서 컴퓨터 게임에서 나오는 것처럼 "휙휙"하고 부메랑이 날아가는 소리까지 냈다.

참으로 어이가 없었다. 내가 말했지만, 이렇게 개구쟁이 같은 아빠가 어떻게 '본보기가 되어' 남을 가르치는 일을 잘할 수 있을지 걱정이었다.

할아버지네 집 복도에 들어서니 어두조림(紅燒大魚頭)의 매콤한 냄새가 코를 찔렀다. 아빠가 말했다.

"내기 할래, '허 뭐라더라' 그녀가 오늘 우리 오는 걸 알아맞혔을 거야."

아빠는 무슨 일에서나 이래도 되고 저래도 되는 사람이지만, 유독 할아버지의 재혼에 대해서만은 불만이었다. 불만이라기보다는 적극적이지 않고 열정적이지 않았다. 그는 앞에서는 '이모'라고 부르지만, 뒤에서는 새 할머니의 이름을 기억하지 못하는 것처럼 늘 "허 뭐라더라"라고 부르곤 하였다.

아빠의 내기는 아무 의미도 없다. 양생을 중시하는 새 할머니는 생선을 조리할 때면 생선찜을 하거나 혹은 생선국 하기를 즐긴다. 다만 나와 아빠가 올 때만 기름에 지지고 간장으로 졸여 조리하곤 한다. 이미 매콤한 냄새가 풍기는 것을 보면 새 할머니가 우리를 위해 특별히 음식을 준비하고 있는 것이 뻔하기 때문이다.

아니나 다를까 우리가 5층까지 올라가 보니 새 할머니가 벌써 문을 열어 놓고 활짝 웃으며 우리를 반기며 서 있었다.

"샤오샤오의 발자국 소리는 척 들으면 알 수 있지."

새 할머니가 내 비위를 맞춰주려고 하는 말인 줄을 알면서도 그래도 기분이 좋았다. 아빠는 중얼거리며 인사만 한마디 하고 서둘러 거실을 가로질러 베란다로 갔다. 할아버지는 최근 몇 년 동안 화분에 푹 빠져 계신다. 주말 이틀 동안 집에 계실 때면 화분 주위만 맴돌곤 한다. 화분 중에 진귀한 난이 하나 있는데, 꽃이 작은 불상과 흡사하여 오싹한 느낌이 들곤 한다. 노란색의 겹꽃잎 연꽃 분재는 할아버지가 키워내신 새로운 품종이다. 손바닥만 한 크기의 작은 그릇에 담아 옥 조각처럼 정교하다. 지난달에 할아버지가 키운 우담화가 한꺼번에 꽃을 28송이나 피웠다. 송이송이 새하얀 꽃이 얼마나 큰지 텔레비전방송국 기자까지 소문을 듣고 찾아와 '칭양 뉴스'방송에 보도되기까지 하였다. 할아버지는 본인이 꽃 재배에서 명성이 대단히 높은 줄 알았다가 나중에야 새 할머니가 제보한 것임을 알게 되셨다. 새 할머니가 방송국에서 일하시니 "누각에서 달을 먼저 본 격"이었다. 그러나 그 보도는 성공적이었다. 나의 선생님과 친구들까지 전화를 걸어와 방문 관람을 요청하였으니 말이다. 교과서에 '담화일현(曇花壹現, 담화는 우담화를 말한다 — 역자 주)'이라는 단어가 있는데, 진짜로 우담화가 피어났으니 누가 명확히 한번 보고 싶지 않겠는가? 결국, 할아버지 집은 시장거리처럼 시끌벅적해졌다. 숱한 사람들이 다녀가면서 탁한 공기 때문에 우담화는 한밤중이 되기도 전에 이미 빛을 잃었다. 할아버지는 기쁘기도 하고 또 아깝기도 하였다. 할아버지는 나에게, 다음에 우담화가 피면 밖에 알리지 말고 나와 허라라 셋이서만 할아버지는 술을 마시고 우리는 차를 마시며 해바라기를 까면서 조용히 감상하자고 말씀하셨다.

할아버지에게 좋은 일이 있으면 나를 잊지 않는다는 것을 나는 잘 알고 있다. 그러나 허라라까지 부른다고 하니 좀 질투가 났다. 허라라는 성이 '허(赫)'씨이고 나의 형식상의 고모일 뿐이다. 왜 우리 집의 기쁨을 관계없는 사람과 나누어야 하는지 이해할 수 없었다.

그때 허라라는 베란다에 있었다. 할아버지는 정말로 허라라를 예뻐하는 것 같았다. 할아버지는 허라라에게 큰 주전자를 들게 하고 화초에 물을 주는 것을 가르쳐주고 있었다. 어떤 화분은 흙이 흠뻑 젖을 정도로 물을 줘야 하고 어떤 화분은 잎사귀에 물을 약간 뿌려주면 된다는 둥, 화초의 건습도는 어떻게 판단해야 한다는 둥, 손가락으로 화분을 두드려 소리를 들어보면 알 수 있다는 둥, 소리가 둔탁하면 흙이 축축하다는 것을 설명한다는 둥, 만약 물이 부족할 경우 화분을 두드리면 '탱탱'하며 쟁쟁한 소리가 난다는 둥 하며 자세히 설명을 해주시는 것이었다.

할아버지는 나와 아빠가 걸어오는 것을 보고 아빠에게는 아는 체도 하지 않고 나만 부르셨다.

"샤오샤오야, 어서 오너라, 너도 같이 배우거라."

할아버지가 허라라에게 먼저 가르쳐주고 나서 나에게 가르쳐주다니, 나의 지위가 정말 일락천장 한 것 같았다.

허라라는 눈치 하나는 빨랐다. 서둘러 주전자를 내려놓더니 재빨리 자기 방으로 들어가 버렸다. 허라라가 나를 피해서가 아니라 우리 아빠를 피해서 방에 들어갔다는 것을 나는 알고 있다. 허라라는 우리 아빠를 '오빠'라고 불러야 하는데 그런 다정하고 애교 섞인 단어를 입 밖으로 내기 어려웠기 때문이다. 그래서 아예 피해버린 것이다.

"아버지!"

아빠가 공손하게 할아버지를 불렀다. 할아버지는 콧소리로 "음"하시더니 비웃는 어투로 말씀하셨다.

"오늘은 일찍 일어났나 보구나."

아빠는 어깨만 으쓱하였을 뿐 할아버지의 말에 응대하지 않았다. 할아버지와 아빠는 만나기만 하면 서로 의견이 맞지 않아서 대화를 이어갈 수가 없다. 할아버지는 분명 아빠가 서른 살이 되도록 여태 안정된 직장도 없이 허송세월한다면서 진취심이 없다고 나무란 것이다. 그러면 아빠는, 시대가 바뀌어 일하는 형태도 크게 바뀌었다면서 아침 9시에 출근해서 저녁 5시에 퇴근하는 직업도 있지만, 직장으로 출퇴근을 하지 않고 집에서 하는 것도 있으니 어떤 게 좋고 어떤 게 나쁜지 구분할 수는 없다고 변명했다. "'SOHO'(개인이 자기 집 또는 작은 사무실에서 인터넷을 이용한 사업을 하는 소규모 업체)라는 단어를 알아요? 바로 나와 같은 사람들을 가리키는 말이에요."

"화물 수색('SOHO'가 중국어로 화물 수색[搜貨]한다는 단어와 발음이 같음 – 역자 주)이라니? 참 잘났다. 잘났어! 대학 4년을 다니고 한다는 짓이 고작 화물 수색이냐?"

할아버지는 콧방귀까지 뀌며 아빠를 무시하는 말투였다. 그러면 아빠는 오기가 생겨 할아버지를 "고집통이"이라고 꼬집고 싶지만 심장이 안 좋으신 할아버지가 자극을 받으실까봐 그 말을 감히 입 밖에 내지는 못했다. 그렇다고 그 말을 입 밖에 내지 않으면 아빠 자신이 또 괴로워서 숨이 막힐 지경이기 때문에 아빠는 아예 시작부터 말을 섞지 않고 몸을 사린다.

괜히 시작했다가 걷잡을 수 없어 부자간에 감정이 상하는 것이 두려워 피해버리곤 했다.

그래서 아빠는 할아버지가 애지중지 하는 꽃으로 말을 돌렸다.

"어이구, 극락조화가 꽃이 한 송이 피었네요! 주황색이네, 참 대단하세요!"

아니나 다를까 할아버지가 아빠의 수에 넘어갔다. 순간 할아버지는 희색이 만면하여 말씀하셨다.

"자세히 봐라! 어디 한 송이뿐인가? 이쪽에 꽃망울이 두 개 더 있지 않니?"

아빠는 아주 과장스럽게 혀를 끌끌 차면서 나에게 눈짓을 하였다. 나에게 아빠 대신 할아버지에게 말을 걸라는 뜻이다. 그래야 아빠가 궁지에서 벗어날 수 있을 테니까 말이다.

나는 할아버지 앞에서 아빠의 체면을 세워줄 수 있기를 간절히 바랐다. 그래서 자랑스럽게 할아버지에게 말했다.

"어떤 사람이 아빠를 소년교도소 선생님을 맡아달라고 부탁했어요. 할아버지는 소년교도소가 어떤 곳인지 아세요?"

할아버지가 아주 빠른 반응을 보이셨다. 바로 아빠에게 몸을 돌리며 물으셨다.

"어떻게 된 일이냐? 선생님은 또 뭐고?"

나는 문득 할아버지가 민정국의 국장이셨으니 민정국의 업무가 소년교도소와 분명 관계가 있을 거라는 생각이 들었다.

아빠는 사실 내가 자랑하며 떠들어대기를 바라면서도, 굳이 별것 아니라는 표정으로 나를 꾸짖었다.

"런샤오샤오, 너 입이 왜 그렇게 싸니? 선생님은 무슨… 갈지 말지 아직 결정도 안 했는데."

아니나 다를까 할아버지가 속임수에 걸려들었다. 대뜸 안색이 어두워지더니, 10배나 엄한 태도로 아빠를 꾸짖으셨다.

"뭐라고? 너 자신이 아직도 아주 잘난 줄 아는가 보구나? 일자리가 생겼는데 네가 지금 이것저것 가릴 처지냐? 너 같은 날라리가 무슨 소년교도소 선생님을 한다고, 너무 과분하지. 오히려 교육을 받는다면 모를까. 먼저 네 태도와 생각부터 바로 잡도록 해라!"

그 말에 아빠가 끝내 참지 못하고 할아버지에게 대들었다.

"말은 제대로 합시다. 제 생각이 어때서요? 밖에 나가지 않고 집에 앉아서도 돈도 벌거든요. 인류를 위해 이산화탄소 배출도 줄이고, 국가를 위해 후계자도 키워내고, 세금도 꼬박꼬박 내고, 국민으로서 책임도 다하는데, 이보다 더 고상한 사람이 있으면 나와 보라고 해요!"

"엉터리 같은 논리나 펴지 말거라!"

할아버지가 아빠를 꾸짖었다.

"너희 세대 사람들이 모두 너처럼 그렇게 게을렀으면, 그 그럼…"

할아버지는 급해서 말까지 더듬었다. 말을 더듬으니 얼굴까지 빨개져 꼭 마치 관공(關公) 같았다.

그때 새 할머니가 때맞춰 베란다에 나타나 할아버지와 아빠를 곤경에서 풀어주었다.

"밥 다 됐어요, 손 씻고 식사하세요."

어느새 새 할머니는 앞치마를 풀고 노란색 카디건으로 갈아입으셨다. 머리는 얹어서 나비 모양의 머리핀을 꽂았는데 산뜻하고 시원해 보였으며 웃고 있는 얼굴이 예뻤다. 할아버지는 더 이상 인상을 쓸 수 없어 얌전히 부엌에 들어가 손을 씻으셨다.

아빠는 이를 악물며 말했다.

"기어이 그 선생노릇 할 거야, 노인네 열 받게 잘할 거야!"

나는 아빠가 일부러 독한 말을 하고 있다는 것을 알고 있었다. 아빠는 겉으로 흉악한 표정을 지을 때 마음은 오히려 양처럼 순해지는 사람이다.

밥을 먹고 우리는 영화관에 가서 새로 개봉한 미국 재난영화 '투모로우'(The Day After Tomorrow)를 보기로 하였다. 우리 둘 다 영화관에 앉아 이런 블록버스터 영화를 보는 것을 좋아한다. 품에 팝콘을 안고 몸은 소파의자에 깊숙이 파묻고, 천재지변이 일어나는 장면과 귀청이 째질 듯한 음향효과 속에서 숨을 죽이고, 가슴이 북치듯 두근두근하고 아드레날린이 올라가는 쾌감을 즐긴다. '투모로우' 전에도 '트위스터(Twister)', '대혼란이 일어나다(All Hell Broke Loose)', '퍼펙트 스톰(The Perfect Storm)'… 이런 영화들을 우리는 다 보았다. 아빠는 중국 영화가 미국 재난영화의 눈부신 발전 수준을 영원히 따라잡을 수 없다고 말했다. 내가 왜냐고 물었다. 아빠는 이렇게 대답했다.

"굳이 말로 해야 하나? 상상력이 문제지. 중국의 이런 교육제도 아래서 발버둥 쳐 나온 사람들은 일자리를 구하고 돈을 벌어 집을 사고 승진할 생각을 외에는 무슨 생각을 할 수 있겠니? 지구니, 인류니, 책임이니 하는 따위는 다 저리 가라는 식이지."

아빠는 현실적인 문제를 아주 투철하게 보아내곤 한다. 그러나 아빠는 영원히 생각만 하고 행동이 따라가지는 못하는 사람이다. 자신이 처한 상황도 바꿀 생각을 하지 않는 아빠니까 사회를 바꾼다는 것은 아예 말할 나위가 못 되었다. 그렇다 보니 아빠 입에서 나오는 수많은 황당한 이야기가 나는 이젠 놀랍지도 않다.

할아버지는 아빠의 그러한 투철한 현실 인식감각을 두고 남만 비추고 자신은 비출 수 없는 손 안에 든 전등에 속한다고 비유하셨다. 사회에 대해서는 투철하게 보아내면서 정작 자신을 볼 때는 눈 감고 아옹 한다는 것이다. 아빠는 인정할 수 없다며 낭당하게 반박해 나섰다.

"남만 비춰도 좋지요. 사람마다 손전지를 켠다면 이 사회가 훤하지 않겠어요? 그럼 도깨비들이 숨을 곳이 없을 거 아니에요?"

할아버지와 아빠는 이렇게 보기만 하면 고양이와 쥐처럼 옥신각신하였다. 우리는 영화관 로비에 길게 늘어선 입장권 구매 행렬 뒤에 줄을 섰다. 아빠가 목을 길게 빼들고 앞에 선 사람들의 머릿수를 세어보더니, 안심하는 표정으로 그 시간대 영화표를 살 수 있을 것 같다고 말했다. 그때 아빠의 휴대폰 벨소리가 울렸다. 아빠가 저쪽으로 가서 전화를 받고 오더니 코를 찡그리면서 영화를 같이 볼 것 같다고 하였다. 어젯밤에 한 베스트셀러 작가의 블로그를 업데이트해주기로 했는데 깜빡하는 바람에 작가의 매니저가 자꾸 재촉한다는 것이었다.

아빠가 말했다.

"진짜 미안하다. 너 혼자 영화를 봐야겠구나. 집에 돌아와서 줄거리나 이야기해줘라."

가만히 생각해 보니 혼자 영화관에 앉아 있는 것도 재미 없을 것 같아서, 일단 아빠와 집에 돌아갔다가 다음 주 일요일에 다시 와서 보기로 했다. 어차피 블록버스터 영화는 영화관에서 적어도 열흘은 넘게 방영할 것이니까 말이다.

돌아가는 길에서도 아빠는 이리저리 뛰면서 어른다운 데가 없었다. 거리에는 차도 많고 사람도 많았다. 때로는 차바퀴가 아빠의 바짓가랑이를 스치며 지나갔다. 나는 조마조마해서 아빠 뒤를 쫓아가며 소리를 질렀다.

아파트 단지에 들어서서 우리 집 아래에 이르자 나는 고개를 들어 우리집 창문을 올려다보았다. 창문 차양 아래에 참새둥지가 하나 있다. 작년에 참새 한 쌍이 새끼를 깐 뒤 남겨진 둥지였다. 아빠가 새둥지를 없애버리려는 것을 내가 극구 막았다. 올해 참새 부부가 다시 돌아왔으면 좋겠다. 이미 가을이 되었으니 참새들이 돌아올 때도 되었다.

그런데 참새는 보이지 않고 뜻밖에 창문 뒤의 커튼이 펄럭이는 게 눈에 띄었다. 집에는 분명 사람이 없는데, 커튼이 어떻게 움직일까? 순간 나는 공포영화 속 장면이 떠올랐다. 가슴이 콩닥콩닥 뛰기 시작하였다. 무섭기도 하고 설레기도 하였다. 나는 아빠에게 달려가 일러주었다. 아빠가 내 손을 덥석 잡았다.

"올라가지 마, 도둑이 든 게 틀림없어!"

아빠는 나보다 더 무서워하고 있었다. 그것은 아빠 손바닥이 땀에 젖은 것으로도 알 수 있었다. 우리는 '110'에 신고할지 아니면 경비원에게 전화할지를 의논했다. 결국 아빠가 이를 악물며 말했다.

"에라, 모르겠다. 일단 올라가 보자. 두 사나이가 설마 도둑 한 놈을 못당하겠냐?"

우리는 숨을 죽이고 살금살금 계단을 올라가 조심조심 열쇠를 꺼내 문을 열었다. 문을 조금 씩 조금 씩 열었다. 아빠는 내 머리를 아빠 엉덩이 뒤로 갖다 붙였다. 도둑이 튀어나오면서 나를 다치게 할까봐 그러는 것이다. 거실에는 사람이 없었다. 우리는 한숨을 돌렸다. 주방에서 소리가 들려왔다. 도둑이 배가 고파서 냉장고를 열고 찬장을 뒤져 먹을 것을 찾고 있을지도 몰랐다. 아빠와 나는 거실에 있던 나무 조각과 유리 쟁반을 하나씩 무기로 들고 발끝을 세우고 벽에 바싹 붙어서 주방 입구로 다가갔다.

주방에 있던 그 사람이 몸을 돌리더니 소리를 질렀다.

"샤오샤오야! 귀신 도깨비처럼 누구 놀라 자빠지는 걸 보고싶니?"

에구머니나, 외할머니셨구나. 외할머니는 가슴을 누르면서 매우 언짢은 표정으로 우리를 노려보았다. 우리가 일부러 놀래주려고 그런 줄로 오해하신 것이다.

"외할머니."

내가 말했다.

"아무런 말도 없이 우리 집에 들어오셔서 도둑인 줄 알았지 뭐에요."

외할머니는 더 언짢아하며 말했다.

"'너희 집'이 누구 집인데? 내가 들어오면 안 되냐?"

아빠가 서둘러 해석하였다.

"그런 게 아니고요. 장모님은 당연히 언제든지 오셔도 되지요. 그런데 어떻게 키도 없이 들어오셨어요? 정말 재주가 좋으시네요. 저희는 미처 예상치 못했거든요."

아빠의 말에 외할머니는 으쓱해서 말했다.

"경비실에 찾아가 문을 열어달라고 했지. 나를 알아보더라고. 경비실 책임자가 내 학생이었잖니."

"그러시네요, 장모님 참으로 훌륭한 제자들을 많이 길러내셨네요."

아빠가 때를 놓칠세라 외할머니에게 알랑거렸다. 아빠는 우리 할아버지는 무서워하지 않지만 외할머니는 무서워한다. 외할머니가 우리 학교 교장이어서 그럴지도 모른다. 아빠는 엄마와 이혼한 지도 오래되었지만 외할머니를 계속 '장모님'이라고 부르고 있다.

외할머니가 아빠를 나무라기 시작하였다.

"냉장고가 텅텅 비었는데도 제때에 채워 넣을 줄도 모르고, 샤오샤오를 굶기기라도 할 셈인가? 한창 크는 아이가 아닌가! 세탁기는 또 어떻게 된 건가? 옷을 저렇게 많이 담가놓고 다 썩기를 기다리는 건가? 그리고…"

"어이쿠"

그제야 아빠는 오전에 세탁기가 멈춘 뒤 옷을 건져내지 않은 것이 생각나 다급히 화장실로 뛰어갔다. 외할머니가 아빠를 불러 세웠다.

"자네 오기까지 어떻게 기다리나? 벌써 짜서 널었지."

외할머니는 잔소리는 많이 하시지만, 그래도 마음씨가 곱고 일솜씨도 잽쌌다. 매주 우리 집에 한두 번 오시는데, 진정한 집사였다.

생각해 보면 재미있는 일이다. 외할머니는 외할아버지와 결혼해서 수십 년 동안 집안 살림에 관여하지 않다가, 엄마와 우리 아빠가 이혼을 하자 도리어 나와 아빠의 의식주를 보살펴주고 있었다.

외할머니는 아빠를 실컷 나무라고 나서 당부를 시작하셨다. 냉장고에 넣어둔 음식 중 어느 것은 먼저 먹어야 하고, 어느 것은 더 뒀다 먹어도 된다는 둥, 나의 털실 상의와 털실 바지가 짧아져서 오늘 집에 가지고 가서 단을 이어서 가져오겠다는 둥, 이번 주 단원시험에서 나의 영어성적이 학년 12위로 떨어졌는데 어떻게든 다시 끌어올릴 것이라면서 특히 단어 외우기를 독촉해야 한다는 둥…

"방심하면 안 된다고!"

외할머니는 아빠에게 엄숙하게 당부하셨다.

"성적이란 건 떨어지는 건 한 순간이지만 다시 올라가려면, 순위를 한 등급반 따라잡으려 해도 안간힘을 써야 하네. 미연에 방지해야지."

아빠는 기회를 엿보다가 나에게 껌뻑거리며 눈짓을 하다가 그만 눈치 빠른 외할머니에게 들켜버렸다. 외할머니는 이맛살을 찌푸리면서 말씀하셨다.

"자네는 좀 진지할 수 없겠나? 일찍 아빠가 됐으면 아빠로서의 책임이라도 다해야지, 이게 대체 뭔가?"

나는 인정할 수 없었다. 그러면 엄마는? 엄마는 왜 엄마로서의 책임을 다하지 않는데?

외할머니도 세상 다른 부모들과 마찬가지이다. 자기 딸은 어쩌지 못하면서 남은 고분고분하게 길들이려고 하였다.

공평함을 주장하는 마음에서 나는 아빠를 위해 정의를 펴보기로 했다. 그래서 외할머니에게

"우리 아빠 곧 취직해요."

라고 알려주었다. 그 말에 빈 비닐봉지를 들고 쓰레기통을 비우려던 외할

머니가 일손을 멈추더니 미심쩍다는 표정으로 물었다.

"정말이야? 무슨 직장인데?"

"소년교도소예요."

내가 우쭐하면서 대답하였다. 순간 외할머니의 눈이 휘둥그레졌다.

"뭐? 소년범을 가둬두는 곳 말이냐? 가서 뭘하는데?"

"선생님이죠. 거기 형과 누나들에게 작문 짓는 법을 가르친대요."

외할머니가 흥! 하고 콧방귀를 뀌더니 나를 나무랐다.

"형은 무슨? 누나라니? 거기에 있는 사람들이 어떤 사람인지 알기나 해? 도둑질하고 나쁜 짓만 하는 나쁜 애들이야!"

외할머니는 빈 비닐봉지를 '휙' 내던지더니 딱 잘라 말씀하셨다.

"안 된다! 자네 잘 들으라고. 좋은 사람도 그런데 가면 나쁘게 변할 수 있다고, 하물며 자네처럼 의지가 약한 사람은 더 말할 나위도 없지. 차라리 집에 들어앉아 컴퓨터를 두드리면서 돈 버는 게 낫지. 타락의 위험을 무릅쓰는 건 바라지 않네."

아빠는 놀란 표정을 감추지 못하였다.

"그게 어떻게 타락이에요? 저는 선생님이 되어 사람을 교육하러 가는 거지 교육 받으러 가는 거 아니에요."

그러나 외할머니는 완강하였다.

"남은 몰라도 자네 품성을 내가 모르겠어? 자네는 그런 책임을 맡을 수 없네. 나중에 가서 걷잡을 수 없는 상황을 만들지 말고 자기 파악부터 하는 게 좋겠어. 섣부른 결정으로 남의 자식을 망치지나 말고."

외할머니가 아빠를 얼마나 형편없이 평가하고 있는지 알아들을 수 있었다. 외할머니는 아빠가 그 일을 끝까지 해낼 수 있을 것이라고는 애초부터 믿지 않는 것이다. 외할머니의 평가가 아빠의 적극성을 크게 꺾어 놓았다. 자신이 정말 외할머니가 말한 것처럼 그렇게 형편없는 건 아닌지, 아빠 스스로도 확신이 서지 않았다. 외할머니가 집으로 돌아가신 뒤에도 아빠는 안색이 어두워 소파에 맥없이 기댄 채 나에게 물었다.

"이봐 아우, 나 그 일 해야 하나 말아야 하나? 나 자신도 그 일이 적성에 맞지 않는 것 같지 않니?"

나는 아빠를 매우 동정한다. 그러나 또 뭐라고 대답할 수도 없었다. 왜냐하면 나는 소년교도소에 가본 적이 없으니 그곳 근무 환경이 어떠한지 정말 모르기 때문이었다.

"런샤오샤오, 나 대신 결정 좀 해 줘라."

아빠가 불쌍한 표정으로 내 얼굴을 뚫어져라 바라보았다. 결국 나는 아빠 대신 결정했다. "형, 차라리 동전을 던져 정해요. 국화꽃이 나오면 가고 글자가 나오면 안 가는 걸로."

아빠가 소파를 탁 치며 벌떡 일어나더니 책상 위의 동전 케이스에서 1원짜리 동전을 하나 꺼냈다. 아빠는 동전을 두 손으로 꼭 감싸고 눈을 감고 기도하는 체 하더니 경문까지 몇 마디 중얼거렸다. 그리고 두 손을 번쩍 들어 동전을 던졌다.

'쟁그랑' 소리와 함께 동전이 땅 위에 떨어지더니 데구루루 굴러가다가 나중에 내 발 옆에서 멈췄다.

활짝 피어난 반짝반짝 빛나는 국화 한 송이였다. 아빠의 얼굴은 우는 것 같기도 하고 웃는 것 같기도 한 게 우스워 죽을 지경이었다.

Part 3

기가 막히게 훌륭한 작문

3
기가 막히게 훌륭한 작문

월요일, 아빠가 정 보살에게 전화를 걸어 '문학 수업'선생님이라는 영광스러운 임명을 받아들이기로 했다고 알렸다. 정 보살은 수화기에 대고 소리질렀다. "것 봐, 내가 뭐라고 했어! 납득될 거라고 말했지! 얼마나 좋은 기회인데. 미리 말해두는데 잘하면 정규직으로 전환되어 영광스러운 인민경찰이 될 수도 있어! 그때 가서 추천해 준 날 잊으면 안 돼, 은혜도 모르는 놈은 싫어."

"오오. 그래그래, 알았어. 알았다고. 내가 공을 세운다면 공훈장은 다 너가져."

"어디 그뿐이야. 눈 깜박할 사이에 너의 문하생이 온 세상에 널릴 테니강사료를 받거든 한 턱 쏴야 해, 나도 전복, 상어지느러미를 한번은 먹어봐야지."

그 말에 아빠가 고함을 지른다. "차라리 날 죽여라!"

전화기를 내려놓고 아빠는 문득 무슨 생각이 들었는지 머리를 갸우뚱하며 나에게 물었다. "학생이 소년범이라 해도 문하생이 온 세상에 널렸다고할 수 있는 거야?"

그 질문에는 대답하기가 어려웠다. 소년범을 진짜 범인이라고 할 수 있는지 나는 모르겠다.

　화요일, 아빠는 자전거를 타고 칭양 교외의 스리보(十裏堡)에 위치한 소년교도소로 가서, 미래의 직장, 그리고 그가 가르칠 소년범들에 대해 사전정찰을 진행하였다. 저녁에 집에 돌아온 아빠는 소장이 그를 크게 중시하는 것 같다고 나에게 알려주었다. 그를 칭양성에서 명성이 뜨르르한 재자라고 칭찬하면서 특별히 문학교실도 하나 내주더라고 하였다. 문학교실에는 30~40개 좌석에 에어컨도 갖춰져 있었으며 심지어 컴퓨터까지 특별히 마련해놓았더라고 하였다. "책상과 걸상은 하늘색인데 다 새롭게 마련한 것들이었어!" 그는 신이 나서 떠들었다.

"형만 쓸 수 있는 거예요?" 내가 물었다.

"그건 아니고. 미술반과 컴퓨터반도 그 교실을 써. 가끔." 아빠가 어깨를 으쓱했다.

　역시, 그럴 줄 알았어. 문학 선생님에게 특별대우를 줄 리 만무하지. 유치한 우리 형은 누가 방망이를 줘도 바늘로 쓸 만큼 멍청하다.

　얼떨결에 나에게 지적을 받은 아빠는 안색이 흐려졌다. 그는 자신이 다른 사람과 대등한 지위에 있다는 사실에 울적해졌다. 그것도 잠깐. 그는 곧바로 다른 일로 흥분하기 시작하였다. 그것은 소년교도소에서 새로 개설한 문화과목 중에서 문학반에 지원한 학생이 가장 많아 교실 에 좌석이 부족하여 학생의 일부를 다른 반급으로 옮겨야 하는 상황이라는 것이다. 아빠는, 문학수업이 미술수업처럼 기초가 필요한 것도 아니고 컴퓨터수업처럼 어려운 것도 아니어서 쉽게 접근할 수 있다는 객관적 원인은 인정하지 않고, 인터넷 커뮤니티에서 자신의 인기에 힘입어 소년범들이 그의 '인터넷 대필 작가'라는 명성을 듣고 지원한 것이라고 흐뭇해하고 있었다.

나는 더 이상 아무 말도 하지 않았다. 아빠가 또 타격을 받을까봐 걱정이었기 때문이다.

사실 아빠 자신도 번연히 알고 있으면서도 일부러 가련한 표정을 짓고 나에게 요구하는 것이다. "제발, 좀 봐줘, 조금이라도 자신감을 갖게 해줘."

그래서 나는 바로 이렇게 말해주었다. "당연히 자신감을 가져야죠. 형이 다른 선생님들보다 인기가 많은 게 틀림없어요."

"정말?"

"형은 잘 생겼잖아요, 그게 우세거든요."

아빠는 껄껄 웃으며 기뻐하였다. 아마도 내 말이 마음에 든 모양이다.

그날 저녁 아빠는 나와 함께 애니메이션을 보지 않고 홀로 방에 틀어박혀서 수업준비를 할 것이라고 했다. '첫 수업'을 단번에 성공시킬 생각이었다. 외할머니에게서 전화가 걸려왔다. 아빠가 이미 부임한 것을 알고 별 수 없다는 듯 한숨을 내쉬더니 이왕 할 바엔 잘해보라면서 그래야 남들이 얕잡아보지 않을 것이라고 말씀하셨다. 그리고 소년교도소의 학생들이 초등학교 수준도 있고 고등학교 수준도 있어 들쭉날쭉할 것이니 첫날 수업을 하면서 상황 파악을 잘해야 앞으로 눈높이에 맞춰 잘 가르칠 수 있다고 경험까지 전수해주셨다.

교장선생님이어서 그런지 뭔가 달랐다. 외할머니의 말씀에 아빠는 마음이 탁 트이는 것 같았다. 큰 깨우침을 얻은 아빠는 첫날 수업에서는 학생들에게 한 가지 임무만 주기로 결정하였다. 바로 학생들에게 작문을 한 편씩 짓게 하는 것이다. "글짓기가 한 사람의 국어 수준을 가장 잘 보여주지." 아빠가 혼잣말로 중얼거렸다.

아빠는 특색이 있는 작문제목을 생각해내기 위해 인터넷에서 예년 고등학교 입시 대학입시 작문제목을 낱낱이 훑어보았다. 아빠는 또 나의 '초등학생 작문 대전'도 보고 또 책장 제일 안쪽에서 이전에 아빠가 썼던 '고등학생 작문 대전'도 찾아내 자세히 살펴보았다.

아빠가 소년시절 대학입시 때 지금처럼 열심히 공부하였을 것이다.

수요일에 아빠는 첫 수업을 하러 갔다.

문학과 수업 시간은 아주 인성적으로 배치하였다. 오전 10에 시작해서 연속 2시간 수업하면 끝나게 배치되었다. 우리 집에서 자전거로 소년교도소까지 30분이면 충분하니까 아빠는 9시에 출발하면 시간이 넉넉하다.

그런데 마음이 설레서인지 아빠는 이례적으로 일찍 일어났다. 7시에 방문을 열고 나와 화장실로 들어가는 것이었다. 내가 아침밥을 먹고 책가방을 메고 나올 무렵 아빠는 이미 자신을 산뜻하게 꾸며놓았다.

무스를 발라 헤어스타일을 멋지게 손질하였고 가장 아끼는 은회색 코르덴 양복에 'LEE'브랜드의 청바지를 맞춰 입었으며 캐주얼한 검은색 구두를 받쳐 신었다.

아빠가 문학과 수업을 정말 대단히 중요하게 생각하고 있는 것이다.

"어때? 봐봐." 아빠가 한 바퀴 뺑 돌아보았다.

"형, 너무 멋있어요!" 나는 진심으로 칭찬하였다.

"처음 뵙겠습니다. 잘 부탁드립니다!" 아빠가 90도로 허리를 굽혀 깍듯이 인사하였다. 너무 웃겼다.

우리 둘은 동시에 손을 들어 '탁'하고 손바닥을 마주쳤다.

그런데 아빠의 자제력은 영 마음이 놓이지 않았다. 기분 좋게 갔다고 기분 좋게 돌아온다고 장담할 수는 없다. 아빠가 수업을 절반쯤 했을 무렵 학생들의 수준이 너무 낮다고 느껴져 무미건조하게 느껴질지도 모른다. 혹은 낯선 소년범을 상대하면서 긴장하여 신경이 예민해질지도 모른다. 또 혹은 소년교도소의 모든 것이 마음에 들지 않을 수도 있다. 필경 그 곳은 범인을 가둬두는 감옥이니까…

문득 1년 전의 일이 생각났다. 아빠가 '칭양 일보'에 취직하려고 뜨거운 열정으로 통신보도를 한 편 썼는데, 이튿날 신문을 받아보니 그의 기사가 모퉁이에 성냥갑보다 더 작게 나와 있었다. 편집장이 그의 기사를 대여섯 줄 정도로 확 줄여버린 것이다. 화가 난 아빠는 신문을 막 구겨서 찢어버리고는 그 길로 짐을 싸 나와 버렸다. 한마디로 그는 상식적으로 일 처리하는 사람이 아니다. 매일 얼굴을 맞대고 있는 나를 제외하고는 제멋대로 행동하는 그의 성질을 받아줄 수 있는 사람은 아무도 없다. 그래서 이날 나는 몸은 비록 교실에 앉아있어도 마음은 '최신식'의 하늘색 책상과 걸상이 있는 교실에 가 있었다. 나는 줄곧 아빠를 위해 기도하였다. 그가 '첫 수업'을 순조롭게 마칠 수 있게 해달라고.

국어 선생님이 우리를 데리고 '밀짚 피리(麥哨)'라는 과목을 읽었다. "빗줄기로 꿰매고 햇빛으로 다림질하여 따스한 바람으로 어루만져 대자연은 계절 하나하나를 절묘하게 이어놓는다. 경칩, 춘분, 청명, 곡우… 눈 깜박할 사이에 입하가 다가온다. 저도 모르는 사이에 우리는 봄에서 여름의 변두리에 들어섰다."

선생님이 질문하셨다. "본문의 첫 단락에서 계절의 바뀜을 묘사하면서

작자는 총 몇 개의 동사를 사용하였습니까?"

나는 무의식중에 손을 들었다.

선생님은 손가락으로 내가 있는 방향을 가리켰다. 앞줄에 앉으면 이런 나쁜 점이 있다. 선생님이 질문을 하였을 때 손을 들지 않으면 선생님의 눈길이 앞에 앉은 사람을 주시하게 되고 손을 들면 선생님이 앞에 앉은 사람을 불러 발언시키기도 제일 편리하기 때문이다. 손가락으로 가리키거나 혹은 입을 쭝긋 하거나 가장 쉬운 방법은 턱짓 혹은 눈짓을 하는 것이다. 그래서 앞줄에 앉은 학생은 좀처럼 한 눈 팔지 못한다. 또 그래서 우리 반의 학부모들은 선생님의 눈길이 수시로 주시할 수 있는 앞줄에 자기 집 아이를 앉히려고 안간힘을 쓴다.

나는 제꺽 일어섰다. 일어서서 그 단락을 다시 보았다. 단락이 길지 않아 다행이었다. 나는 한번 훑어보고 대답하였다. "동사 세 개를 사용했습니다."

"어느 세 개입니까?" 선생님은 미간을 찌푸렸다. 내가 한꺼번에 대답하지 않고 성가시게 두 번 질문시켜서 싫은 눈치셨다.

"꿰매다, 다림질하다, 어루만지다." 나는 아주 유창하게 대답하였다. 발음도 또렷하고 순서도 명확하였다.

그런데 선생님은 또 한 번 미간을 찌푸리시더니 가운데 손가락으로 교과서를 두드리면서 말씀하셨다. "그럼 '이어주다'는 무슨 품사입니까? '계절과 계절을 이어주다'에서 '이어주다'는 형용사입니까?"

마이 갓! 그건 내 실수였다. 나는 대구법을 사용한 앞 세 마디에는 주의를 돌렸지만 뒤에 개괄해 놓은 구절이 한 마디가 더 있는 것을 깜빡했다.

나는 저도 모르는 사이에 또 아빠가 상대할 학생들에 생각이 미쳤다.

큰 죄를 지어 구속 되어 통제와 교육을 받아야 하는 학생들도 나처럼 예의바르게 일어나서 선생님의 질문에 대답할까? 만약 그 아이들이 아빠에게 호명을 당하고 일어서서 질문에 대답하지 못한다면 부끄럽고 분한 나머지 화가 나 아빠를 때려 상처를 입히지는 않을까?

"런샤오샤오, 오늘 수업 시간에 집중을 못하는구나." 선생님은 나를 흘겨보면서 언짢아서 경고하였다.

나는 눈치 빠르게 똑바로 서서 선생님의 꾸중을 들었다. 선생님이 외할머니에게 일러바치지 말아주기를 기도하면서.

겨우 수업이 끝나기를 기다려 나는 책가방을 메고 집으로 줄행랑을 놓았다. 짝꿍이 '손오공'이 쫓아와 '짱구' 그림책을 사러 같이 가자고 하였지만 나는 거절하였다.

"짱구 만화 작가가 죽었대." 그 애가 황당한 말로 나에게 귀띔을 하였다.

"그게 뭐? 유작 투기를 하려고? 넌 인쇄물을 사는 거야." 나도 귀띔을 해주었다.

그는 눈을 껌뻑거리더니 머뭇거렸다. 얼마 전에 미국 가수 마이클 잭슨이 죽었을 때 그는 가수의 그림을 한꺼번에 가득 사놓았다. 기회를 봐서 고가에 팔 타산이었으나 결국 오늘까지 한 장도 팔지 못해 손해를 꽤 보았다.

"그럼, 짱구는 사야 하나 사지 말아야 하나?"

마음이 갈등하고 있는 것이다.

그 애를 내버려두고 나는 강변을 따라 집으로 종종걸음을 놓았다. 책가방 안에서 필통이 요란스레 딸랑거렸다.

나는 계단으로 올라가 목에 건 키를 꺼내 문을 열었다. 아빠가 두 눈을 감고 죽은 듯이 거실 소파에 누워있는 것이 보였다. 이른 아침 7시에 일어나 출근했으니 그럴 만도 하다. 아빠가 그렇게 부지런하기는 몇 년 만이다.

나는 책가방을 내려놓고 발끝을 세워 살금살금 아빠 방에 가서 침대 위에 있는 담요를 꺼내 아빠에게 덮어주었다.

갑자기 아빠가 눈을 번쩍 뜨는 바람에 나는 깜짝 놀랐다.

"런샤오샤오, 오늘은 진짜 짜릿한 하루였어!" 아빠가 벌떡 일어나 앉으며 신이 나서 떠들었다.

참 어처구니가 없었다. "잠 든 줄 알았잖아요."

"그럴 리가!" 아빠의 눈에서는 빛이 났다. "내가 하루 종일 어떤 사람들과 마주하고 있었는지 생각해봐. 들으면 깜짝 놀랄 거야! '마약 여왕'이라고 불리는 여자애가 하나 있는데 말이야. 겨우 열일곱 살이고 생긴 거는 뭐라고 할까 뒤에서 보면 딱 불곰 같아. 그리고 또 참 준수하게 잘 생긴 남자애가 있는데 누굴 닮았는지 알아? 젊은 시절의 메이란팡(梅蘭芳. 중국 현대 희극 공연 예술가) 같아. 그런데 그 애가 말이야. 몸이 가볍고 민첩하여 수도관을 타고 6층까지 기어 올라갈 수 있다는 거야.

그 애가 마음만 먹으면 털지 못하는 집이 없다지 뭐야. 숱한 범죄를 저질렀다는 거야. 대부분 사람들이 다 온순하게 생겼어. 교도관이 말해주지 않으면 그들이 칼로 사람을 찌르고 자동차를 훔치고 여자애를 성폭행하였다는 사실을 상상도 할 수 없을 거야. 아이고, 말도 말아. 교실에 들어서는 순간 그 아이들의 눈이 내 몸에 달라붙은 것 같더라. 떨쳐버릴 수도 없었어. 등골이 다 서늘해지더라."

"정 씨 아저씨는요? 아빠와 같이 가지 않았어요?"

아빠가 벙긋 웃었다. "하하, 이제야 알았어. 실은 정 보살이 말이야. 소년 교도소 업무지원팀 직원이었어. 애초에 교도관직을 맡을 자격이 없는 거지, 교학 구역에도 들어가지 못해. 다음에 만나면 보자. 어디 계속 잘난 체할 수 있을지."

그는 검은색 옥스퍼드 노트북 가방을 열어 안에서 작문 원고지를 한 더미 꺼내더니 으쓱해서 책상에 던져놓았다. "봐봐, 내가 내준 작문 제목이야. '그렇게 흘러가는 나의 청춘'. 멋지지 않니? 그 녀석들 꼼짝 못하게 한 방 먹였지. 아우성이었어. 이게 바로 첫맛에 본때를 보인다는 게야. 처음부터 쩔쩔매게 만들어야 돼."

내가 마음속으로 생각해 보니 그 작문 제목은 꽤 어려운 것 같았다. 나보고 쓰라 하면 어떻게 쓸까?

그러나 나는 겨우 여덟 살이다. 아직 '청춘이 흘러가지' 않았기에 쓰지 못하는 것이 정상이다.

우리는 저녁 준비를 하기 시작하였다. 아빠가 냉장고를 열어 나머지 음식을 점검하더니 할아버지네 집에서 가져온 생선찜을 찾아냈다. 외할머니가 가져다준 음식은 펀쩡러우(粉蒸肉, 쌀가루를 묻혀서 찐 돼지고기 ─ 역자 주) 반 그릇 밖에 남지 않았다. 밥은 다 먹고 없었다. 아빠는 밥하기 싫었던지 국수를 삶아 먹자고 했다. 생선찜 국물을 넣고 국수를 끓였더니 의외로 너무 맛있었다. 새 할머니는 아빠가 음식 위생을 지키지 않는다고 늘 나무라면서 밥과 요리를 냉장고에 이틀 이상 넣어두어서는 안 된다고 일러주곤 하였다. 그런데 우리는 늘 묵은 밥과 묵은 음식을 먹는데도 별 탈은 없었던 것 같다.

우리는 야채를 먹지 않았기 때문에 식후에 감귤을 하나씩 먹었다. 식칼로 감귤을 네 등분 내서 그릇에 담을 것도 없이 싱크대 옆에 엎드려 입안에 마구 쓸어 넣으면 그만이이다. 우리 둘이 가장 좋아하는 과일은 오렌지, 귤, 바나나이다. 왜냐하면 그 과일들은 씻을 필요도 없고 껍질을 깎을 필요도 없어 먹기가 가장 간편하기 때문이다.

오렌지를 너무 크게 잘라서 내 입가와 코끝에 온통 끈적끈적한 오렌지 주스가 묻었다. 아빠가 보더니 혀끝으로 핥는 것이었다. "진짜 달아!" 나는 너무 간지러워 싱크대 위에 있는 행주로 얼굴을 마구 닦았다. 그러자 아빠가 행주를 휙 낚아채며 호들갑을 떨었다.

"행주로 얼굴 닦으면 미움 산대!"

너무 웃겨. 아빠처럼 트렌디한 사람도 때로는 케케묵은 관습을 고집할 때가 있으니 말이다. 아마도 돌아가신 할머니가 가르쳐 주셨을 것이다.

밥도 배불리 먹고 과일도 다 먹고 나서 우리는 각각 밥상의 한 끝을 차지하고 앉아서 일하기 시작하였다. 나는 작문을 쓰고 아빠는 작문을 수정하였다.

첫 번째 작문을 몇 줄 훑어 내려가던 아빠가 갑자기 웃음을 터뜨리더니 내가 손에 쥐고 있던 컴퍼스와 연필을 빼앗으면서 한번 읽을 테니 기어이 들어보라는 것이다. 그 작문 내용은 이러했다.

"청춘은 얼마나 아름다운가. 그러나 나는 지금 철창에 갇혀있다. '테세방'(鐵血幇)에 가입해 큰 형님을 따라다니며 싸움질하지 말았어야 했다. 싸움은 너무 짜릿하다. 우리 진(鎭)의 진장도 우리를 무서워한다. 그에게 아들이 있는데 여자애들을 많이 괴롭혀 우리에게 맞을까봐 겁이 난 것이다. 우리는 실수로 게를 기르는 사람을 때려 죽였다. 그래서 나는 소년교도소에 잡혀오게 되었다. 나는 교훈을 받아들여 형기를 마치고 석방되면 절대 싸움질하지 않겠다.”

“이게 작문이야? 반성문이지! 봐봐, 틀린 글자도 이렇게 많아, 하나, 둘, 셋… 아이고, 내가 앞으로 이런 학생들을 가르쳐야 한단 말인가?”

“괜찮은데요. 문맥도 순통하고. 그만하면 주제를 너무 벗어난 것도 아니고요.”

“런샤오샤오, 내 학생에 대한 너의 기대치가 문제구나. 소년범이라고 하면 글도 조리 있게 쓰지 못할 것이라고 생각하나? 아니면 그들이 총명하지 못하여 범죄를 저질렀다고 생각하나?” 아빠가 빨간색 펜으로 원고지를 똑똑 두드리면서 말했다.

“정말 괜찮은 것 같아요.”

아빠는 입을 실룩거리더니 더 이상 나와 논쟁할 가치가 없다는 표정을 지었다.

아빠는 계속하여 또 작문 몇 편을 보았다. 아마도 작문들이 다 별로 재미가 없는지 아빠는 한 글자씩 천천히 읽어 내려가다가 나중에는 빠르게 대충 읽어버리는 것이었다. 다 읽은 작문 원고가 눈송이처럼 아빠의 손에서 떨어져 어느새 책상 위에 가득 덮였다. 그리고 어느새 나의 공간까지 잠식

하기 시작하였다. 나는 이따금씩 하던 숙제를 멈추고 아빠를 도와 원고지를 정리해야만 하였다.

"너무 지루해, 마트에 가서 담배를 사다주겠니?" 아빠가 물었다.

"안 돼, 나 폐암에 걸리면 어떡해요."

"무슨 소리야, 담배는 내가 피우지 네가 피우냐?"

"간접흡연이 더 해롭다고 했어요, TV에 나왔어요."

아빠가 "흥"하고 콧방귀를 뀌더니 말했다.

"요즘 애들은 매일 TV에서 뭘 배우는 거야? 예전에 우리가 학교 다닐 때는 선생님의 말씀이 곧 어명이었어. 요즘은 TV 스타들의 말이 어명이 되었으니. 정말 말세다 말세야."

아빠가 두 손으로 입을 막고 연거푸 하품을 몇 번 하자 눈물이 글썽해졌다.

"졸리면 먼저 들어가서 쉬세요."

나는 측은한 눈빛으로 아빠를 바라보았다.

"그럼 넌?"

"수학 숙제를 한 다음 또 영어 단어를 외워야 해요. 그리고 과문 첫 단락을 외워 써야 하고 또 붓글씨도 한 페이지 써야 해요."

이번에는 아빠가 나를 측은한 눈빛으로 바라보았다. 아빠는 잠깐 생각하더니 혼자 먼저 자는 것이 마음에 걸렸던지 기어이 나를 동무해주겠다고 고집을 부렸다. 그리고는 화장실로 가 찬 물로 얼굴을 씻고 머리까지 감았는지 머리카락이 축축해서 나왔다.

"그래, 끝까지 버티면 이기는 거야."

아빠는 우리 둘을 위해 사기를 북돋아주었다.

결국 아빠는 "눈이 번쩍 뜨이는" 훌륭한 작문을 발견하였다. 아빠 스스로 그렇게 표현하였다. 대다수의 경우 '버티면' 좋은 점이 있는 것 같다.

그 작문을 아빠는 나에게 적어도 세 번은 읽어주었다. 그래서 아주 명확하게 기억하고 있다.

그렇게 흘러가는 나의 청춘

가을이 깊어가고 있다. 나는 내 고향을 머릿속에 떠올려본다. 지금쯤 들판은 황금파도와 하얀 물결이 일렁이고 있을 것이다. 황금빛은 벼이고 눈처럼 하얀 것은 목화이다. 마을 사람들은 집집마다 총동원되어 수확기를 통해 솜 따는 외지인을 고용하여 수확의 기쁨에 도취되어 싱글벙글하고 있겠지?

잘 여문 벼이삭에서는 텁텁한 향기가 피어날 것이다. 이제 막 딴 목화송이에서는 썩 좋지 않은 떫은 냄새가 날 것이다. 햇볕에 달구어진 땅에서는 열기가 무럭무럭 피어오를 것이다. 밭머리에 서있으면 땅 위에 엷게 서리는 안개가 보일 것이다. 그 익숙한 흙냄새는 한 모금만 들이켜도 배가 부르다. 콜라를 마신 것보다도 더 시원하다. 호미로 땅을 파헤치면 흙냄새가 더욱 짙어진다. 거기에 거름 냄새, 풀뿌리 썩은 냄새, 그리고 딱정벌레의 구린내, 지렁이의 비린내, 들쥐의 노린내까지 뒤섞여 참으로 풍부하여 기분이 절로 좋아진다!

할아버지와 할머니는 이제 연로하셔서 일을 못하신다. 기껏해야 들에서 일하는 사람에게 밥을 해서 나르거나 벼이삭이나 줍거나 또 남이 버리는 덜 자란 복숭아를 따다가 말려 씨를 발라내서 몇 푼이나마 벌곤 한다. 내가 집에 없는 동안 두 노인이 고생이 많으실 것이다.

누나는 잘 지내고 있을까? 어렸을 적에 누나가 나를 등에 업고 온 마을을 쏘다녔던 기억이 난다. 그때 내 입에서 침이 흘러내려 누나의 목에 떨어졌다. "에이 더러워!" 누나는 웃으며 손바닥으로 나의 엉덩이를 쳤다.

지금 나는 감옥에 갇힌 신세가 되었다. 설사 실외에 나와 활동을 해도 담장 둘레 크기의 하늘만 볼 수 있을 뿐, 오매불망 그리워하는 들판은 보이지 않는다. 나는 그저 귀로 듣거나 냄새를 맡거나 상상하는 것만으로 나의 암담한 청춘을 흘러 보내야만 한다.

아빠는 연거푸 세 번이나 읽고 나서 칭찬을 아끼지 않았다.

"잘 지었어. 너무 훌륭해! 진실하고 애틋한 감정을 아주 소박하고 화려하지 않게 표현하였어! 런샤오샤오, 뜻밖이지? 소년교도소에도 천재, 문학 천재가 있단 말이야!"

그런 아빠를 보면서 나도 기뻤다. 그 작문이 아빠에게 강의를 계속할 수 있는 이유를 만들어 주었기 때문이다.

목요일에는 수업이 없었기 때문에 아빠는 또 예전의 나태하고 산만한 모습으로 돌아갔다. 컴퓨터 앞에서 밤새 게임을 하고 채소를 훔치고(게임의 일종), 고객들의 블로그에 번갈아 로그인해 여러 채팅 방을 돌아보면서 한두 마디씩 참견도 하고 또 그가 익숙한 게시판에 글을 올려 게시판 관리자에게 한 방 먹이기도 하면서… 물론 다른 사람에게 여지없이 작살나기도 하면서 말이다.

7시에 내가 일어나 학교에 갈 무렵, 아빠는 충혈된 눈에 수염이 더부룩한 채 연신 하품을 해대면서 컴퓨터 앞에서 일어난다. 그리고 빵 두 조각을 찢어 우유와 함께 입안에 쓸어 넣고는 세수도 하지 않고 양치도 하지 않은 채 침대에 고꾸라졌다.

오후 방과 후 집에 돌아와 보니 뜻밖에도 아빠가 침대에서 일어나 있었다. 그는 싱글벙글 웃으면서 은행카드에 돈이 입금됐으니 저녁에 외식하자고 한다.

"뭐 먹을래? 소갈비, 상어 지느러미, 푸아그라, 굴… 말만 해!"

그는 호기롭게 손을 휙 저었다.

아빠가 오버하는 것이다. 우리 칭양성에 소갈비와 상어 지느러미는 있을지 몰라도 푸아그라와 굴은 들어본 적도 없는 것들이다.

"양꼬치 먹어도 돼요?"내가 물었다.

아빠가 머리를 갸우뚱하고 나를 내려다보았다.

"정말 그걸 먹을래? 발암 물질이 있다는데 무섭지 않아?"

"어쩌다 한번이잖아요."

"책가방 내려놓고 가자."

아빠가 내 어깨를 툭툭 쳤다.

우리는 길거리의 작은 양꼬치집의 기름기가 번지르르한 상에 앉았다. 1인 당 양꼬치 20개씩 주문하고 아빠는 맥주, 나는 콜라를 주문하였다. 우리는 깡통을 부딪치면서 아빠에게 재물이 굴러들어온 것을 축하하였다.

그리고 나는 망설이다가 물었다.

"형, 충고 하나만 해도 돼요?"

"내가 할 수 있다고 확신한다면 말해봐."

"할 수 있어요."

"말해 봐. 들어나 보자."

나는 헛기침을 하며 폼을 잡았다.

"음… 내 생각은 이래요. 형이 안정된 직장을 얻었으니 생활방식을 바꿔 보는 게 어때요? 제때에 자고, 제때에 일어나고 정상적인 사람처럼 일하는 시간과 쉬는 시간을 배치하는 거죠. 지금 형의 생활방식은 좋지 않아요. 아주 좋지 않아요. 건강에 좋지 않단 말이에요."

아빠가 맥주를 한 모금 마시고 나서 내 눈을 주시하였다. 그렇게 한참 보더니 허허 웃었다.

"런샤오샤오, 나에게 관심을 두는 사람은 너밖에 없구나. 좋아. 아우를 위해서라도 노력해 볼게."

금요일 아빠는 문학수업이 오후에 있어 나보다 조금 늦게 돌아왔다. 아빠는 자전거를 타고 오느라고 얼굴이 불그레하게 상기되었으며 목덜미에서는 후끈후끈한 땀 냄새가 났다. 아빠는 문에 들어서면서 흥분해서 말했다.

"그 아이를 찾았어!"

"어느 아이?"

나는 어리둥절해서 물었다.

"장청(張成)이라는 아이 말이야. 그 작문을 잘 쓴 아이 있잖아!"

나는 생각났다. 누나 등에 업혀서 춤을 흘렸다는 아이 이름이 장청이었던 것이다.

"그 애와 말을 해봤어요?"

아빠는 실망한 눈치였다.

"아니. 내가 불렀는데 대꾸하지 않았어. 꽤 고집이 센 거 같았어."

"무슨 죄를 지었대요? 마약 아니면 도둑질?"

"살인이래."

"네?"

순간 몸이 오싹해났다. 아빠가 목소리를 한껏 낮추며 말했다.

"살인이래. 교도관에게 물어봤거든. 근데 죽지는 않았대. 중상이래."

나는 입을 크게 벌린 채 다물 생각을 못하였다. 가슴이 콩닥콩닥 뛰었다. 영화나 텔레비전에서 배우들이 연기하는 살인범은 많이 봤다. 모두 우람지고 흉물스럽게 생겼으며 눈빛이 음흉한 게 보기만 해도 소름이 끼쳤다.

그런데 아빠 마음에 든 학생이 살인범이라니?

우리는 아무 말도 못하고 서로 쳐다보기만 하였다. 침묵이 흘렀다.

Part 4

책임지는 사람이 되고 싶은 아빠

4

책임지는 사람이 되고 싶은 아빠

토요일 아침 일찍 외할아버지가 전화를 하셔서는 칭양성 북쪽거리에 장센관(江鮮館)이라고 새로 개업한 식당이 하나 있다고 하셨다. 문어귀에 커다란 빨간색 초롱이 네 개 걸려있고, 길가에 꽃바구니들이 길게 늘어섰다고 하셨다. 칭양 텔레비전방송의 '라이프' 제작진이 찾아가 프로젝트까지 특별 제작하였는데, '시식'하는 프로그램의 사회자가 한 상 푸짐히 차려진 음식상을 보고 감탄을 연발하였다는 걸로 봐서 괜찮을 것 같다고 하셨다. "어때? 우리도 가서 맛볼까?"하고 외할아버지가 부추기신다.

나의 외할아버지 상톈(桑田)은 이혼, 재혼, 퇴직 또 다시 홀아비가 된 후 줄곧 소박하게 살아 오셨다. 1인분 도시락의 고기완자도 남겼다가 다음 끼니에 드실 정도였다. 그러던 외할아버지가 최근 들어 무슨 영문인지 생각을 넓게 가지시고 맛 집 탐방에 열중하고 있는 것이다. 외할아버지는 반 년 안에 칭양성의 크고 작은 식당을 다 다녀보고 새로 나온 메뉴들을 모두 맛보려는 뜻을 세우셨다. 마치 모아둔 돈을 다 써버리지 않으면 직성이 풀리지 않을 것처럼 말이다. 그러는 외할아버지를 두고 외할머니는 요즈음 퇴직교사 노임이 올라서, 그것도 상승폭이 꽤나 커 외할아버지가 갑자기 돈을 다 써버리지 못할 것 같으니까 우쭐거리는 거라고 콧방귀를 뀌었다.

외할머니의 말은 그대로 다 믿을 수가 없다. 외할아버지 얘기만 나오면 외할머니는 과격해져서 초등학교 교장답지 않다. 외할머니는 외할아버지가 자기와 이혼한 것이 가슴에 맺혀서 그러시는 것이라고 아빠가 말했다.

재미있는 일이다. 두 노인은 감정 문제에 부딪치기만 하면 아이가 돼버리는 것 같았다.

밥 먹을 때 중요한 것은 시끌벅적한 분위기이다. 사람이 많아야 재미있다. 혼자 밥을 먹으면 뭘 먹어도 맛이 없다. 이는 외할아버지가 나를 보면서 늘 늘어놓으시는 넋두리이다. 나는 외할아버지가 요즘 너무 적적하게 지내고 계신다는 것을 알고 있다. 또 나를 빼고는 그의 동무가 되어줄 사람이 없다는 것도 알고 있다. 그래서 매번 외할아버지가 나에게 밥 먹으러 가자고 부르시면 나는 되도록 기뻐하며 응하곤 한다.

아빠는 나를 이렇게 비꼬곤 한다.

"런샤오샤오, 넌 우리 집의 두루치기야. 아무나 다 필요로 하니 말이야."

그러면 나는 한숨을 쉬며 이렇게 대답하곤 한다.

"어쩌겠어요? 태어날 때부터 할아버지, 할머니, 외할아버지, 외할머니, 아빠, 엄마 여섯 채의 큰 산을 머리에 이고 태어난 것을."

아빠는 측은한 표정을 지으며 말한다.

"아이고, 힘들겠구나. 힘들겠어."

나도 나 자신이 힘들겠다고 생각한다. 여섯 사람들 사이에서 아주 원만하게 대처하는 팔방미인이 되어야 하기 때문이다. 그거야말로 엄청난 프로젝트라 할 수 있다. 나는 관련 당국이 '가정 단합 조화 상'을 설치하고 장엄하고 성대하게 그 상을 나에게 시상해야 한다고 생각한다.

11시 정각, 외할아버지가 약속대로 우리 집 아래까지 와 나를 기다리고 계셨다. 아빠와 엄마가 이혼한 뒤로 외할아버지는 한 번도 우리 집에 올라오신 적이 없다. 그는 아빠를 원망하고 아니꼽게 생각한다. 외할아버지는 아빠가 가정에 대해 조금이라도 책임을 지고 진취심, 공명심이 조금이라도 있었더라면, 그의 딸 상위팅도 자신의 하나뿐인 아들을 버리고 훌쩍 떠나지 않았을 것이라며 이혼의 책임이 전적으로 우리 아빠에게 있다고 생각한다. 엄마가 떠나지 않았다면, 외할아버지가 후에 얻은 마누라가 돌아간 후 외할머니가 그와 재결합을 고려하였을지도 모르며 그래서 한 가족이 화기애애하게 지내면 그도 지금처럼 외롭고 쓸쓸하지 않을 것이라고 생각하고 있다. 외할아버지의 그런 마음을 나는 다 알고 있다. 그래서 외할머니도 나를 '애어른'이라고 부르는 것이다. 그러나 아는 것은 아는 것이고, 외할아버지의 처지에 대해 나는 여전히 마음에만 있을 뿐 도울 수가 없다. 어른들에게는 어른들의 생각과 선택이 있다. 어린애가 함부로 참견해서는 안 된다. 가을이 깊어지긴 하였지만 아직 너무 추운 날씨가 아닌데도 외할아버지는 오래 전에 이미 헌팅캡 모자를 쓰고 짙은 회색의 긴 외투를 입으셨는데 노신사처럼 멋져 보였다. 아파트 앞에 서있는 외할아버지를 지나가는 사람들이 다 뒤돌아볼 정도였다.

요즘 들어 외할아버지는 나를 만나면 하는 첫 마디가 "너무 말랐어."라는 말이다. 그 다음은 "잘 먹어야 해."이다. 그렇게 말씀하시면 나를 불러내 함께 외식하는 이유가 충분한 것처럼 말이다. 후리후리한 외할아버지가 앞에서 성큼성큼 걸으면 나는 종종걸음을 쳐야 따를 수 있다. 게다가 그는 걸으면서 뒤를 잘 돌아보지 않는다. 내가 힘들게 따라오고 있는 건 아닌지 아예 생각조차 하지 않는다. 외할머니는 그게 바로 외할아버지의 이기적인 면이라면서 남이 자신에게 맞춰주기만을 바랄 뿐 남에게 맞춰가는 것을 원하지 않는다고 말씀하셨다. 외할머니는 오래 동안 자신이 직장을 다니느라고 가정을 미처 돌보지 못했는데 그것도 어쩔 수 없는 일이었다면서 초등학교 교장이 한가할 리가 있었겠느냐며 외할아버지가 그 점을 이해해줬더라면 늘그막에 이혼까지는 하지 않았을 것이라고 말씀하신다.

내가 몇 걸음을 뛰어 외할아버지를 따라잡았다.

"마음에 드시는 양로원은 찾았어요?"

외할아버지가 바로 경계를 하며 나에게 고개를 돌리더니 의심 어린 눈빛으로 내려다보았다.

"네 외할머니가 물어보라고 하든?"

나는 얼른 고개를 가로 저었다.

"아니에요, 제가 그 일이 내내 마음에 걸려서요."

외할아버지는 그제야 한숨을 돌리더니

"네가 마음 고생하는구나."

라고 하며 말을 이었다.

"네 엄마에게 전화해서 시간 내서 칭양에 한번 다녀가라고 일렀다. 가족이 모여 논의해 봐야지. 내 딸이니 모른 체는 하지 않겠지…"

엄마가 돌아오면 우리 집에 또 얼마나 많은 일이 일어날지 모르겠구나 하고 나는 속으로 몰래 걱정하였다.

칭양성 북쪽거리까지 걸어가는데 20분 정도 걸렸다.

외할아버지가 말씀하셨다.

"최근 십년 동안, 칭양 시 규모가 무려 세 배나 확대되었더구나. 큰길만 해도 얼마나 많이 새로 닦았는지 몰라. 그런데 도시가 커질수록 다른 대도시들과 똑 같아지는 것이 안타깝단 말이야. 옛날 칭양의 모습은 전혀 찾아볼 수가 없고, 넓은 정원 안에 깊숙이 자리 잡은 저택이며 푸른 벽돌과 어루화초담은 죄다 허물어버려 없어졌어. 죄를 짓는 거야, 죄를 짓는 거지!"

예전에 중학교 지리 교사로 근무하셨던 외할아버지는 도시의 변천에 대한 얘기만 나오면 얼굴에 온통 그리움과 서글품이 어리곤 한다.

장센관은 확실히 이제 막 개업한 식당이었다. 아직 많이 알려지지 않아서인지, 문밖에는 폭죽 부스러기를 일부러 치우지 않고 사방에 널린 채 그대로 두었지만, 식당 안에는 손님이 없어 한산하였다. 외할아버지가 나를 데리고 식당 안에 들어서자, 빨간색 치파오(旗袍, 원피스 형태의 중국 전통 의상 - 역자 주)를 입은 여종업원 여럿이 몰려오더니 왁자지껄 인사하는데 모두가 일시에 "사장님, 안녕하세요."라고 인사하였다.

사장이 뭐가 좋다구? 사장 말고 일반 시민은 밥 먹으로 오는 사람이 없는가? 나는 그들이 손님을 부르는 호칭이 너무 황당하고 저속하다는 생각이 들었다. 외할아버지는 뒷짐을 지고 느릿느릿 공기방울이 올라오는 유리 어항 앞으로 걸어가서, 아주 인내심 있게 유유히 헤엄치고 있는 물고기며, 새우며, 목을 움츠리고 잠을 자고 있는 자라며, 그리고 천천히 기어 다니는 '양징호'(陽澄湖)에서 왔다는 털게(大閘蟹)를 구경하였다. 여종업원 두 명이 손에 메뉴를 적을 수첩과 볼펜을 들고 정중한 표정으로 옆에서 공손히 기다리고 있었다. 외할아버시는 물고기들을 쭉 훑어보고 나서 가장 싼 '망둥이'요리 하나만 달랑 주문하셨다. 그리고 조림으로 해달라고 하면서 또 싱싱한 원추리 꽃을 접시에 한 층 깔아달라는 요구까지 하셨다. 매상을 많이 올리지 못해 실망한 여종업원이 화난 뒷모습을 보이며 홱 돌아서서 가버렸다. 외할아버지가 흡족해하며 맛을 아는 식객은 외식할 때 모두 이렇게 한다면서 가장 비싼 것을 주문하지 않고 가장 맛있는 것을 주문한다고 나에게 알려주셨다. 그러시면서 '망둥이'가 못생겨서 고급 식탁에는 못 올라가지만 맛은 일품이라고 하셨다.

음식을 기다리는 동안, 외할아버지가 무심코 아빠에 대해 물으셨다.

"아직도 낮과 밤이 뒤바뀐 삶을 살고 있는 거냐? 한평생 집에만 박혀 곰팡이 냄새를 피울 생각이라더냐?"

내가 얼른 아빠가 소년교도소에 선생님으로 취직한 사실을 보고하였다. 그리고 내 맘대로 그의 연봉을 천문학 숫자로 올려놓았다.

외할아버지는 믿기지 않는다는 듯 웃으셨다.

"아비 감싼다고 뻥치지 마라."

"진짠데요. 출근한 지 벌써 일주일 됐어요."

"오래 못갈테니, 두고 봐라."

나는 할 말이 없었다. 아빠는 확실히 그런 사람이었다. 그러나 나도 정말 마음이 슬펐다. 외할아버지가 우리 아빠를 깔보기만 한 것이 아니라 아예 단념해 버린 것이다. "제 버릇 개 못 준다"라는 것이 우리 아빠에 대한 외할아버지의 평가이다. 간단명료하고 단호하며 어이가 없는 가운데 조금은 무시하는 요소가 섞인 평가였다. 나는 속으로 말했다. "아빠, 들었지요? 아빠가 잘할 수 있을 것이라고 생각하는 사람은 아무도 없어요. 아빠 스스로 자신감을 가지고 잘해나가야 해요. 최선을 다 하세요."

뜨끈뜨끈한 '망둥이'조림이 올라왔다. 큰 접시에 젓가락 길이만 '망둥이'가 6마리 들어 있었다. 드렁(응어)허리보다 조금 굵으나마나 한 것이 참으로 이름 그대로였다. 외할아버지는 한입 맛을 보더니 "좋아. 신선하고 연하고 불의 세기와 시간도 잘 맞혀진 것 같구나. 요리사 솜씨가 좋은데."라고 말씀하셨다. 그러나 나는 먹어봐도 별로 좋은 줄을 모르겠다. 방금 전 아빠의 일에 대해 얘기하는 바람에 앞에 놓인 맛있는 음식에 흥미를 잃어서인지도 모르겠다. 집에 돌아와 보니 아빠가 집에 없었다. 국어 보도자료 사러 신화서점에 다녀온다는 메모를 남겼다.

아빠도 힘들 것이다. 비록 대학 중문과를 나왔지만 학생을 가르쳐본 경험이 없으니 직책을 다하려면 우선 자기 스스로 충전부터 해야 한다.

그러고 보니, 아빠는 요즘 지난날의 잘못을 철저히 뉘우치고 있는 것 같다. 아빠는 맡은 바 소임을 다하려고 준비하고 있는 것 같다.

장청의 그 작문 때문일까? 그 글을 보고 아빠가 장래와 희망을 본 것일까? 제발 그렇기를 바랐다. 주말 이틀 동안, 나의 숙제는 항상 많다. 국어 선생님, 수학 선생님, 영어 선생님이 서로 주시하며 누가 우리를 더 쩔쩔매게 하는지 겨루기라도 하는 것 같다. 누가 숙제를 적게 냈으면 누가 손해를 보기라도 한 듯이 다음 주말에는 틀림없이 숙제를 배로 많이 내어 손실을 만회한다. 사실 선생님들도 힘들 것이다. 그들도 원해서 그렇게 하는 것이 아닐 수도 있기대문이다. 매일 똑같은 숙제를 검사하는 것도 따분할 것이니까 말이다. 그렇다면 교장인 우리 외할머니가 그렇게 하라고 요구하신 것일까? 잘 모르겠다.

"런샤오샤오! 런샤오샤오!" 아래층에서 내 이름을 부르는 목소리가 들려왔다. 베란다로 달려 나가 내려다보니 내가 제일 싫어하는 허라라였다. 허라라는 여성용 자전거를 잡고 있었다. 자전거 뒷좌석에는 커다란 종이상자가 묶여있었다. 자전거가 한쪽으로 기울어진 걸로 봐서 상자가 꽤나 무거워 보였다.

"내려와, 이 물건 좀 올려다 줘!"

허라라가 고개를 쳐들고 명령하였다. 1분이라도 지체할세라 나는 문을 활짝 열고 '쿵쾅쿵쾅' 뛰어 내려가 허둥지둥 그 종이상자를 안으려고 했다.

"머리까지 나쁘냐? 끈도 풀지 않고 어떻게 옮겨?"

허라라가 퉁명스럽게 나를 나무랐다. 종이상자에는 '후지 정품 사과'라는 빨간 글이 찍혀 있었다. 허라라 엄마가 다니는 직장에서 발급한 복지차원의 물품임이 틀림없다. 텔레비전방송국은 수익이 괜찮아 늘 직원들에게 물건을 지급한다. 허라라의 엄마가 가끔 우리에게도 일부 나누어 주곤 했다.

허런(赫仁) 새 할머니의 지시에 따라 사과 배달임무를 맡은 허라라는 그 심부름이 달가울 리 없었다. 그러니 당연히 나를 대하는 인상이 좋을 리 없었다. 그것은 내가 발가락으로 생각해봐도 알만한 일이었다.

나는 허라라가 끈을 풀기를 기다렸다가 종이상자를 자전거에서 내려놓는 것을 거들었다. 그리고 허라라가 자전거를 아파트 옆에 밀어다가 잠그기를 기다려 우리는 앞뒤로 서서 상자를 들고 계단을 올라갔다.

"빌어먹을 사과, 왜 이리 무거워!"

허라라는 계단을 오르는 내내 투덜거렸다.

"런샤오샤오, 너는 복도 많아. 우리 엄마가 너에게 잘 보이기 위해 사흘이 멀다하게 뭘 보내잖아."

"너에게 갖다달라고 한 적 없어."

나는 오기가 생겨 나지막하게 한마디 했다.

"정말이지?"

허라라가 종이상자를 '퉁'하고 땅에 내려놓았다.

"그럼 이 상자를 발로 차 버린다?"

이렇게 사나운 여자애를 만났으니 난들 무슨 방법이 있겠는가? 내가 유일하게 할 수 있는 일은 입을 꼭 다물고 종이상자의 무게를 될수록 내 쪽으로 쏠리게 하는 것이다.

그랬더니 그 애가 도리어 미안해하면서 나를 한번 째려보더니 상자를 자기 쪽으로 잡아당겼다. 집 문에 들어선 뒤 나는 두 손으로 상자를 끌어 베란다로 옮겼다. 종이상자가 바닥 타일에 스치면서 '찍찍' 소리가 났다. 바닥에 허연 자국이 났다. 허라라는 먼저 주방으로 들어가 손을 씻고는 수건이 깨끗하지 않다고 꺼리면서 손을 닦지 않고 손에 묻은 물기를 털면서 걸어 나오더니 흠차대신[02]처럼 여기저기 둘러보며 시찰하였다.

"네 집 파키라 아쿠아티카 나무는, 며칠이나 물을 안 줬니? 잎사귀가 말라서 이게 뭐야!"

나는 부랴부랴 물을 한 동이 받아 화분에 주었다.

"화분 변두리에다 빙 돌려가며 물을 주어야지 중간에서 쏟으면 안 돼, 죽이고 싶어?"

별 수 없었다. 그 애의 말은 모두 일리가 있었다.

"너의 아빠는 컴퓨터를 아예 닦지 않지? 키보드 위에 이 먼지 좀 봐!"

허라라가 먼지가 묻은 손가락을 내 눈앞에 내밀어 보여주었다.

"바닥도 여러 날 닦지 않았지? 진득거려서 발이 다 들러붙는다. 한심하다 한심해!"

허라라는 순찰하듯 여기저기 다니면서 문제만 발견하면 비난하였다. 그러나 직접 손을 대 바로잡는 법은 없었다. 이것은 그 애가 그 애 엄마와 다른 점이다. 그 애 엄마는 우리 집에 와서 어지럽고 더러운 것을 보면 두말 없이 소매를 걷어 올리고 거둬준다. 그런 식으로 비교한다면 나는 그래도 그 애 엄마가 더 많이 오는 것이 좋다.

마지막에 허라라는 중지를 구부려 나의 머리에 대고 '톡'하고 치고 말했다. "철 좀 들어라. 우리 엄마에게 전화해서 사과 고맙다고 인사하는 거 잊

---

02) 흠차대신(欽差大臣) : 청 제국의 관직명이다. 특정 사안에 대해 황제로부터 전권을 위임받아 대처를 하는 특별한 관리를 '흠차관'(欽差官)이라고 했는데, 그중에서도 특히 삼품(三品) 이상의 고위 관리를 가리킨다. 본래는 임시적인 관직이었지만, 시대의 변천과 함께 상설화되기도 했다. 예를 들어 총독과 순무 등의 관직은 명대의 흠차관이 정착된 것이다.

지 말고."

완전히 어른이 아이를 대하는 말투였다. 그 때문에 나는 한참동안 화가
나 있었다.

그리고 또 더 참을 수 없는 일이 벌어졌다. 허라라가 소파에 털썩 걸터앉
더니 내 앞에 손을 내밀었다.

"주요 학과목의 숙제공책을 전부 가져와 봐."

나는 끝내 참지 못하고 소리를 질렀다.

"네가 뭔데?"

허라라의 실눈이 칼날처럼 나를 째려보았다.

"누구는 좋아서 너의 그 잘난 숙제를 봐주는 줄 알아? 너의 할아버지께
서 분부하신 일이야. 너에 대한 감찰을 책임지고 이행하라고 지시하셨단
말이야. 너의 아빠가 너무 게으르고 너무 책임감이 없어 내버려두면 런샤
오샤오가 두 번째 런이로 된다고 하셨어."

나는 당장이라도 벽에 머리를 박아 죽고 싶었다. 이미 여섯 개의 큰 산이
내 머리를 짓누르고 있는데, 이제는 일곱 번째 산이 이유 없이 나타난 것
이다. 이제 엄마와 아빠가 모두 재혼한다면, 여덟 번째 아홉 번째 산이 나
를 짓누르게 되는 것이다. 그런 비참한 처지에 이르러 더 살아서 뭐하겠는
가?

"숙-제-책-가-져-와!"

허라라가 엄숙한 표정으로 한 글자 한 글자씩 명령하였다.

나는 정말 그 애가 무서웠다. 아무리 싫어도 순순히 따라야 했다.

허라라가 아주 우아한 자세로 소파에 비스듬히 앉아 한 쪽 팔은 팔걸이

에 얹고 두 다리를 꼬아 겹쳐서 앉아 있었다. 허라라가 한 권을 획획 둘러보더니 아무렇게나 홱 던져버리고 또 손을 내밀면 내가 다른 한 권을 넘겨줘야 했다. 만약 사자성어를 하나 찾아 그 애를 형용하라고 한다면 딱 생각나는 단어가 있었다. 그 단어는 바로 '기고만장'이었다.

그런데 나 런샤오샤오가 왜 그 애를 '기고만장'하게 내버려둬야 하는가? 나는 샤오샤오이고 그 애는 허(赫) 씨인데 말이야. 할아버지는 대체 무슨 생각을 하신 거야? 다행히도 나는 학습 성적이 우수한 편이었고 가정 숙제를 대강대강 한 적이 없었다. 허라라가 일부러 꼬투리를 잡으려 해도 약점을 찾아내기 쉽지 않을 것이다.

"작문이 왜 이렇게 몇 글자밖에 안 돼? 토끼 꼬리보다도 더 짧구나. 너도 참 웃긴다. 응용문제는 잘하는데 계산문제가 틀렸어. 이건 네가 쓴 영어단어야? 왼손으로 썼어? 왜 이렇게 이상해 보여?…"

나는 쉴 새 없이 종알거리는 허라라의 입을 보면서, 아무 대꾸도 하지 않기로 결심했다. 내가 대꾸하지 않으면 그 애는 혼자 말하다가 재미없어 일찍 돌아갈 것이다.

허라라가 드디어 알아차리고 일어나서 웃을 듯 말 듯하며 말했다.

"런샤오샤오, 너 이러는 거 말없는 저항이야."

"내가 언제."

허라라가 또 나를 흘겨보더니 말했다.

"너 뭐 그리 대단해? 누구는 여덟 살을 안 거쳐 왔나? 잘 들어. 너 뱃속에 회충이 몇 개 들어있는 것까지 나는 다 알아!"

"제발! 말을 꼭 그렇게 구역질나게 해야겠어?"

허라라는 간다는 인사도 없이 씩씩거리며 계단을 내려갔다. 발자국 소리가 얼마나 센지 '말괄량이' 같았다. 허라라가 돌아가서 할아버지에게 뭐라고 보고할지는 알 수가 없다. 그것까지 신경 쓸 여유도 없었다.

저녁에 아빠가 책상에 엎드려 '수업 계획표'를 열심히 짜고 있었다. 원래 아빠는 '문학지도수업'이나 수강생들을 데리고 세계 명작이나 하나하나 읽으면 될 것이라고 아주 쉽게 생각하였다. 그런데 반 전체의 글짓기수준을 보고나서 그것이 아니라는 것을 깨달았다. 학생들의 수준이 보편적으로 낮아, 두께가 큰 문학작품은 읽을 수 없을 게 뻔하였다. 이 궁리 저 궁리 하던 끝에 아빠는 중학교 3학년 국어 교과서를 사왔다. 아빠가 말했다.

"수강생들을 데리고 쉬운 것부터 시작하여 점차 난이도를 늘려가면서 가르치면 효과가 더 좋을 것 같아. 만약 학생들을 방망이로 내리쳐 학생들이 까무러치거나 도망가 다시는 문학 수업을 하려고 하지 않으면 내 체면이 서겠어?" 아빠는 교과서의 글 한 편을 골라 컴퓨터 앞에 앉아 타자를 시작했다. 아빠는 그것을 프린터 해 다음 주 수업에 강의 자료로 모두에게 한 부씩 나눠줄 계획이었다. 나는 아빠 곁에 다가가 어깨너머로 머리를 빼들고 흥미진지하게 지켜보았다. 아빠는 '인터넷 중독자' 답게 얼마나 숙련되게 타자를 치는지 열 손가락이 키보드 위에서 춤을 추는 것 같았다. 타자 소리는 단순한 "뚝딱 뚝딱"이 아니라 "타다닥타다닥" 하나로 이어졌다. 컴퓨터 모니터 위에는 문자 부호들이 엉덩이와 허리를 빌빌 꼬며 하나씩 튀어나오고 있었다. 마치 즐겁게 춤을 추는 인형 같았다.

나는 아빠가 타자해낸 글을 자세히 읽어보았다.

"7월 여름날 아침! 사냥꾼 말고 누가 또 새벽녘에 관목 수림을 거니는 즐거움을 느껴볼 수 있을까? 이슬에 푹 젖은 풀 위에 초록색 발자국 흔적이 찍힌다. 손으로 축축한 나뭇가지를 헤쳐 본다. 밤새 잠재되어 있던 한 줄기 따뜻한 공기가 밀려온다. 다북쑥의 신선한 쓴맛과 메밀, 토끼풀의 달콤한 향기가 공기 속에 가득하다. 저 멀리서 무성한 떡갈나무 숲이 햇빛에 반짝반짝 붉은 빛을 발한다. 아직은 시원한 날씨였지만 벌써 무더위가 다가오고 있음을 느낄 수 있다. 너무 짙은 향기에 어지럼증이 난다. 관목 숲은 끝없이 이어진다…"

나의 콧김이 아빠의 머리카락을 스쳤다.

아빠가 고개를 돌려 나를 보았다.

"어때? 글이 훌륭하지 않니?"

"사냥꾼이 쓴 거지요?"

아빠가 껄껄 웃었다.

"하하. 틀렸어. 러시아의 유명한 작가 투르게네프가 쓴 글이야. 물론 그 자신이 직접 겪어 피부로 느낀 걸 썼을 거야. 현시대 작품 중에서는 이렇게 아름다운 글은 다시 보기 힘들어."

"왜요?"

"삼림이고 초원이고 다 없어졌으니 어디 가서 그런 희열을 체험할 수 있겠어? 사람들이 모두 먹고사는 일로 분주하게 돌아다니다 보면 자연의 아름다움을 감상할 여유가 어디 있겠니?"

그 말을 하는 아빠의 표정이 조금은 슬퍼보였다. 평소에 흐리멍덩하게 지내는 아빠의 이미지와는 전혀 어울리지 않았다. 이 세상에 대해 아빠만의 생각을 가지고 있었던 것이다.

나는 잠깐 생각을 해본 다음 말했다.

"글을 잘 짓는 아빠의 학생이 아빠가 고른 이 글을 좋아할 거예요."

나의 말에 아빠가 대뜸 기뻐하였다.

"정말? 확신해?"

"그 아이는 들판을 좋아하잖아요!"

아빠는 고개를 쳐들고 호탕하게 웃었다.

"런샤오샤오, 너 점점 더 영리해지는구나! 이 글은 진짜 그 애를 위해 고른 거야."

내 말이 맞았다. 우리 아빠는 원래 그런 사람이다. 무언가에 푹 빠지면 몰입하는 스타일이다. 그렇게 하는 게 맞는지, 그 결과는 어떠할지, 그런 것에는 전혀 관심이 없다. 신경도 쓰지 않는다.

그러고 보니 아빠는 그 '장청'이라는 애를 기어이 자신의 애제자로 키우려는 것 같아보였다.

Part 5

뜻밖의 상황은 늘 나타나게 마련이다

5

뜻밖의 상황은 늘 나타나게 마련이다

이번 한 주는 무사 평온하였다. 아빠는 수요일과 금요일 두 차례에 걸쳐 소년교도소에 가 수업을 하였다. 수요일은 오전 수업이고 금요일은 오후 수업이었다. '쟁개비 열정'03일지 아닐지는 앞으로 두고 봐야 할 일이지만, 지금 당장은 아빠가 착실하게 일을 해나가는 것에 일단 내 마음이 든든하였다. 아빠 때문에 다른 사람의 아니꼬운 눈빛을 받지 않아도 되고 더 이상 당황하고 불안하지 않았다. 아침에 깨어나 아빠가 출근할 때 쓰는 가방이 있고, 강의 자료와 숙제공책이 아빠 책상 위에 놓여 있고, 아빠가 타고 다니는 자전거 열쇠가 있으면 그것은 그가 출근을 부지런히 하고 있다는 증거였다.

우리 집 베란다에는 잡동사니를 넣어둔 궤짝이 있다. 그 안에는 내가 어릴 때 쓰던 젖꼭지며, 외할머니가 사다준 네모난 글자 카드며, 상위팅(桑雨婷, 런샤오샤오의 엄마)의 낡은 머리핀이며, 아빠가 예전에 수집하였던 우표며, 어느 역사연대의 것들인지도 모를 고물들로 꽉 찼다. 하루는 아빠가 궤짝에 머리를 틀어박고 뭘 찾는지 왈그락 달그락 한참 뒤지는 것이었다. 그렇게 한참을 찾더니 머리와 눈썹이 온통 먼지투성이가 되고 얼굴은 알

---

03) 장개비 : 건축에 잘 쓰이지 아니하는 긴 나무.

락고양이[04]가 된 채 끝내 낡은 책 한 무더기를 찾아냈다. 아빠가 대학교 때 적어두었던 수강노트였다.

"하하, 등잔 밑이 어둡다고 그렇게 애타게 찾아 헤매도 보이지 않더니 무심코 고개를 돌려보니 바로 여기 가까이에 있었구나."

아빠는 책 위에 앉은 먼지를 훌훌 불어내고 또 옷소매로 쓱 문질렀다. 나는 얼른 부엌으로 뛰어가 걸레를 가져왔다.

"봤지?"

아빠가 낡아서 누렇게 된 책장을 휙휙 번지면서 나에게 보여주었다.

"이 필적, 이 논리성, 이 주도면밀함… 좋은 학생란 이런 거야! 본보기야! 내가 대학교 다닐 때는 말이야…"

"폐품을 거두러 온다고 했어요?"

내가 물었다. 아빠는 말문이 꽉 막혀 버린 것 같았다. 한참 동안 원통해서 땅이라도 치고 싶은 표정을 짓고 있더니 입을 열었다.

"샤오샤오야, 생각을 그렇게밖에 못해? 젊은 시절 내 심혈의 결정체가 고작 낡은 신문지 값어치밖에 안 된다는 거야? 날 약 올리려고 작정했지?"

"그런데 난 아직 필요 없거든요."

"누가 너에게 준다던? 내 학생들을 위해 쓰려고 찾은 거야."

아빠가 허황된 생각을 한다는 생각이 들었다. 아빠의 학생들 중에는 초등학교도 졸업하지 못한 학생도 있기 때문이다. 그러나 지금은 찬물을 끼

---

04) 알락고양이 : 알락꼬리고양이(Bassariscus astutus)는 아메리카 너구리과에 속하는 포유류 속의 하나이다. 북아메리카의 건조 지대에서 서식한다. 반지꼬리고양이 등으로도 불리며, 아시아와 아프리카에서 서식하는 잡식성 포유류 시벳고양이와 혼동되기도 한다.

엎어서는 안 된다는 것을 나는 알고 있다. 의욕에 찬 아빠가 사랑스러웠다.

아빠가 수강노트를 한 아름 안고 복사가게로 갔다. 몇 십 부를 복사하여 학생들에게 나누어 주려는 것이다. 그러나 복사 가격을 물어보고는 풀이 죽어 되돌아왔다. 그는 가격이 비싸다면서 사장이 바가지를 씌운다고 했다. 한 페이지를 복사하는데 50% 할인해서 25전이니, 그 가격이면 새 책으로 인쇄해도 된다고 했다. 그는 또 수강 필기 내용을 컴퓨터에 입력한 다음 다시 프린트하려고 시도했다. 총 두 페이지 안 되게 타자해서 '대학 필기'라는 폴더에 저장해 둔 뒤로 흐지부지해졌다.

사실 그것은 불가능한 일이기도 하였다. 빼곡히 적혀있는 수강노트를 정리해서 그의 학생들에게 보여준다는 것은 누가 봐도 미친 짓이었다. 나는 아빠의 '성공하지 못한' 기록에서 그 일을 제멋대로 지워 버렸다. 아빠가 생각해 보지도 않았고 해보지도 않은 걸로 치기로 하였다.

그리고 또 한 가지 상식적으로 이해하기 어려운 일이 있었다. 아빠가 제멋대로 블로그 고객에게 "블로그를 한 주일 중단한다"고 선포한 것이다. 그리고 그 한 주일의 시간을 이용해 문학 공부에 매진한 것이다. 그는 책장에서 이미 본 것과 보지 못한 모든 명작을 꺼내 소파 옆에 한 무더기 쌓아놓았다. 그리고 커튼을 닫고 머리 위의 탁상용 전등을 켜고 가장 편한 자세로 눈으로 그 책들을 스캔하였다. 아빠는 책을 보면서 또 감개무량하여 말했다. "책의 지식은 활용하고자 할 때에야 비로소 적다는 것을 후회하는구나." 그리고는 또 "명작은 역시 명작이야. 볼 때마다 새롭게 깨닫는 것이 있단 말이야." 라고 감탄하였다.

금요일에 그가 소년교도소 강의를 마치고 돌아오더니 당황해서 나를 창문 쪽으로 끌고 갔다.

"내 눈이 문제가 생긴 것 같아! 저 맞은 켠 건물에 널어놓은 옷을 봐봐. 호주머니가 몇 개 있어? 잘 보여?"

나는 잘 보인다면서 옷에 지퍼가 달린 호주머니가 두 개 있다고 말했다.

아빠가 눈을 힘껏 비비면서 중얼거렸다.

"웬 일이지? 나는 왜 호주머니가 네 개로 보이지?"

내가 자신 있게 알려주었다. "그런 걸 이중상이라고 해요."

아빠가 받아들일 수 없다는 표정을 지었다.

"설마? 난시여야 이중이 생기는 거잖아?"

"난시가 된 거죠."

"나 아직 젊었어!"

아빠가 소리를 질렀다. 아빠는 당황했던지 그날 일찍이 잠자리에 들더니 쉴 새 없이 눈약을 떨궈 넣는 것이었다. 그리고 또 나를 시켜 인터넷에 글을 올려 시력을 회복시키는 더 좋은 방법이 없는지 네티즌들에게 물어보라고 했다. 그러자 더운찜질을 한번 해보라는 댓글이 올라왔다. 아빠는 당장 나에게 젖은 수건을 전자레인지에 데우라더니 더운 물수건으로 눈을 단단히 가린 뒤 비닐봉지로 꽁 꽁 싸매기까지 하였다. 물을 마실 때도 음식을 먹을 때도 눈에서 떼지 않았다. 심지어 화장실에 갈 때에도 한 손으로 누르고 갔다. 물에 빠진 사람이 지푸라기라도 잡는 것과 같은 그 모습이 너무 우스웠다.

아빠가 두 눈을 이렇게 소중히 여기는 것은, 앞으로 한평생 그 눈에 의지해 글을 쓰고 밥벌이를 해야 하기 때문이 아닐까? 그리고 보면 중요한 일에 있어서 아빠는 그래도 두뇌가 명석한 사람이었다.

하룻밤 긴 꿀잠으로 휴식을 취한 아빠가 일어나서 제일 먼저 한 일은 창문께로 걸어가 맞은 켠 건물의 베란다를 바라보는 것이었다. 그러더니 나에게 물었다.

"샤오샤오야, 저 집에 널어놓은 시트에 무슨 꽃이 찍혀 있어?"

나는 고개를 들고 언뜻 쳐다보고 대답하였다.

"국화(菊花)예요."

그는 고개를 흔들었다.

"아니야."

나는 다시 한 번 보았다.

"그럼 장미예요."

"무슨 허튼 소리야?"

아빠는 꼬박꼬박 바로잡아주었다.

"저건 조팝나무 꽃(繡線菊)이란다."

나는 너무 웃겨서 하마터면 의자에서 굴러 떨어질 뻔했다. 조팝나무 꽃은 국화가 아닌가?

아빠가 우쭐해서 허풍을 떨기 시작하였다.

"이제 이 내 눈앞을 모기가 날아지나가도 그것이 수컷인지 암컷인지 똑똑히 볼 수가 있어."

이것 봐. 아빠는 어제 남의 옷에 호주머니가 몇 개인지 잘 보이지 않는다고 목을 축 늘어뜨리고 넋이 나가 있던 자기 모습을 벌써 다 잊은 것이다!

아빠는 매번 수업 때마다 글짓기 숙제를 남겼다. 처음에는 정성 들여 작문 제목을 정해주었지만 후에는 귀찮아 학생들에게 "너희들 마음대로 써."
라고 말했다. 학생들도 사양하지 않고 정말 제멋대로 썼다. 결국 작문을
거둬보면 별의별것이 다 있어 읽다가 배꼽을 잡고 쓰러질 때가 많았다.

한 학생은 약은 수를 써 도서관에 가서 한 단락을 베껴왔다. 아빠는 한
눈에 알아보았다. 그 아이는 대 문호인 타고르의 시화한 산문을 한 단락
베꼈는데, 그만 부주의로 '인도' 두 글자까지 베껴 넣었다. 아빠는 '허허'하
고 웃더니 너그럽게 말했다.

"좋아, 뭐. 궈징밍(郭敬明, 중국 청년 소설가 – 역자 주)의 책을 베끼지
않고 타고르의 책을 베꼈으니 문화가 있는 아이라고 셈 쳐주지 뭐."

아빠가 펜을 날려 '90'점을 매겨주었다. 그 바람에 내가 괜히 섭섭해지려
고 했다.

또 한 편은 감옥의 교도관을 칭찬한 작문이었는데, 덩치가 우람한 인민
경찰을 굉장히 자상한 '좋은 엄마'의 이미지로 묘사하였다. 좋은 사적을 가
득 열거하였는데 작문만 보면 그런 경찰이 전국 모범 근로자로 당선되지
못한 것이야말로 우스운 일이라는 생각이 들 정도였다. 아빠는 그런 작문
은 딱 질색하였다. 글에 진실한 감정이 없다면서 있지도 않은 일을 꾸며낸
것이 분명하다고 말했다. 그렇다면 학생은 왜 그렇게 썼을까? 교도관이 무
서워서가 아니면 교도관에게 아부하려는 것이 분명했다. 아무튼 음흉한
의도가 있는 것이다. 아빠는 그 작문에 '55'점을 매겨주었다. 5점 차이로
합격하지 못하게 하였다.

또 한 학생은 기발한 생각으로 '무림외전'(武林外傳)을 모방하여 극본 한
단락을 썼는데 횡설수설 되는대로 지껄인 것이 꽤나 재미있었다.

"이 아이는 잘 키우면 드라마 시나리오도 쓸 수 있겠는데. 소년교도소에도 별난 재주꾼들이 적지 않구나."

아빠는 극본 귀퉁이에 동그라미표기를 해놓고 다음번에 가면 그 아이를 찾아 이야기를 나누기로 했다.

가장 긴 한 편은 빼곡하게 세 페이지를 박아 썼는데 한 여학생에 대한 자신의 짝사랑 감정을 표현하였다. 아빠는 글을 보면서 실실 웃었다. 글을 다 읽어보고 아빠는 정말로 마음을 썼다면서 괜찮다고 평가하였다. 그리고 아빠는 이 아이가 그 여학생 때문에 범죄를 저지른 것이 아니길 바란다면서 그렇지 않으면 여자애가 한 평생 편하게 살 수 없을 것이라고 덧붙였다.

또 한 작문은 세 마디도 안 되게 아주 짧게 썼다. "오늘은 추석이다. 교도관이 우리에게 위에빙(月餠)을 나누어 주었다. 나는 위에빙을 먹으면서 하늘에 있는 창에(嫦娥, 동화 속 짝사랑이었던 여자 – 역자 주)를 생각했다." 아빠는 갑자기 웃음을 터뜨리다가 그만 입 안에 물고 있던 펜 뚜껑까지 내뿜었다.

"세상에, 상상력이 너무 풍부해. 위에빙 하나에다 창에까지 엮다니." 아빠는 그 작문에 서슴없이 '80'점을 매겨주었다. 그는 상상력은 매우 소중한 것이라면서 어쨌든 보호해야 한다고 말했다.

물론, 아빠가 가장 좋아하는 학생은 역시 장청이다. 아빠는 학생들의 숙제공책을 거둬가지고 집에 들어서기 바쁘게 언제나 장청의 글부터 뒤져내기에 급급하다. 일단 빠르게 끝까지 읽은 다음 다시 처음부터 한 글자씩 자세히 읽어본다. 아빠는 그 작문을 읽으면서 입을 쫑긋거리며 시선을 집중한다. 때로는 콧방울을 벌름거리기도 하고, 때로는 눈썹을 치켜뜨기도 하면서 놀라거나 기뻐하는 표정을 짓는다. 아빠는 또 갑자기 "아!" 하고 탄식하기도 한다. 마치 무언가 맛있는 것을 한입 베어 물었을 때 저도 모르게 감탄하는 것처럼 말이다.

그는 나에게 장청이 새로 쓴 글을 보여주었다. 제목은 '소를 타고 하늘나라로 올라간다'라고 달았다.

소를 타고 하늘나라로 올라간다

푸른 하늘, 맑은 시냇물, 끝없이 펼쳐진 보리밭에 크고 작은 두 그림자가 뒤뚱뒤뚱 움직이고 있다. 좀 큰 그림자는 호리호리하고 허리의 움직임은 버들가지처럼 유연하다. 꽃무늬 윗옷과 무지 바지가 어울려 상큼한 분위기를 발산한다. 그 아이 뒤로 흩어지는 웃음소리는 송이송이 이어지는 보랏빛 누에콩 꽃 같다. 좀 작은 그림자는 통통하고 작달막한 게 애송아지같이 튼튼하다. 짤막한 두 다리를 부지런히 옮겨놓으며 앙앙 소리를 지르면서 뒤따라 달려간다. 그래도 앞에서 가는 사람을 따라잡지 못하자 아예 논두렁에 발라당 나자빠져서는 발버둥 치며 떼를 쓴다.

논두렁은 봄볕에 쬐어 따뜻하다. 그 위에 누우면 보리밭에 풍기는 향긋한 풋내가 코를 간지럽힌다. 그리고 또 먼 들판에서 소가 몸을 뒤척이는 것 같은 우르릉 소리가 들려온다. 햇빛이 장난꾸러기의 손처럼 눈꺼풀을 이리저리 스치면 코끝이 간지러워 저절로 재채기가 나온다.

"동생아, 내 동생, 빨리 일어나지 않으면 누나 정말 가버릴 거야." 누나 손에는 장터에서 산 여우타오(油条, 젓가락 같은 가는 밀가루를 튀겨 어린애

팔뚝 만하게 부풀게 하여 먹는 간식 — 역자 주)를 싼 손수건이 꼭 쥐어져 있다. 누나는 애가 타서 나를 부른다.

"누나, 업어줘!" 나는 누나가 어서 집에 돌아가 엄마를 도와 불을 피워 점심밥을 지어야 해서 마음이 급하다는 것을 알고 있다. 그래서 일부러 애를 먹인다.

"안 업어줄 거야! 다 큰 애가."

누나가 몸을 돌려 가는 척 한다. 나는 논두렁에 누워 눈을 꼭 감고 꼼짝도 하지 않는다.

얼마 지나지 않아, 은은한 크림냄새가 내 코를 간지럽힌다. 누나가 다가와 나를 들여다보는 것이다. 나는 온 힘을 다해 숨을 죽이고 있다. 그러나 누나가 손으로 내 코끝을 꼭 집는 바람에 나는 하는 수 없이 입을 벌리고 눈을 뜬다. 나는 배를 끌어안고 고슴도치처럼 대굴대굴 구르면서 웃는다.

"누나 한번만 더 업어줘, 마지막 한번이야!"

나는 애걸한다.

이제는 몇 번째 '마지막 한번'인지도 모른다. 누나는 나에게 속는 것이 좋은 것 같다. 누나는 나에게 등을 들이대고 쪼그리고 앉아 손을 뒤로 해 힘써 돌덩이처럼 무거운 나를 등에 들쳐 업는다.

"꼭 엎드려, 소를 타고 하늘나라로 올라간다!"

누나는 일부러 들썩들썩하며 소의 걸음걸이를 흉내 내며 나를 웃긴다. 나는 너무 좋아 꿀단지를 파먹은 것처럼 달콤한 웃음이 얼굴에 번진다.

그때 누나는 열다섯 살, 나는 다섯 살이었다.

햇빛이 내 머리 위를 쨍쨍 비춘다. 새들은 총망히 날아왔다 날아갔다 한

다. 마치 자기 새끼들을 어디에 숨겨두었는지 잊은 것처럼. 갑자기 보리밭
에서 들짐승 한 마리가 불쑥 뛰쳐나와 저 멀리로 쏜살같이 뛰어가 보이지
않는 동굴 속으로 숨어들었다. 나는 누나의 눈을 가리고 옆으로 스쳐 지나
가는 잠자리가 한 마리인지 한 쌍인지 맞춰보라고 한다. 나는 또 발꿈치로
누나의 옆구리를 툭툭 치면서 말처럼 빨리 달리라고 재촉한다.

  누나는 인내심 있게 내가 하자는 대로 따라준다. 내가 어느 쪽을 가리키
면 누나는 그쪽으로 기뻐서 어쩔 줄 몰라 하며 뛰어간다. 우리는 휘청휘청
걸으면서 보리 싹을 밟아 뭉개기도 하고, 노란 유채꽃을 밟아 넘어뜨리기
도 하고, 또 남의 집 밭머리에 심어놓은 육묘 포트를 밟아서 납작하게 만
들어놓기도 한다.

  우리 상상 속에서 소를 타고 하늘나라로 올라가는 길은 그렇게 금빛처럼
빛나는 길이었다.

  엄마가 문 앞 채마전에서 김을 매고 있다가 고개를 들고 누나가 나를 업
고 오는 것을 보더니 안타까워서 연신 소리 치신다.

  "아이고, 이 철딱서니 없는 것아, 누나 힘들어 하는 거 안 보여!"

  그러고 보니 몸이 약한 누나가 나를 업고 집까지 오느라고 얼굴이 빨개
서 거친 숨을 몰아쉬고 있었다. 머리카락은 땀에 흥건히 젖어 이마에 달
라붙었고, 땀이 눈가까지 흘러내렸으며 가슴은 풀무처럼 헐떡이고 있었다.
누나는 엉덩이를 벽에 붙이고 한참 동안이나 허리를 펴지 못하였다.

  나는 진짜 철부지 바보였다. 내가 막무가내 사랑으로 하마터면 누나를 쓰
러뜨릴 뻔한 것이다.

아빠가 장청의 작문을 손으로 탁탁 치면서 술에 취한 사람처럼 몽롱한 눈빛을 하고 말했다.

"이것 좀 봐봐, 런샤오샤오, 너는 언제면 이렇게 훌륭한 글을 써낼 수 있겠어?"

나는 한참 머리를 짜 겨우 흠 하나를 찾아냈다.

"그 애는 누나에게 업어달라고 떼를 쓴 주제에 왜 '막무가내 사랑'이라고 해요? 앞뒤가 서로 모순되잖아요?"

아빠가 쯧쯧 혀를 차더니 말했다.

"역시 애구나. 문장을 볼 때 겉으로 드러나는 의미만 보고 행간의 감정을 읽을 수 없으니. 장청의 누나가 그 애보다 10살 위이고, 그 애가 누나의 등에 업혀 자랐다고 먼저 번 작문에서 썼던 기억이 있어 없어? 그렇게 깊은 오누이정은 어느 집에나 다 있는 것이 아니야.

너와 허라라 사이에는 없잖아."

그는 갑자기 말이 잘못 나온 것을 느꼈다.

"아니다. 허라라는 너의 고모인 셈이지. 항렬을 혼동했어."

아빠가 손을 내저어 그 실수를 지워버리려 했다.

"아무튼 그 감정이 너무 감동적이야. 보통이 아니지."

"그런 그 애가 후에 왜 범죄를 저질렀어요? 누나가 그 애를 돌보지 않았나요?"

내가 끈질기게 물었다.

아빠가 고개를 들어 하늘을 쳐다보며 한참 생각하더니 걱정하였다.

"아이고, 세상은 원래 그런 거야. 우리가 미처 생각지 못했던 뜻밖의 상황

은 늘 나타나게 마련이지. 아이참, 저녁 뭐 먹을래?"

아빠는 장청의 글을 발표해야 한다고 생각하였다. 아빠가 정 보살에게 물어본 적이 있었다. 복역 중인 소년범이 정식 간행물에 글을 발표하면 공을 세우는 것이기에 감형 받을 수 있다고 했다. 아빠는 장청이 감형을 받아 출소하면 대학교에 합격할 수 있을지도 모른다고 말했다. 아빠는 그 아이가 작가가 되지 못한다면 너무 아깝다고 진심으로 생각하였다.

아빠는 글을 컴퓨터에 입력해서 파일로 작성한 뒤 자신이 잘 알거나 혹은 잘 알지 못하는 '××신문' '××간행물'이라고 적힌 전자메일로 파일을 전송하였다. 예전에는 여러 신문과 잡지에 같은 글을 중복 투고하는 것을 허용하지 않는 규정이 있었지만, 요즘은 인터넷 세상이어서 아무도 통제하지 못한다면서 여러 곳에 투고하여 발표만 되면 그만이라고 아빠가 말했다. 나는 아빠가 컴퓨터에서 수십 개에 이르는 메일을 클릭하는 것을 보았다. 자신의 학생을 위한 일에 아빠의 광기가 다시 시작된 것이다.

아빠는 심지어 대학 동창들에게 전화해 칭양 소년교도소의 애들에 대해, 장청에 대해, 장청의 작문에 대해 이야기하였다. 아빠의 많은 동창들이 전국 각지의 언론계에 몸담고 있었고, 어느 정도 권력도 있어 불쌍한 장청을 위해 행복을 도모할 수가 있었다. 아빠는 "감형 받을 수 있대! 겨우 열여섯 살밖에 안 된 아이야!"라고 강조하였다.

아빠는 통화하다가 상대보다 먼저 흥분하였다. 그리고 얼굴이 벌겋게 상기되어 전화를 끊었다. 곁에서 아빠의 그런 모습을 지켜보면서 나는 가끔 이런 생각을 한다. 이렇게 천성적으로 솔직한 아빠가 있는 나는 다른 아이들보다 더 행복스러운 게 아닐까!

한번 찍힌 오점은 쉽게 지워지지 않는다

6

한번 찍힌 오점은 쉽게 지워지지 않는다

토요일 이른 아침, 외할아버지가 전화를 해 양로원 시찰을 갈 거라면서 나와 아빠에게 동행해줄 것을 요구하셨다. 그때 아빠는 막 일어나 양치질을 하고 있었다. 입 안 가득 하얀 치약거품을 물고 있어 똑똑하지 않은 말로 내 입을 통해 반대 의향을 표하였다. 그러더니 내가 뜻을 제대로 전하지 못할까봐 걱정이 되었던지 치약거품도 닦지 않은 채 뛰쳐나와 전화기를 빼앗아 들고 큰 소리로 외쳐댔다.

"장인어른, 장인어른은 이제 겨우 육순이에요. 아직 그럴 때가 안 됐어요."

그리고 전화기를 들고 외할아버지가 말씀하시는 것을 듣고 있었다. 외할아버지가 뭐라고 하셨는지는 알 수 없지만 아무튼 결국 아빠는 머리를 끄덕였다.

"그래요, 그럼. 그냥 한번 가보기나 하지요."

전화기를 내려놓고 아빠는 나를 바라보면서 혀끝으로 입가에 묻은 치약거품을 핥더니 생각에 잠겨 말했다.

"내가 늙어서 움직이지 못하게 되면 양로원 신세는 지지 않을 거야. 난 절을 찾아 출가할 거야."

"그럼 아빠는 절간 신세를 져야겠네요."

아빠는 아직 깎지 않은 수염을 만지더니 자기를 비웃듯이 말했다.

"그렇네, 난 왜 자꾸 바보 같은 생각만 하는 거지."

그러더니 또 걱정하였다.

"그럼 어떻게 해야 할까? 누구나 다 병에 걸려 고생하지 않다가 죽는다는 보장은 없잖아."

"아빠는 내 신세만 져야 해요."

내가 아주 정중하게 말했다.

그 말에 아빠는 나를 와락 품에 껴안더니 이리저리 흔들었다. 감동하여 어쩔 줄 몰라 하였다.

우리는 언제나 매일 똑같은 아침밥을 급급히 먹었다. 데운 우유와 굽지 않은 빵이다. 내가 텔레비전에서 본 외국인들의 아침식사 방법은 우유는 냉장고에서 꺼내 바로 마시고 빵은 노릇노릇하게 구워 먹었다. 우리와는 정반대였다. 어쩌면 동양인과 서양인이 서로 반대일지도 모른다고 나는 생각하였다.

외할아버지는 성격이 급하시다. 나와 아빠가 너무 꾸물거릴까봐 아예 일찌감치 외할아버지네 집에서부터 걸어오셔서는 벌써 우리 집 아래서 기다리고 계셨다. 아파트 문을 나서다가 뜻밖에 서 있는 우리 엄마 상위팅을 만났다. 상위팅도 외할아버지와 함께 온 것이다.

"어 어 언제 돌아왔어?"

아빠가 말까지 더듬었다. 당황해서인지 기뻐서인지는 알 수 없었다.

"어제 왔어요. 집에 도착하니 날이 어두웠기에 연락하지 않았어요."

엄마는 껌을 씹고 있었는데 입을 열자 달달한 박하 향이 났다.

나는 외면하며 이웃집 사람이 데리고 나온 개를 보는 체 하였다. 나는 한 번도 상위팅을 '엄마'라고 부른 적이 없었다. 그리고 상위팅도 나에게 강요한 적이 없었다. 엄마라고 부르건 말건 상관없다고 여기는 것 같았다. 어쩌면 내가 엄마라고 부르는 것을 아예 싫어할 수도 있을 지도 모른다. 이렇게 큰 아들이 있는 자신을 원망하고 있을 수도 있으니까.

오늘 상위팅의 차림새는 너무 요란했다. 아주 짧은 폭탄머리를 밤색으로 염색을 하였는데 군데군데에 환한 자색으로 브릿지를 넣은 것이 컴퓨터 게임에 등장하는 애니메이션 캐릭터 같았다. 엄마는 키가 크고 날씬한데다 이렇게 요란한 머리를 이고 있으니 마치 맨드라미 같았다.

아빠는 헛기침을 하더니 상위팅의 머리를 가리키며 말했다.

"꽤 인상적이군 그래"

외할아버지는 화를 냈다.

"머리 꼴이 그게 뭐냐. 내가 다 창피하다."

엄마는 일부러 외할아버지의 팔짱을 꼈다.

"아빠, 헤어스타일을 바꾸는 것은 기분 전환을 하고 삶의 상태를 바꾸는 거예요. 너그럽게 봐주세요."

아빠의 얼굴색이 삽시에 굳어졌다. 아마도 엄마가 말한 '바꾸다'가 무엇을 가리키는지 생각하고 있는 것 같았다.

아파트 단지 입구까지 나오자 외할아버지가 손을 들어 택시를 잡아 우리 모두를 밀어 넣었다. 외할아버지가 오늘 둘러볼 양로원은 도심에서 십여 리 떨어진 저수지 변두리에 위치해 있었다. 걸어서 가려면 너무 멀었다.

외할아버지가 서둘러 소수석에 나고 상위팅과 우리를 뒷좌식에 타게 하셨다. 나는 외할아버지의 뜻을 잘 알고 있다. 외할아버지는 우리 아빠와 엄마를 재결합시킬 기회를 마련하려고 항상 애쓰신다. 그는 엄마가 다시 칭양으로 돌아와 3대가 오붓하게 행복하게 살 수 있기를 바라는 것이다.

　아빠와 엄마가 각각 뒷좌석의 양 옆에 앉고 나를 가운데 끼어 앉혔다. 나는 아빠 몸에서 나는 엊저녁의 라면 냄새를 맡을 수 있었고, 상위팅 입에서 풍기는 박하 냄새도 맡을 수 있었다. 나는 또 두 사람의 몸이 언 돼지고기처럼 딱딱하게 굳어져 있는 것도 느낄 수 있었다.

　도무지 할 말이 생각나지 않았던지 아빠가 나의 발을 가리키며 말했다.

　"오늘은 왜 나이키를 신지 않았지?"

　나는 처음에는 아빠의 말뜻을 이해하지 못해 2초 동안 멍해 있었지만 바로 알아챘다. 아빠는 자기가 나에게 명품 신발도 사주고 나를 잘 돌보고 있으며, 우리 부자는 옆에 누가 없어도 잘 지낼 수 있다는 것을 상위팅에게 간접적으로 알려주고 싶었던 것이다.

　그래서 나는 얼른 아빠가 말하려는 뜻을 한 층 더 부풀리고 더 발휘하였다.

　"어느 신발 말이에요? 하이탑? 아니면 로우탑 말이에요?"

　아빠가 바로 알아채고는 나에게 눈을 찡긋해보였다. 반응이 빠르다고 칭찬하는 것이다.

　눈이 밝고 예리한 엄마가 바로 인정사정없이 꼬집어냈다.

　"나이키 운동화는 네 외할머니가 지난해 크리스마스에 사주신 거 아니니? 이젠 작아지지 않았어?"

나와 아빠는 얼굴이 홍당무가 되어 마주 보았다.

긁어 부스럼을 만든 것이다.

엄마가 음흉한 미소를 지었다.

"런이 씨, 자기 머릿속에 들어있는 그 얕은 수로는 내 앞에 나서지도 마. 내가 자길 몰라? 뭘 할 수 있고 뭘 할 수 없는지, 이 세상에 나보다 더 잘 아는 사람 있어."

내가 참다못해 변명하였다.

"아빠 취직했어요."

엄마는 입을 삐죽거렸다.

"비정규직이라면서! 그리고 그것도 소년교도소 아이들을 가르친다면서, 고졸도 할 수 있겠네."

아빠가 고개를 들어 상위팅을 바라보았다. 얼굴에는 분노가 어렸고 눈을 껌뻑거리는 것이 반격할 말들이 당장이라도 따발총 쏘듯이 날아 나올 것만 같았다. 아빠는 글 솜씨가 뛰어나다. 기분이 좋을 때 하는 말이 매우 재치 있고 유모아적일 뿐 아니라, 일단 사람에게 매몰찬 말을 할 때도 마디마디가 정곡을 찌르곤 한다. 그렇지 않고는 그 많은 스타들에게 고용되어 블로그를 써주는 일도 없었을 것이다.

나는 긴장되어 아빠의 손을 꼭 잡았다. 택시 안에서 말다툼을 하는 것이야말로 더할 나위 없이 창피한 일이기 때문이었다.

아빠의 손은 얼음처럼 차가웠다. 그리고 약간 떨고 있었다. 드디어 아빠가 고개를 창밖으로 돌리고 늦가을 논밭의 풍경을 감상하는 척하며 더 이상 아무 말도 하지 않았다.

나도 고개를 돌려 아빠처럼 창밖을 내다보는 척하였다. 상위팅의 이어질 질문을 피하기 위해서였다. 경치도 참으로 좋았다. 하늘은 보기 드물게 푸르고 비로드처럼 매끄럽고 보송보송하였다. 논밭의 곡식은 이미 거둬들인 뒤였다. 벼 그루터기와 목화 줄기가 밭에 흩어져 있었고, 새들이 무리를 지어 날아다니면서 쪼아 먹고 있었다. 몇 분 간격으로 울창한 나무숲과 허리띠처럼 굽이굽이 흐르는 강이 눈에 안겨왔다. 나는 마을에 들어섰다는 것을 알았다. 사람이 살고 있고 닭이 홰를 치며 개들이 뛰놀고 있었다.

갑자기 나는 소년교도소의 장청이 생각났다. 그가 그리워하던 들판, 그리워하던 집이 아마도 이런 모습이 아닐까?

외할아버지가 마음에 드셨다는 양로원은 사실 아주 작았다. 앞뒤로 고작 3층짜리 건물 두 채가 화초가 가득 가꿔져 있는 울안에 둘러싸여 있었다. 그러나 건물 내부는 하얗게 회칠을 하였고 방마다 침대 시트도 깔끔하고 반듯하였다. 간호사들도 흰옷에 흰 모자를 쓰고 있어 그럴 듯 해보였다.

안내를 맡은 아주머니의 소개에 따르면 양로원은 칭양에서 나서 자라 미국에서 유학 중인 박사가 개설한 것이라고 한다. 처음에는 고향에 계신 부모를 위해서 시작하였는데 후에 아예 규모를 늘려 미국의 양로 모델을 중국에 옮겨 실천해보기로 한 것이란다. 중국에서 외동자녀 정책이 실시된 지도 30여 년이 넘어 양로문제가 불거지기 시작했다면서 양로원이 개설되어서 1년도 안 되는 사이에 예약 신청한 노인이 대기 중이라고 아주머니가 소개하였다. 규모를 늘리지 않으면 지금 예약한다 하여도 10년은 걸려야 순서가 올 것이라고 말했다.

줄은 어떻게 서냐고 엄마가 물었다. 아주머니는 침대가 모두 60개 있는데 노인 한 명이 돌아가야 새로 노인이 들어올 수 있다고 설명하였다.

엄마는 대뜸 눈이 휘둥그레졌다. 아마도 노인들이 하나 둘 건물에서 들려 나가는 모습이 머릿속에 떠올랐을 것이다. 엄마가 손으로 입을 가렸다.

"참으로 무섭네!"

그리고 엄마는 외할아버지의 손을 잡고 뒤도 돌아보지 않은 채 건물을 나와 버렸다.

나와 아빠도 따라 나왔다. 아빠도 같은 느낌이었는지 당황한 표정으로 나에게 말했다.

"저게 무슨 줄을 서서 양로원에 가는 거냐? 줄을 서서 죽기를 기다리는 거지. 생각해봐. 이름은 등기부에 적어 놓고 눈으로 침대만 지켜보면서 속으로는 숫자를 세는 거야. 하루가 삼추 같을 거야. 외할아버지의 경우만 봐도 그래. 외할아버지는 자기 차례가 빨리 오기를 바라야 할까? 아니면 차례가 늦게 오기를 바라야 할까?"

외할아버지는 엄마가 자기를 끌고 나온 것에 언짢아하며 화를 내셨다.

"왕복 택시비만 몇 십 원이야! 양로원 찾는 게 유치원 찾는 것처럼 돈만 내면 다 받아주는 줄 알아?"

엄마는 딱 잘라 말했다.

"아무튼 줄을 서 들어가는 느낌이 너무 싫어요."

외할아버지가 노발대발하셨다.

"그래, 제집이 제일 좋은 줄 누가 몰라? 네가 효녀라면 칭양으로 돌아와 취직해. 그리고 네 엄마를 데려와 우리 셋이서 살자."

나는 마침내 알아차렸다. 외할아버지가 상위팅을 불러들여 양로원을 둘러보러 온 것은 상위팅에게 보여주려는 것이었다. 사실 외할아버지는 양로원에서 외롭게 지내고 싶지 않았다. 체면을 중히 여기는 외할아버지는 마음에 있는 생각을 항상 완곡하게 표현하시곤 했다.

외할아버지가 화를 낼 때는 나와 아빠를 끌어들이지 않았다. 그러나 말하면서 계속 아빠의 눈치를 살피면서 아빠의 반응에 꽤 신경을 쓰시는 것 같았다.

엄마는 가타부타 대답이 없었다. 엄마가 입장을 밝히지 않고 있었으므로 아빠도 당연히 먼저 입장을 밝힐 수 없는 처지였다. 어쨌든 외할아버지는 우리 아빠의 아버지는 아니었으니까. 게다가 그것도 '전 장인'이 아닌가.

우리는 여전히 그 택시로 다시 시내로 돌아왔다. 우리는 사거리에서 불쾌한 기분으로 헤어졌다. 외할아버지는 자신의 집으로 돌아가고, 엄마는 외할머니 집으로 가 묵었으며, 나와 아빠는 할아버지네 집으로 가서 점심을 얻어먹었다.

밥 먹고 집에 돌아온 아빠는 안절부절 못하였다. 하품을 하고 머리를 긁적거리기도 하고 귀를 후비기도 하면서 엉덩이에 못이 박힌 것처럼 앉아서 2초도 가만있지 못하고, 일어나 서성거리다가 다시 앉고 하며 잠시도 진정을 못하는 것이 보는 나까지 괴로웠다.

"저기… 아무래도 아빠가 게임 잠깐만 하면 안 될까?"

아빠가 기어들어가는 목소리로 내 의견을 물었다.

나는 대뜸 알아차렸다. 게임 중독증이 발작한 것이다. 아빠는 '워크래프트'게임이 하고 싶은 것이다. 아빠는 일주일이나 게임에 손도 대지 않았다. 쉽지 않은 일이다. 우리 선생님은 우리에게 절대 게임에 중독되어서는 안 된다고 경고하셨다. 일단 중독되면 손가락을 잘라도 떼지 못한다면서 머리를 갈라 그 안의 신경을 끊어놓아야 한다고 주의를 주셨다. 게임 중독이 얼마나 사람을 괴롭게 하는지 알 수 있다. 아빠가 한 주일이나 게임을 하지 않은 것은 참으로 대단하다고 할 수 있다.

나는 그러는 아빠가 측은해서 오후에 놀게 하였다. 아빠는 헤벌쭉 웃으면서 내가 철이 들어 사람의 속마음을 잘 헤아린다고 칭찬하였다. 이어 컴퓨터를 자기 방으로 옮겨가 방문을 닫더니 바로 조용해졌다.

방문을 닫은 것은 내가 숙제하는 데 영향을 줄까봐서가 아니라 내가 '워크래프트'의 매력에 빠져 자기처럼 중독될까봐 두려워서이다. 나를 교육하는 문제에서 아빠가 '솔선수범'은 하지 못하지만 적어도 죽을힘을 다해 굳게 지켜내고는 있는 것이다. 그것만으로도 그가 좋은 아빠가 아니라고 아무도 말할 수 없을 것이다.

나는 주방에 가서 전기 주전자 전원을 켰다. 물을 한 주전자 끓여 아빠에게 차를 우려 줄 준비를 하였다. 아빠는 평소에는 생수, 콜라 가리지 않고 닥치는 대로 마시지지만 일단 게임을 하기 시작하면 흥분하게 되고, 흥분하면 찻잎 반 컵에 물 반 컵 비례의 진한 차를 마셔야 한다. 나는 아빠의 습관을 손금 보듯 잘 알고 있다.

물이 끓기를 기다리는 사이에 나는 책가방을 책상 위에 들고 와서 먼저 어느 숙제를 할 것인지를 생각하였다. 나는 눈을 감고 손으로 만져서 어느 책이 손에 제일 먼저 잡히면 그 숙제부터 하기로 했다. 마침 영어책이 손에 닿았다. 운이 좋았다!

본문을 두 번 베껴 쓰기, 20개 단어 열 번씩 베껴 쓰기, 괄호 안에 써넣기 5개, 문답식 문제 2개이다. 이보다 더 간단할 수가 없었다.

전혀 어렵지 않았다. 그때 누군가가 문을 두드렸다. 나는 수도계량기나 전기계량기를 기록하는 사람이 왔는가 하고 생각하였다. 그런데 문을 열고 보니 맨드라미 헤어스타일의 엄마가 서 있었다. 엄마는 내가 "들어오세요"라는 말도 하기 전에 안으로 제집에 온 것처럼 집안으로 쑥 들어왔다. 그리고는 또 본인이 주인이라도 된 것처럼 "들어와, 들어와"하면서 나를 불렀다. 상위팅 뒤를 따라 들어오는 나는 기분이 엉망이었다. 엄마가 나의 주도권을 순식간에 장악해버렸기 때문이다. 나는 상위팅의 말을 순순히 따르는 외에 다른 선택의 여지가 없었다.

엄마는 손에 든 커다란 종이박스를 열더니 새 농구화를 꺼냈다.

"나이키야. 이제 막 사가지고 오는 길이야. 어서 신어 봐."

엄마는 다짜고짜 나를 소파에 눌러 앉히고 허리를 구부려 내가 신고 있는 낡은 신발을 벗겨내고 새 신발을 내 발에 신겼다. 상위팅의 동작은 조금 서툴고 또 조금은 거칠었다. 무릎이 내 다리를 압박하고 턱이 내 머리를 내리누르고 있어 나는 마치 상위팅에게 잡혀 죽음을 기다리고 있는 병아리 같았다. 나는 문득 양말을 적어도 3일은 바꿔 신지 않은 게 생각났다. 악취가 날까봐 잔뜩 긴장되어 숨을 죽였다. 기실 내가 그렇게 숨을 죽이고 스스로 냄새를 맡지 않는다고 해서 상위팅도 못 맡는 것은 아니다.

그래도 어쩔 수 없다. 만약 엄마가 그것 때문에 나를 미워한다고 해도 그건 그쪽 자유이다.

다행히 엄마는 냄새를 맡지 못하였다. 엄마는 나에게 신을 신겨주고 신끈을 꽉 조여 단단히 매주었다. 그리고는 나의 머리를 툭 쳤다.

"일어나 걸어봐!"

신발은 약간 컸다. 그러나 재질이 부드러워 발등을 꼭 감싸주어 불편한 감은 없었다.

"35사이즈인데 크기가 맞는구나."

엄마는 눈썹을 위로 치켜 올리며 놀랍다는 표정으로 나를 쳐다보았다.

엄마는 무슨 뜻일까? 내 발이 너무 크게 생겨 싫은 건가 아니면 내 발이 커서 좋다는 건가? 일시에 나는 판단이 서지 않았다.

전기 주전자 안의 물이 끓어 주전자 주둥이로 김이 나고 있었다. 나는 그것을 지켜보면서 차를 우리러 가야 할지 말아야 할지를 망설였다.

민감한 엄마가 대뜸 물었다.

"아빠 집에 있구나!"

나는 자신이 한스러웠다. 방안에 있는 아빠가 바로 게임 프로그램을 끌 수 있도록 소식을 전할 방법이 없었다. 아빠가 방안에서 객실에 있는 상위 팅의 목소리를 들을 수 없다는 것을 나는 알고 있다. 아빠는 게임만 시작하면 하늘땅이 무너져도 듣지를 못하기 때문이다.

나는 흘끔흘끔 눈치를 보면서 방문을 향해 두 걸음 걸어갔다. 엄마가 한 손을 들어 나를 제지시켰다. 그리고 엄마는 탐정처럼 목을 움츠리고 살금살금 문 쪽으로 다가갔다. 가까이 다가간 엄마는 멈춰 서더니 움츠렸던 목을 백조처럼 길게 빼들고 문틈으로 귀를 갖다 대고 엿듣는 것이었다. 상위 팅의 얼굴에는 모든 걸 알아차렸다는 듯이 의기양양한 기운이 스쳐갔다.

펑 하는 굉음과 함께 내가 미처 큰 소리로 아빠를 부르기도 전에 엄마가 벌써 굽 높은 부츠를 신은 발로 방문을 걷어차며 당당하게 쳐들어갔다.

그리고는 바로 문을 꼭 닫아버렸다.

끝장이다. 아빠는 참 운도 나빴다. 하필 때마침 또 상위팅에게 현행범으로 딱 걸렸던 것이다.

몇 년 전 그들이 이혼하게 된 것도 '카운터스트라이크'라는 게임이 도화선이었다. 그것 때문에 외할머니는 아빠를 얼마나 원망하셨는지 모른다. "조금이라도 절제하였더라면 성의를 보이는 척이라도 하고 취직이라도 하였더라면 얼마나 좋았겠는가?" 그러나 아빠는 끝내 "성의를 보이는 척"하려 하지 않았다. 상위팅과 얼굴을 붉히며 갈라지는 한이 있을지언정 말이다. 지금 아빠는 집에 앉아서도 돈을 많이 벌어 나를 키울 수 있고, 괜찮아 보이는 일을 겸직도 하고 있으며, 한 주일에 '워크래프트'게임을 한번밖에 하지 않고, 할머니와 할아버지, 외할머니와 외할아버지에게도 효도하면서 거의 완벽한 아버지의 본보기가 되려고 하고 있는데 말이다. 그런데도 왜 그렇게 운이 나빠 하필 상위팅에게 딱 걸리고 만 것인가?

나는 신었던 나이키를 벗고 소파에 새우처럼 움츠리고 앉아 눈을 꼭 감고 손가락으로 귓구멍을 틀어막았다. 나는 자신을 '탐색 프로그램'에 나오는 그 우스꽝스럽게 도망치는 타조로 잠시 변신시켜 안방에서 일어나는 일을 듣지도 보지도 않기로 하였다.

폭풍우와 같은 다툼이 10여 분 동안 지속되었다. 귀를 꼭 틀어막았어도 방안에서 들려오는 와당탕 쾅쾅하는 요란한 소리가 여전히 내 귀를 파고들었다. 이윽고 문이 활짝 열리고 엄마가 노기가 충천하여 뛰어나왔다. 소파 옆을 지나가려던 엄마는 내가 벗어놓은 나이키에 걸려 하마터면 앞으로 곤두박질칠 뻔하였다. 화가 상투 끝까지 치민 엄마는 다짜고짜로 그 참하게 생긴 신발을 사정없이 발로 걷어찼다. 신발은 그 서슬에 놀라기라도 한 듯이 날아가더니 맞은편 벽에 부딪쳤다가 탁자 위에 떨어지면서 유리컵 하나를 깨뜨린 뒤 결국 그 유리 조각들과 함께 바닥에 굴러 떨어졌다.

신발이 반공중에서 날아가는 사이에 엄마는 이미 우리 집의 방범용 철문을 열고 뛰쳐나갔다. 엄마는 자신이 손수 사온 새 신발이 받은 상처에 대해서는 알려고도 하지 않았다. 아빠가 방에서 뒤쫓아 나와 넋이 나간 사람처럼 내 앞에 섰다. 겨우 몇 분 만에 아빠의 수염이 자라난 듯 얼굴 절반에 시커멓게 덮였다. 아빠의 눈빛에 실망과 불안이 비껴있었다. 방금 전에 일어난 일에 대해 미처 반응할 겨를도 없이 어리둥절한 눈빛이었다. 그는 소파에 움츠리고 있는 나를 보더니 눈을 껌벅거리며 아이처럼 입술을 빨았다. 뭐라고 설명을 해야 할지 모르는 것 같았다.

"네 엄마가… 화가 많이 났어…"

아빠가 조심스럽게 입을 열었다.

내가 머리를 끄떡였다. 그건 바보라도 알 수 있는 일이었다.

"기실은 오해를 한 거야…"

그러나 나는 완전히 오해라고도 할 수는 없다고 생각하였다. 아빠가 게임을 하고 있었던 것은 사실이니까 말이었다.

아빠는 또 한참 그렇게 서 있다가 걸어가더니 신발을 주워다가 내 발 아래에 가져다 놓았다.

"신경 쓸 것 없어."

순간 아빠는 또 될 대로 되라는 자세로 아무렇지도 않다는 듯 어깨를 으쓱하였다.

"우리는 이미 이혼한 사람들이야. 왜 남의 일에 참견하고 그래? 귀찮게?"

엄마는 그렇게 가버린 뒤로 다시는 오지 않았다. 전화도 한번 하지 않았다. 나는 아빠에게 전화해보라고 부추겼다. 아빠가 듣는 둥 마는 둥 하더니 나에게 되물었다.

"전화는 왜 해?"

"사과해야죠. 아빠는 남자잖아요."

아빠가 픽 웃더니 말했다.

"사과는 잘못한 사람이 하는 거야."

대체 누가 잘못한 건지 나는 판단하기가 어려웠다. 엄마가 다짜고짜 화부터 낸 것은 옳지 않았다. 그리고 아빠가 대낮에 게임을 한 것도 잘한 일은 아닌 것 같았다. 그래서 부부 싸움은 영원히 옳고 그름을 가리지 못한다고 새 할머니가 그러시는 모양이다. 나도 참견하고 싶지 않다.

그러나 외할머니는 생각이 다른 것 같았다. 외할머니는 휴식시간에 종이비행기 시합을 하고 있는 나를 불러내더니 심각한 표정으로 말씀하셨다.

"이번엔 네 아빠가 많이 잘못했어."

나는 가슴이 두근거렸다. 대체 얼마나 많이 잘못한 건지 알 수 없었다.

"애초에 네 엄마가 청양에 돌아온 것은 네 외할아버지가 지낼 양로원을 보기 위해서가 아니야. 네 엄마가 남자친구를 사귀었는데 결혼까지 생각하고 있어. 그런데 아직 결단은 내리지 못하고, 네 아빠와 다시 재결합할 가능성은 없는지 보러 온 거야. 결국은 네 아빠가 방에 숨어 게임을 하느라고 네 엄마를 거들떠보지도 않은 거야. 네 엄마가 화가 나겠어? 안 나겠어?"

내가 뭐라고 말을 하려고 하자 외할머니가 손을 들어 제지시켰다.

"아빠를 위해 변명할 것 없어. 이미 때는 늦었어."

그래도 나는 기어이 설명하였다.

"아빠가 이제는 한 주일에 게임 한번밖에 안 해요."

"한 주일에 게임 한번 해도 하는 거지! 그때 당시 왜 이혼했는데? 네 아빠가 게임에 미쳐 있어서잖아? 처자식까지 있는 사람이 어쩌면 책임감이라고는 눈꼽만치도 없지? 그리고 또 일 년 365일에서 네 엄마가 와 있는 시간이 열흘도 안 되는데 돌아올 적마다 딱 걸리니. 그렇게 공교로운 일이 어디 있겠니? 그러니 확률로 따져보면 네 아빠가 한 주일에 한번만 노는 게 아닐 거라는 말이다!"

외할머니는 격분해서 말씀하셨다. 당장이라도 우리 집에 쳐들어가 아빠에게 삿대질하면서 따지고 들 기세였다.

나는 아빠가 억울하다고 생각하였다. 사람이란 정말 오점이 있으면 안 된다. 오점은 한번 묻으면 깨끗이 지우기 어렵기 때문이다.

마지막에 외할머니는 나를 걱정하며 물으셨다.

"넌 어때? 기분이 상하거나 그런 건 아니지? 네 아빠는 한평생 별로 나아지지 않을 것 같구나. 아빠를 닮아서는 안 된다, 삶이란 강물을 거슬러 올라가는 배처럼 앞으로 나가지 않으면 뒤로 밀리게 돼 있어."

교장이 된 할머니들은 다 우리 외할머니처럼 그렇게 말이 많을까? 그리고 그들은 왜 모든 일에서 자기 판단만 옳다고 믿는 건지 알 수가 없었다.

Part
7

아빠의 마음을 아프게 한 소년범 이야기

7

아빠의 마음을 아프게 한 소년범 이야기

세월은 맹물처럼 그냥 지나간다. 나는 매일 아침 7시에 일어나 세수하고 아침밥을 먹는데 30분 걸린다. 그리고 집을 나서 학교에 간다. 학교에 가면 아침 자습을 하고 4교시 수업을 한 뒤 점심을 먹고, 오후에 또 2교시 수업을 하고, 이어서 활동수업(갑자기 어떤 선생님의 지도 수업으로 바뀔 때도 있음)을 한다. 방과 후 집으로 돌아와 아빠를 도와 밥을 짓고 밥을 먹은 뒤 함께 텔레비전을 보다가 '7시 뉴스'의 타이틀 음악이 시작되면 숙제공책을 펼쳐놓고 단숨에 9시까지 숙제를 한다. 숙제가 많을 때는 10시까지 해야 다 할 수 있는데 그런 날은 눈까풀을 이기지 못할 때가 되어야 잠자리에 들곤 한다.

나는 매일 똑같은 나의 일상을 글짓기 할 때 써넣었다. 아빠가 내 작문을 뒤져보다가 그 구절을 발견하였다. "세월은 맹물 같다고? 표현 참 잘 했네. 그럼 넌 뭘 기대하였느냐? 콜라 아니면 마오타이 주(茅臺酒)? 잘 들어. 콜라는 너무 달고 마오타이 주는 너무 독해. 그래도 맹물이 제일 좋거든. 인체에 가장 필요하고 영원히 싫증이 나지 않는 것이니까."

나는 터져 나오려는 웃음을 가까스로 참았다. 아빠가 예전에 취직하지 않으려 했던 이유도 바로 출퇴근하는 무미건조함이 싫어서가 아니었던가?

그러나 나를 교육하는 문제에 맞닥뜨리니 또 다른 기준이 떠오른 것이다. 어른들은 말과 마음이 다를 때가 많은 것 같다.

아빠는 자기 반 학생들과 점점 친해져 이름과 사람을 연결시킬 수 있게 되었으며, 그리고 그들이 각자 무슨 죄를 저질러서 소년교도소에 왔는지, 대략 얼마 동안 있어야 나갈 수 있는지도 알 수 있게 되었다. 그는 학생들이 바친 작문을 수정하면서 그 애들이 예전에 처한 생존 환경이 너무 열악하였다고 한탄하기도 하고, 교육이 그들을 해쳤다고 격분하기도 하였으며, 또 때로는 어떤 아이들은 천성이 사악하여 아무 이유도 없이 범죄를 저질렀다고 하는데, 도무지 이해할 수 없다고 말하기도 하였다. 나는 아빠와 마주 앉아 아빠의 얼굴 표정을 보고 아빠가 매긴 작문 점수를 정확하게 맞출 수 있었다. 눈썹을 치켜 올리고 눈에 즐거운 빛이 스쳐 지나가면 그것은 잘 지은 글이라는 뜻이므로 적어도 85점 이상이다. 눈을 비비거나 하품을 하거나 혹은 이가 아픈 것처럼 입을 쩝 다시거나 혹은 약간 지루해 하는 기색을 보이게 되면 좋지도 나쁘지도 않은 가장 평범한 글이다. 뭐라고 욕을 할 듯이 하면서도 말은 하지 않는 표정을 짓는 글은 대체로 70점, 65점이다. 아주 별로인 글을 보면 아빠는 오히려 흥분하며 눈썹을 치켜세우고 고개를 젓거나 무릎을 치면서 놀라운 표정을 짓는다. "아이고, 이렇게 쓸 수 있는 것도 쉬운 일은 아니지! 어떻게 이런 생각을 했을까?"라고 말하는 것 같았다. 그리고 쯧쯧 혀를 차면서 정말 편치 않은 마음으로 낙제점수를 매겨준다.

한번은 아빠가 무릎을 책상 가장자리에 대고 머리를 의자 등반에 기대고 의자를 뒤로 젖혀 흔들의자에 앉은 것처럼 흔들흔들하면서 작문을 보고 있었다. 절도죄를 저지른 아이가 자신이 속했던 범죄조직을 "의기가 투합하고 뜻이 같다"라고 표현한 대목을 읽다가 아빠는 그만 "푸하하"하고 목을 뒤로 젖히며 웃음을 터뜨렸다. 엉덩이 아래에서 위태위태하게 흔들거리는 의자를 깜빡 잊고 있었던 아빠는 결국 '쿵'하고 의자와 함께 벌러덩 뒤로 자빠지고 말았다. 아빠는 뒤통수가 마루에 세게 부딪혀 대추크기만큼 부어오르는 바람에 홍화유(紅花油)를 많이 발라 온 집안에 이상한 냄새가 가득 풍기게 했다.

또 한 번은 아빠가 베란다에서 옷을 널면서 학생들과 탁구를 치던 이야기를 손짓발짓을 해가며 하고 있었다. 왼손에는 젖은 팬티를 흔들고 오른손에는 파란 플라스틱 옷걸이를 쥐고 신이 나서 휘둘러댔다.

"내가 이렇게 탁구채를 꺾어 치자 공이 돌면서 네트를 스치며 날아갔지! 그것도 직선으로 날아간 것이 아니라 먼저 왼쪽으로 가다가 다시 오른쪽으로 돌면서 뱀처럼 요리조리 날아갔댔어! 그 애가 멍해졌지. 눈을 작은 고추처럼 부릅뜨고 몸을 이렇게 비틀면서…"

아빠가 파란 플라스틱 옷걸이를 손에 들고 탁구채를 휘두르듯이 힘껏 휘둘렀다. 탁 하는 소리와 함께 옷걸이가 베란다 난간에 부딪쳐 손에서 벗어나며 마치 파란 잠자리처럼 아래로 날아 떨어졌다. 갑자기 아래층에서 개 짖는 소리가 요란하게 들려왔다. 푸들 한 마리가 아파트 아래 멍하니 있다가 하늘에서 떨어진 옷걸이에 머리를 맞은 것이다. 푸들은 깜짝 놀라 펄쩍 뛰더니 억울해서 주인에게 일러바치러 달려갔다. 아빠가 잽싸게 베란다에서 목을 움츠리며 손가락을 세워 입에 가져다 댔다.

"쉿! 소리 내지마! 우리 집 옷걸이라는 걸 인정하면 안 돼!"

우리는 베란다에 숨어 난간 아래 틈새로 사만이 훔쳐보았다.

꼬불꼬불 파마머리를 한 여인이 이를 부득부득 갈며 욕을 퍼붓더니 억울해 죽을 것 같은 개를 안고 마치 아기를 달래듯 하는 것을 보고 우리는 배를 끌어안고 웃었다.

단 한번 아빠의 표정이 엄숙하고 무겁고 아프고 슬펐던 적이 있다. 나에게 장청의 사건에 대해 이야기할 때였다. 아빠는 장청이 자기 사건에 대해 한사코 말하려고 하지 않아 장청과 같은 감방을 쓰는 아이에 물어보고 또 장청의 교도관에게 물어서야 대체적인 상황을 알게 되었다고 했다. 아빠는 예전에 텔레비전방송의 "인간", "현장에서", "광각 렌즈"와 같은 프로그램에서 가난과 질병에 시달리는 사람의 사연과 처참하기 그지없는 인생이야기를 볼 때면 늘 제작진이 시청률을 올리려고 선동적으로 프로그램을 엮는다고 의심하곤 하였다. 그런데 장청의 이야기를 듣고 나서 아빠는 세상에는 전 인류의 고난을 한 몸에 집중시킨 것 같은 삶을 살아가는 가장 불행한 사람들이 늘 존재한다는 것을 알게 되었다고 말했다.

이제부터 장청의 이야기를 하려고 한다. 장청은 수베이(蘇北)의 한 시골에서 태어났다. 원래는 할머니와 할아버지, 엄마와 아빠 그리고 그 애와 누나 여섯 식구가 행복하게 살아가고 있었다. 그 애가 어릴 적에 할머니와 할아버지도 밭일을 할 수 있었

고, 엄마와 아빠도 건장하였기에 썩 부유하지는 않았지만 그래도 먹고 입는 걱정은 없이 살았다. 그 애의 누나는 그 애보다 10살이 위였다. 어른들은 밭일로 바빴으므로 누나가 엄마처럼 그 애를 키웠다. 오누이 사이는 그 애가 "소를 타고 하늘나라로 가다"에서 묘사한 것처럼 우애가 매우 깊었다. 그런데 갑자기 언제부터인지 마을 사람들이 밭을 버리고 외지로 돈벌이를 하러 나갔고, 외지에 나가 벌어온 돈으로 아파트를 짓는 붐이 일기 시작하였다. 장청의 엄마 아빠도 남들이 다 할 수 있는데 우리라고 못하겠느냐며 밭일과 아이를 돌보는 일을 노인에게 맡기고 건축업 청부업자를 따라 여기저기 돌아다니면서 돈벌이를 하였다. 부부는 기술자가 아니었으므로 공사장에서 밥하는 일을 맡아서 했다. 아침 일찍 일어나 밤늦게까지 부지런히 일하며 돈을 벌고 있던 그들 부부에게 하늘에서 날벼락이 떨어졌다. 고층건물 현장에서 철근 한 묶음이 떨어지면서 공교롭게도 부엌 지붕을 뚫고 부부의 머리를 내리쳤던 것이다. 결국 두 사람은 그자리에서 숨지고 말았다.

소식을 들은 할아버지가 충격을 받아 뇌출혈로 쓰러져 반신불수가 되었다. 할머니는 너무 울어 눈이 짓무른 것을 제때에 치료를 받지 못하여 시력이 떨어져 거의 봉사가 되다시피 하여 지팡이 신세를 져야 했다. 공사 현장에서 나온 배상금은 장례를 치르고 할머니 할아버지의 병 치료에 쓰고 나니 얼마 안 가 한 푼도 남지 않았을 뿐만 아니라 오히려 빚까지 지게 되었다. 그 해에 장청은 열 살이고 누나는 스무 살이었다.

그렇게 몸부림치며 2년을 지탱하던 누나는 더 이상은 버틸 수가 없었다. 누나는 자기스스로 결정해 절름발이 목수를 집으로 들였다. 할머니 할아버지를 돌아가실 때까지 봉양하고 장청을 고등학교를 졸업할 때까지 뒷바라지해야 한다는 것이 누나의 조건이었다. 남자는 마흔이었고 늙고 못생겼다. 장점이라면 솜씨가 좋아서 일반 농민보다 돈을 더 많이 벌 수 있는 것이었다. 그런데 결혼한 지 3, 4년이 지나도록 아이를 낳지 못하였다. 병원에 가 의사에게 보였더니 누나는 선천적으로 아이를 낳을 수 없는 병이 있어 완치가 어렵다고 하였다. 누나의 액운은 그때부터 시작되었다. 남자가 전혀 다른 사람으로 돌변해 툭하면 누나를 욕하고 때렸으며, 한번은 발로 차서 갈비뼈를 두 개나 부러뜨리기까지 하였다. 그 남자의 관념으로는 아이를 낳지 못하는 여자는 폐물이요, 욕하고 때려죽여도 책임질 일이 아니었다. 절망에 빠진 누나는 몇 번이나 죽으려고 마음먹었다가 할머니 할아버지와 아직 미성년자인 장청을 버리고 갈 수가 없어 결국 살기를 선택하였다. 어느 날 반신불수 할아버지를 돌보느라 끼니가 늦어진 것을 구실 삼아 남자는 또 누나에게 주먹을 휘둘렀다. 그때 열여섯 살인 장청이 마침 학교가 끝나 집에 들어서다가 누나가 맞고 있는 것을 보고 더는 참을 수가 없어 손이 가는 대로 부뚜막에 있는 식칼을 집어 들고 그 남자를 내리찍었다. 모두 열두 차례 내리찍었다. 피범벅이 된 그 남자가 마을을 미친 듯이 뛰어다녔다. 다행히 발육부진인 장청이 약하고 힘이 없어 12곳 모두 치명상이 아니었으니 망정이지 그렇지 않고 그 남자가 죽었더라면 장청도 살아남을 수 없었을 것이다. 아빠는 그 비참한 이야기를 나에게 들려주는 내내 펜을 만지작거렸다. 마음이 복잡한 게 분명했다. 아빠는 장청의 사연에 마음이 아파했다. 장청의 집안이 겪은 일들이 아빠가 상상할 수 있는 범위를 벗어났다. 아빠는 놀랍기도 하고 두렵기도 하였다. 그는 장청이 식칼을 들고 사람을 찍는 모습은 상상조차 할 수 없다고 말했다. "얼마나 미웠으면!"
그는 혼잣말로 중얼거렸다. "넌 장청을 보지 못하였으니 모르겠지만, 얼마
나 문약한지 몰라. 전혀 살인을 할 사람 같지 않거든."

아빠는 쥐고 있던 펜을 맞은편 벽에다 냅다 던졌다. 펜이 깨지면서 검은
색 잉크가 튀어 나와 벽에 묻었다가 지렁이처럼 벽면을 따라 아래로 기어
내려왔다. 그래도 아빠는 아예 쳐다보지도 않고 "털썩" 하고 소파에 드러
누워 버렸다.

"런샤오샤오, 나 멘탈 붕괴 직전인 걸 알아? 정신 분열증인거 같아."

곰곰이 생각해 보니 아빠가 말하려는 뜻을 알 것 같았다. 아빠는 상당
한 일부 시간을 인터넷 세계에서 사는 사람이다. 스타들을 대신하여 블로
그를 관리하고, 최신 유행하는 말을 하며, 패션적인 홈웨어에 대해 이야기
하고, 때로는 사람과 사건을 장난삼아 이야기도 하면서, 전반적으로 홀가
분하고 즐겁게 지내고 있다. 그 밖의 일부 시간을 그는 소년교도소에 가서
선생님이 되어 수업하고, 숙제를 검사하며, 학생들과 일상적인 일에 대해
얘기하는 과정에서 많은 어두운 세상의 불공평에 대한 이야기를 듣곤 했
다. 어느 것이 세상의 가장 진실한 모습인지 아빠는 당혹스러워졌다.

그러나 아빠는 자신의 곤혹스러움을 나에게 들려주지 말았어야 했다. 왜
냐하면 나는 식견이 아빠보다도 더 적기 때문이었다. 아빠는 할아버지를
찾아갔어야 했다. 국장이셨던 할아버지는 분명 많은 이치를 분석하고 종
합해 낼 수 있었을 것이다. 안타깝게도 아빠와 할아버지는 같이 앉아 이
야기해 본 적이 없었다. 아빠는 할아버지가 훈계를 하는 것을 싫어했다.
할아버지가 "요즘 사람들은 왜 그 모양이냐? 입만 열면 돈벌이 얘기나 하

고 말이야."라고 말씀하시면, 아빠는 이렇게 대답한다. "돈 때문이 아니면 아버지는 왜 벼슬을 하셨어요? 인민을 위해 봉사하기 위해서라고 떳떳하게 말할 수 있어요?" 또 할아버지가 신문을 읽고 분개해서 울분을 토로하신다. "여든이 넘은 노인이 땅바닥에 쓰러졌는데 부축하는 사람이 없으니, 젊은이들이 정말 도덕적으로 타락했지!" 그러면 아빠는 콧방귀를 뀌며 대구한다. "왜 그렇게 됐는지 아버지는 왜 생각해보지 않아요? 젊은이들의 도덕이 어쩌다 타락하게 되었는지요?" 그러면 할아버지는 나에게 이렇게 당부하신다. "샤오샤오야, 너는 공부도 잘해야 할 뿐 아니라, 사상도 건전해야 하고, 반에서 간부가 되기 위해 노력해야 한다." 그러면 아빠는 마구 웃는다. "사상이 건전하다는 게 어떤 건데요? 사상이 건전하다는 게 위로 기어 올라가 관직에 오르고 권력을 손에 쥐는 것인가요?" 그러면 할아버지는 화가 나서 노발대발하시면서 아빠가 소극적이고 진취성이 없으며 노력하려 하지 않고 스스로 타락하려 한다고 야단을 치셨다.

할아버지와 아빠는 행위에 대한 관점이 전혀 맞지 않기 때문에 아빠가 곤혹스러운 일이 있어도 할아버지에게 말하지 않고, 어처구니없게도 나를 청중으로 삼는 것도 이해할만 하다.

나는 좀 더 빨리 커 "삶"이라는 큰 책을 이해할 수 있게 되어, 아빠를 대신해 고민을 덜어주지 못하는 나 자신이 한스러웠다.

아빠는 저녁 9시가 넘어 내가 숙제를 거의 끝낼 무렵에 장청의 이야기를 들려주었다. 이야기를 마친 후 아빠는 펜을 내동댕이치고 혼자서 멍해 있었다. 나는 아빠 옆에 잠깐 서 있다가 혼자서 멍하니 있을 때는 방해받는 것이 싫을 것 같아서 살금살금 빠져 나왔다. 나는 혼자서 더운물을 받아

목욕을 하고 갈아입은 옷을 세탁기에 집어넣은 뒤 머리카락의 물기를 꼼꼼히 닦았다. 내친 김에 바닥도 닦고 세면대 위 거울까지 헤어드라이어로 말렸다. 아빠가 우울하거나 기분이 안 좋을 때면 나는 늘 각별히 조심하곤 한다. 그것은 나에게 화풀이할 빌미를 주지 않기 위해서다. 아빠는 아직 젊었고 아빠 자신도 아직 아이와 같다. 그의 초등학교와 중학교 동창들은 다 사흘이 멀다하게 모임을 갖고 밤새도록 놀곤 한다. 그런데 아빠는 나 같은 짐 덩어리를 옆에 끼고 있어야 하니 얼마나 힘들겠는가!

나는 자려고 침대에 누웠으나 엎치락뒤치락 잠을 이룰 수 없었다. 마음이 불안하고 복잡한 것이 왜 그런지 알 수 없었다. 그러다가 나는 몸이 가벼워지는 느낌이 들었다. 나중에는 몸이 나뭇잎처럼 가벼워지더니 들판을 날기 시작하였다. 나는 큰 나무를 스쳐 지나고 무르익은 황금빛 보리밭을 날아 지나 갔으며, 하천과 마을, 도로, 다리를 지났다. 그리고 검누런 개 몇 마리에게 한바탕 쫓기다가 또 나비 몇 마리에게 동류로 취급당하며 한참을 놀다가 나중에 붉은 벽돌로 지은 농가의 작은 마당에 떨어졌다. 거기에는 반신불수의 할아버지가 침대에 앉아 침을 질질 흘리고 있었고, 앞을 보지 못하는 할머니가 지팡이로 땅을 '탕탕' 두드려대고 있었다. 그리고 험상궂은 얼굴을 한 사람이 이를 악물고 있었는데 키가 산만큼 높고 귀는 저팔계처럼 컸으며 시뻘건 눈을 부릅뜬 것이 마치 '동물의 세계' 프로그램에 나오는 사람을 잡아먹는 표범 같았다. 그는 철가시가 가득 돋아난 도깨비 방망이를 손에 들고 야위고 약한 여인의 몸을 계속 후려치고 있었다. 그 여인은 머리가 마구 엉클어져 있어 여인의 얼굴을 볼 수가 없었다. 그러나 그 여인의 몸은 이미 방망이에 맞아 작은 구멍이 촘촘히 뚫려 있었고, 구멍마다에서 밖으로 피가 콸콸 쏟아져 나오고 있었다. 피가 여인의 몸 아래서부터 천천히 불어나더니 시뻘건 강을 이루었다. 여인은 죽은 듯이 핏물이 이룬 강 위에 떠 있었다. 그때 장청이 달려왔다. 그는 얼굴이 없는 사람 같았다. 내 눈에는 그의 얼굴이 불꽃이 튀는 한 덩어리의 흰 빛이었다. 그의 손에는 칼날이 자기 팔보다 더 길고 섬뜩한 빛이 번쩍이는 큰 칼이 들려 있었다. 그는 그 칼로 험상궂게 생긴 거인을 향해 내리 찍었다. 그런데 이게 웬 일일까? "쨍그랑" 하는 소리가 나더니 이상하게도 칼날이 말려 올라가 꽃모양이 되어 버리는 게 아닌가. 그 거인은 머리가 쇠로 되어 있어 아무리 찍어도 베이지 않았다. 그렇게 되자 장청이 위험해졌다. 그의 무기가 무용지물이 되어버렸으니까 말이다. 장청은 당장이라도 상대의 손에 잡혀 부서져버릴 것 같았다… 나는 너무 급해 옆에서 발을 동동 구르며 빨리 도망가라고 젖 먹던 힘까지 다해 소리쳤다…

아빠가 나를 흔들어 깨웠다. 아빠는 잠옷 차림을 하고 있었다. 막 이불 속에서 튀어 일어나 달려온 것 같았다.

"샤오샤오야, 샤오샤오야!" 아빠가 내 침대에 걸터앉아 이불 위로 내 다리를 꼭 누르고 있었다. "왜 그래? 소리 지르고 발버둥질까지 치면서?"

나는 눈을 뜨고 아빠를 바라보았다. 심장이 막 튀어나올 것처럼 세차게 뛰었다.

"무서운 꿈을 꿨어?"

아빠가 물었다.

"장청의 매형이 장청을 죽이려는 걸 봤어요."

"쓸데없는 생각하지 마. 장청은 소년교도소에 있어. 그 애 매형은 그 애를 만날 수도 없어."

"그 사람이 소년교도소까지 쫓아올 거예요."

"그럴 리 없어."

"그 사람이 소년교도소 밖에서 기다리고 있다가 장청이 나오면 죽일 거예요."

"그자가 사람을 죽이면 사형판결을 받을 거거든."

아빠가 손을 목에 대고 목을 베는 시늉을 냈다.

"그래도 무서워요."

나는 이불을 머리 위까지 올려 덮어쓰고 몸을 웅크렸다. 아빠가 잠깐 생각하더니 내 이불 모서리를 잡으며 말했다.

"그럼 오늘 밤은 아빠랑 같이 자자. 저쪽으로 좀 들어가."

나는 얼른 몸을 침대 저쪽으로 이동시켜 아빠에게 자리를 내주었다.

아빠가 이불속으로 들어오면서 두덜거렸다.

"침대가 너무 작잖아."

그리고는 또 손을 내밀어 내 머리를 쓰다듬어주었다.

"담이 이렇게 작은 줄 알았더라면 너에게 그 얘길 안 하는 건데…"

나는 코맹맹이소리로 대답하였다.

"오늘 얘기 안 했다면 내일 얘기할 거잖아요."

아빠가 껄껄 웃었다.

"넌 날 너무 잘 알아."

나는 더는 말하지 않고 몸을 돌려 아빠의 어깨에 얼굴을 갖다 대었다. 그랬더니 마음이 편안해지더니 바로 잠이 들었다.

그리고 한 주일 동안, 아빠는 또 할 일이 생겼다. 성의 지도자들이 시찰을 내려온다고 아빠가 알려주었다. 기자, 여성연합회, 공산주의청년단 위원회, 노동조합 총연합회, 선전 부서의 관계자들을 대동한 대 부대가 소년교도소의 미성년 형사 범죄자들을 보러 온다는 것이었다. 교도소에서는 성대하게 맞이할 준비를 해야 한다고 했다. 문예의 밤 행사고 하고, '장기자랑 대회'도 하고, 또 '문학 특별난'도 꾸며야 한다고 했다. 마지막 임무는 물론 아빠의 몫이었다. 그가 문학수업 지도 선생님이니까 날이다.

"특별난 하나 설치하는 것은 식은 죽 먹기지."

아빠는 자신감에 넘쳐 큰소리쳤다. 나도 그렇게 생각했다. 우리 아빠가 누구인가? 대학교 다닐 때 학교 간행물의 편집장까지 했던 사람이다! 편집장은 아무나 하나? 우리 새 할머니는 마흔이 넘었지만 방송국에서 책임 편집을 시켜주지 않는다고 집에 와서 불평을 늘어놓기까지 하셨다.

가장 먼저 해야 할 일은 물론 글을 선택하는 것이다. 아빠는 그것이야말로 편집장의 수준을 검증할 수 있는 가장 중요한 부분이라고 말했다. 문학성이 강한 훌륭한 글을 선정해야 할 뿐만 아니라 사상내용이 건전하고 긍정적이며 진취적인 것으로 선정해 미성년자를 교육하는 면에서 소년교도소의 역할을 잘 반영할 수 있어야 한다는 것이다. 선정한 글이 요구에 부합하지 않으면 교도소 지도부 심사 때 글이 탈락될 수도 있다고 하였다. 아빠는 지금까지 소년교도소에 가서 총 10여 차례 수업을 하였고, 글짓기를 다섯 번 시켰다. 그렇게 검사한 작문이 두툼하게 쌓여있었다. 아빠는 그중에서 10여 편을 선정하여 특별 난에 올려야 했다. 서두에 놓을 글은 두말할 것 없이 "소를 타고 하늘나라로 가다"이다. 그것은 아빠가 가장 마음에 들어하는 글이기 때문이다. 그는 어떠한 대가를 치르더라도 적극 추천할 것이라고 말했다. 나는 장청이 지은 '살인죄'가 죄질이 중하여 영향을 미치지 않을지 아빠에게 귀띔하였다. 아빠는 나를 흘겨보더니 말했다. "무슨 영향? 살인을 했어도 왜 죽었는지 살해된 사람이 벌을 받아 마땅한 사람인지 봐야지. 더군다나 그 애는 애초에 사람을 죽이지 않았어."

아빠는 그런 사람이다. 그가 누군가를 좋아한다면 물불을 가리지 않고 그 사람을 위해서 최선을 다한다.

내용을 정하였으니 이번에는 스타일을 고민할 차례다. 아빠의 계획은 이러하였다. 흰 벽에 먼저 흰 종이를 한층 바르고 종이 위에 배경화면을 그린 뒤 그 위에 선정된 작품을 붙이는 것이었다. 작품은 통일하여 300자 원고지에 손으로 베껴 쓴 다음 나란히 붙이고자 하였다. 그러면 일목요연할 뿐 아니라 기세도 있어 보인다는 것이다. 작문마다 첫머리에 작가의 사진과 간단한 내용 소개를 붙여 그 아이들의 사기를 북돋아주어 앞으로 교도관에게 점수를 따서 감형 받을 수 있도록 하기를 바랐다.

물론 동기는 좋지만 나중에 효과도 좋을지는 모르는 일이었다.

아빠는 먼저 A4용지에 배경 스케치를 그렸다. 그는 나의 24색 컬러 펜을 빌려가면서 나중에 36색으로 돌려주겠다고 약속하였다. 문방구에서 36색 펜은 독일제가 있었는데 아주 비쌌다. 그것을 한 통 얻을 수 있으면 얼마나 좋을까.

아빠는 배경 이미지에 무엇을 그리면 좋겠냐고 나의 의견을 물어보았다. 나는 아무 생각도 없이 입에서 나오는 대로 스타워즈를 그리라고 말했다. 아빠는 고개를 가로저으며 '스타워즈'는 너무 기운차서 개인적으로는 좋아하지만, 소년교도소의 상황과는 전혀 연관성이 없다면서 엄숙해보이지 않는다고 평가하였다. 나는 그럼 그 아이들이 하루 빨리 만기 석방되기를 바라는 의미에서 남학생 몇 명과 여학생 몇 명이 손을 잡고 소년교도소 문을 나오는 장면을 그리라고 하였다. 아빠가 잠간 생각하더니 뜻은 좋지만 오해 받기 쉽다고 말했다. 남자애들과 여자애들이 짝을 지어 나오면 소년교도소가 연애를 하는 곳으로 오해받을 수 있다고 말했다. 내가 제기한 구상 두 가지가 다 아빠 마음에 들지 않자 나는 시무룩해서 아빠를 내버려두고 인터넷으로 만화를 보러 갔다.

책상에 엎드려 낑낑거리며 그림을 그리던 아빠는 얼마 안 가 또 나를 불렀다. 아빠가 그린 스케치를 보여주며 내 의견을 묻는 것이었다. 내가 다가가보니 A4용지에 회색과 누런색을 서로 엇갈리게 칠해 놓은 것이 마치 개똥이 군데군데 널려 있는 것 같았다. 나는 코를 움켜쥐면서 무엇을 그린 거냐고 아빠에게 물었다. 아빠가 크게 실망하며 나를 나무랐다. "이것도 못 알아봤어? 소년교도소 관할 구역 조감도잖아! 이 색채 덩어리들은 모두 수감 건물의 지붕이란 말이야. 확대해서 수감 건물별로 아이들의 작문을 붙일 거야. 들쭉날쭉해서 운치가 있는 게 얼마나 좋아!"

나는 그 지저분한 그림이 어디가 좋은지 알 수 없었다. 마치 파리를 삼킨 것처럼 토하고 싶었다.

"정말 그렇게 생각해?"

아빠가 물었다. 그는 몇 걸음 뒤로 물러서서 고개를 갸웃거리면서 이쪽저쪽을 살펴보았다. 그래도 시각 효과가 별로인 것 같았다.

후에 아빠는 펜을 나에게 돌려주었다. 그리기를 단념한 것이다. 그리고 가장 편하게 잘 할 수 있는 것, 즉 인터넷에 접속하여 눈과 마음을 즐겁게 하는 아름다운 풍경화를 가득 찾아내어 그중에서 싱그러운 초록빛 봄날의 들판 사진을 골라냈다. 사진에는 붉은 태양도 있고 격자무늬처럼 가지런하게 배열된 논밭도 있었으며 'ㅅ'자로 줄을 서 날아가는 기러기 떼도 있고, 또 화면의 끝까지 쭉 뻗어나간 나무들도 있었다. 그 배경 그림에 장청의 '소를 타고 하늘나라로 가다'라는 글을 맞춰 넣으면 완전 아름다울 것이라고 아빠가 말했다.

아빠는 사진을 USB에 저장해 가지고 은행카드를 챙겨 서둘러 문을 나섰다. 한 시간 후 아빠는 아주 큰 종이를 둘둘 말아서 안고 돌아왔다. 들어서면서 아빠가 나를 불렀다. "어서 밥상을 저쪽으로 밀고 자리를 내거라. 너를 깜짝 놀래줘야겠어!"

우리 둘은 함께 거실 바닥을 거의 다 비웠다. 그리고 아빠는 신이 나서 그 종이를 바닥에 펼쳐 놓았다. 맙소사, 엄청나게 큰 컴퓨터 프린팅 사진이 눈앞에 펼쳐졌다. 오색찬란한 화면이 정말 아름다웠다. 봄날의 들판이 우리 집 거실에 펼쳐져 있는 것 같았다. 파릇파릇한 보리 싹, 붉디붉은 태양, 쪽빛 하늘, 저도 모르게 발을 내디뎌 그림 속으로 걸어 들어가고 싶었다.

나는 숨을 들이쉬었다.

"이렇게 큰 그림은 비용이 얼마나 많이 들었어요?"

아빠가 통 크게 말했다. "그까짓 돈이 다 뭐냐? 라면을 몇 끼 더 먹으면 되는 걸. 중요한 건 효과야, 충격적이지 않니?"

그걸 말이라고? 이렇게 손이 큰 아빠에게 누군들 비교가 되겠는가?

아빠는 내 어깨를 툭툭 쳤다.

"너무 아까워힐 것 없어. 사진관 시장이 내 동창이라 배추 값만 받고 만들어줬어." 가격이 얼마인들 뭐 대순가. 상위팅도 없고 또 아빠가 내 말을 듣는 사람도 아니고. 아무튼 우리 아빠는 가끔은 한 번씩 미치곤 한다. 아빠는 일하는 것이 제멋대로 노는 것 같다.

그 일은 결국 아쉬움으로 끝났다. 소년교도소 지도자들이 특별 난의 내용을 심사하다가 거듭 상의한 끝에 결국 장청의 "소를 타고 하늘나라로 가다"라는 글을 빼기로 하였다. 그들은 아주 상냥하게 우리 아빠에게 통보해 왔다. "런 선생님, 선생님이 선정한 글들이 다 좋은데요. 그런데 장청의 사건이 워낙 민감한지라 성 지도자들이 그 아이가 무슨 죄를 지었냐고 물으면 뭐라고 대답하겠어요? 그러니 그러니까…"

아빠는 대수롭지 않게 말했다.

"사실대로 얘기하면 되죠."

소장은 고개를 가로저었다.

"안돼요. 그는 살인미수예요. 지도자들이 놀랄 거예요."

교도소 허가가 떨어지지 않으면 아빠도 어쩔 수 없다. 대형 컬러 프린팅 배경 화면은 사실 아빠가 장청을 위해 만든 것이다. 장청의 글을 두드러지게 하기 위해서였다. 그런데 모두 헛수고로 돌아간 것이다.

아빠는 집에 돌아오자 소파에 벌러덩 들어 눕더니 풀이 죽어서 말했다.

"다음 주부터 수업하러 가지 않을 거야. 너무 재미없어."

아빠는 손가락으로 나를 톡톡 치면서 말했다.

"런샤오샤오, 잘 들어. 아빤 오늘부터 백수로 돌아갈 거야. 누구든 설득하려들면 화낼 거다."

나는 난감했다.

"할아버지와 외할아버지, 외할머니께서 물으시면 뭐라고 대답해요?"

"네 맘대로 말해."

아빠는 나를 내버려둔 채 눈을 감고 자는 체 하였다.

Part 8

할아버지가 쳐들어와 죄를 묻다

8

할아버지가 쳐들어와 죄를 묻다

수요일은 아빠가 수업이 있는 날이다. 이날 오후 학교를 마치고 집에 돌아온 나는 상황이 심상치 않음을 알아차렸다. 아빠가 정말 수업하러 가지 않은 것이다. 아빠의 '키노표 웰트화가 신발장 옆에 아무렇게나 흩어져 있는 것이 내가 아침에 문을 나설 때 봤던 모습 그대로였다. 아빠가 신발에 손을 대지 않았고 문을 나서지 않았다는 것을 설명한다. 책상 위 컴퓨터 키워드 위에는 해바라기 껍질과 화매(話梅, 소금과 설탕으로 담궈 햇빛에 말린 매실) 씨, 그리고 누런 찻잎 찌꺼기가 널려 있었다. 컴퓨터는 켜져 있었고 잠금 화면이 어두운 배경에서 여기저기 미끄러져 다니고 있었으며 케이스에서 윙윙하는 가벼운 소리가 들렸다. 나는 아빠의 방문 틈새에 코를 갖다 대고 냄새를 맡아보았다. 이불 냄새가 섞인 후끈한 수면 냄새가 풍겨왔고 쥐 죽은 듯 조용하였다. 내 마음도 죽은 것 같았다. 나는 풀이 죽어 벽에 등을 기대고 서 있었다. 자꾸 울고 싶었다. 나는 슬픔에 사로잡혀 상위팅을 떠올렸다. 만약 엄마가 지금 이 순간에 이 모든 것을 보았다면 어떤 표정을 지을까?

그리고 나는 주방으로 걸어가 냉장고 문을 열었다. 안에 야채 몇 포기가 있기에 꺼내서 잎을 하나씩 뜯어 수돗물에 씻었다. 눈물이 흘러내렸는지는 모르겠다. 아무튼 내 손은 젖어 있었고, 젖은 손으로 얼굴을 닦으니 얼굴이 온통 물투성이가 되었다.

다 씻은 야채를 젖은 채로 도마 위에 올려놓았다. 나는 저녁밥으로 뭘 준비할지 고민하였다. 냉장고 안에 또 마른 국수 한 봉지, 계란 한 판, '소고기양념장'이 반병 있었다. 국수에 야채와 계란을 넣고 끓여 소고기양념장을 얹어 먹어도 좋을 것 같았다. 아빠는 점심 때 침대에서 일어나 점심을 먹지 않았을 것이다. 나는 아빠가 하루 종일 굶게 내버려 둘 수 없었다.

채소를 썰기 시작할 때쯤 아빠 방에서 인기척이 들렸다. 아빠가 방문을 열고 나오더니 먼저 화장실에 가서 오래오래 오줌을 쌌다. 그리고는 솜 슬리퍼를 질질 끌며 내가 있는 주방으로 나왔다.

"학교 끝났어? 오늘 학교에서 사고치지 않았겠지?"

막 자고 일어난 아빠는 머리가 헝클어져 있고 눈가에는 눈곱까지 붙어 있었다. 나는 수도꼭지를 크게 틀어 도마와 칼을 씻으면서 아빠를 거들떠보지도 않았다.

"화났어? 왜?"

왜라니? 설마 정말 모르는 거야? 아빠는 정말로 자기 때문일 거라는 생각은 꼬물만치도 하지 않고 있었다. 아빠가 지저분한 머리를 긁적이면서 말했다.

"저녁밥은 하지 마. 잠깐만 기다려. 금방 준비하고 나올 테니 우리 밖에 나가 소고기 국수나 먹자."

"안 갈래요. 오늘 숙제가 많아요."

나는 치밀어 오르는 울분을 억누르고 있었다. 아빠와 엇나가고 싶었다.

아빠가 내 말에 순순히 따라주었다.

"그래. 가기 싫으면 안 가면 되지. 비켜봐. 여긴 나에게 맡겨."

아빠가 서둘러 씻고 주방으로 들어가더니 한참을 "왱그랑 댕그랑" 하면서 푹 퍼진 야채 국수를 끓여 내왔다. 소금을 너무 적게 넣고 미원을 너무 많이 넣어 맛이 이상하였다. 게다가 내가 주방에 젓가락을 가지러 갔다가 보니 가스레인지 위에 국물자국이 두껍게 달라붙어 있었다. 나중에 그걸 닦아내려면 적어도 15분은 걸릴 거라고 나는 생각하였다.

"샤오샤오야."

밥을 먹으면서 아빠가 또 물었다.

"도대체 왜 기분이 나쁜 건데?"

나는 대답하지 않았다. 나는 오늘 아빠와 말하고 싶지 않았다.

아빠가 텔레비전 볼륨을 아주 크게 틀어놓고 국수를 먹으면서 텔레비전에서 방송되고 있는 '희양양과 회태랑'(喜羊羊與灰太狼)를 보고 있었다. 이따금 웃음을 터뜨리기도 하였다. 아빠는 매일 이 시간이면 텔레비전을 만화 채널로 돌려놓는데 말로는 내가 보라고 그런다지만 사실은 나 못지않게 빠져드는 것 같았다.

국수를 다 먹은 후 나는 그릇은 밀어놓고 숙제하러 가버렸다. 아빠 혼자 싱크대와 그릇을 치우게 내버려두었다.

"딩동" 하고 초인종이 울렸다. 아빠가 주방에서 머리를 내밀고 소리쳤다.

"샤오샤오야, 가서 문 열어."

이 시간에 우리 집에는 올 사람이 거의 없다. 나는 수도나 전기 요금을 받으러 온 사람일 것이라고 생각하였다.

그런데 문을 열어보니 아빠의 동창 정 보살이었다.

"아빠는?"

그는 아마 뛰어 올라왔는지 헐떡헐떡 가쁜 숨을 몰아쉬며 문 앞에 서있었다.

나는 주방에 대고 입을 쭝긋해보였다. 그는 성큼성큼 쳐들어가더니 요란스레 소리쳤다.

"아이고 세상에, 오늘 출근하지 않았기에 무슨 큰 병에라도 걸린 줄 알았잖아."

아빠가 수건에 손을 닦으면서 그를 흘겨보았다.

"만나자마자 저주하는 소리는 좀 삼가지?"

정 보살이 조급해하며 말했다.

"그럼 왜 수업하러 가지 않았어? 한 개 반 학생들이 오전 내내 널 기다렸단 말이야! 교도소 지도부에서도 초조해서 어찌된 일이냐고 나에게 묻더라고. 빨리 전화해 물어보라면서."

"자느라고 전화기 코드를 빼놨어."

"어쩐지!"

정 보살은 한숨을 내쉬었다.

"출근길에 사고라도 났을까봐 걱정했어. 내가 소개인이니까 책임을 져야잖아."

"괜찮아."

아빠가 말했다.

"그냥 가기 싫었어."

조급해진 정 보살은 그만 말문이 막혀 손가락으로 아빠를 가리키며 발만 동동 굴렀다.

"어차피 특별 출연이었으니까 다른 사람을 찾으면 되겠네."

아빠는 아무렇지도 않게 말하였다.

드디어 정 보살이 말문이 열렸다.

"친구야, 이게 어린애 장난이야? 도대체 왜 그라는 거야? 가고 싶으면 가고 그만두고 싶으며 그만두고. 내 입장은 생각도 안 해? 어쨌든 이번 한 학기는 마무리해야지 않겠어?"

아빠가 몸을 돌려 컴퓨터 앞에 가 앉으며 대답하였다.

"이유 없어. 그냥 가기 싫어졌어."

"분명 이유가 있을 거야."

정 보살은 끈질기게 따졌다.

"재미가 없어졌어. 이거면 이유가 되겠어?"

정 보살은 한참 잠자코 서 있다가 아빠 뒤로 다가가더니 그의 어깨를 툭 툭 쳤다.

"알았어. 이젠 흥미를 잃은 거구나. 이렇게 하자. 내가 방법을 내서 병원에서 진단서를 떼올 테니 이번 한 주일은 푹 쉬자. 숨을 고르고 우리 다시 분발하자. 이보게, 친구. 스님 체면은 세워 주지 않더라도 부처님 체면은 세워줘야지. 사람은 싫어해도 되지만 돈은 싫어하면 안 되지 않겠나? 우리 교도소에서 너에게 주는 수업료도 적은 액수는 아닐 텐데 말이야…"

아빠는 웃는 듯 마는 듯한 표정을 지으며 말했다.

"그렇게 하면 되겠네. 그 돈 너에게 양보할게."

정 보살이 정색을 하며 말했다.

"런이야, 농담 아니야. 네 학생들에게 무책임해서는 안 되잖아. 한 주일 쉬고 다음 주부터는 꼭 나가야 해."

말을 마친 정 보살은 아빠의 대답도 기다리지 않고 몸을 돌려 나가버렸다. 그는 화가 났는지 걸음걸이가 무거웠다. 층계를 내려가는 소리가 "통통" 하고 울렸다.

내가 문을 닫고 돌아서보니 아빠는 벌써 '워크래프트'게임을 시작하고 온갖 무기들을 바꿔가며 전투에 매진하고 있었다. 게임에 몰입하는 아빠의 얼굴에 컴퓨터 모니터 빛이 비쳐 알록달록하였다.

정 보살은 사람이 좀 나쁜 것 같다. 그는 우리 아빠가 그의 권고를 듣지 않을까봐 그날 저녁 또 우리 외할머니를 찾아가 아빠의 '파업' 행위를 고자질하였다. 이튿날 아침낭독시간에 내가 영어단어를 열심히 외우고 있는데, 외할머니가 교실 창문 밖에서 복도로 나를 불러내 물으셨다.

"도대체 어떻게 된 거야? 네 아빠라는 사람은 왜 그렇게 철딱서니가 없다니?"

외할머니는 불쾌한 표정으로 나를 무섭게 몰아붙였다.

나는 정 보살이 고자질하였다는 것을 알아차렸다. 정 보살은 외할머니와 같은 골목에 살고 있으며 그도 역시 예전에 외할머니의 학생이었다.

"외할머니 지금 무슨 말씀을 하시는 거예요?"

나는 일부러 모르쇠를 놓으면서도 한편으로는 어떻게 대처할지 재빨리 머리를 굴리기 시작하였다.

외할머니는 손가락으로 내 이마를 꾹 누르더니 말했다.

"런샤오샤오. 시치미 떼지 마. 너는 네 아빠가 무슨 잘못을 저질렀는지 알고 있잖아?"

외할머니가 발을 한번 가볍게 굴렀다. "네 아빠가 이 정도로 철딱서니 없이 굴어서 되겠니? 멀쩡한 직업을 그렇게 쉽게 그만두다니? 네 생각은 안 한다니? 집식구들 생각은 안 하냐? 그리고 또 네 아빠가 그렇게 제멋대로 나오면 정 보살 처지가 난처하지 않겠느냐는 말이다."

나는 고개를 숙이고 우리 집의 참담한 앞날을 애써 상상해 보았다. 그랬더니 바로 눈물이 났다. 나는 "훌쩍훌쩍" 울기 시작했다.

내가 울 것을 미처 예상하지 못했던 외할머니는 바로 태도가 누그러지더니 휴지를 꺼내 나에게 건넸다.

"아이고, 왜 이래. 네 아빠를 말하는 거지 너를 말하는 게 아니잖아. 됐어, 됐어. 이제 뚝~ 뚝~"

내가 외할머니에게 진심으로 부탁하였다.

"외할머니가 우리 아빠를 찾아 한번 얘기해보시면 안 돼요? 외할머니 말은 들을 거예요."

외할머니는 망설이면서 난감한 기색을 드러냈다.

"네 엄마와 아빠가 이혼한 지도 몇 년이 되었는데 내가 무슨 명분으로 네 아빠를 찾아 말하겠냐."

나는 너무 실망하여 또 눈물을 짜기 시작하였다. 그 바람에 급해진 외할머니가 말씀하셨다.

"좋아. 좋은 방법이 생각났다. 안심하고 외할머니에게 맡겨라. 어서 눈물을 닦고 교실로 돌아가 봐."

외할머니가 돌아가신 뒤 나는 그 자리에 서서 손바닥으로 얼굴을 힘껏 비볐다. 얼굴에 열이 나 불그스레해질 때까지 비볐다. 그래야 얼굴에 활기가 있어 보일 테니까 말이다.

내 자리로 돌아오니 옆자리에 앉은 손오공이 얼굴을 바싹 들이대더니 신비한 표정을 짓고 물었다.

"수(蘇)교장이 너를 찾았어? 무슨 좋은 일이 있는지 말해봐."

나는 귀찮다는 듯 퉁명스레 내쏘았다.

"저리 가. 알 것 없어." 그 아이가 눈이 퉁방울만 해서 물었다.

"진짜 좋은 일이 있어?"

나는 그 애가 부러워하는 걸 보고 싶어서 일부러 대답하지 않았다.

그날 저녁, 아빠가 배달시킨 '피자'를 방금 다 먹고 집안을 가득 채웠던 치즈와 양파 냄새가 채 빠지기도 전에 누군가 문을 두드리기에 열어보니 할아버지 일가족이 위풍당당하게 줄지어 들어서는 것이었다. 할아버지의 굳은 표정과 꾹 다문 입, 고집스럽고 엄숙한 모습을 보자 나는 가슴이 두근거리기 시작하였다. 오늘 아빠가 큰 봉변을 당할 것임이 틀림없었다.

할아버지는 아빠가 자리를 권하기도 전에 소파에 털썩 주저앉으셨다. 그리고는 옆자리를 두드리며 새 할머니에게 앉으라고 하시고 허라라도 옆의 의자에 앉으라고 지휘하셨다.

새 할머니는 애써 아빠에게 손짓을 하였다. 뜻인즉 자기는 할아버지에게 협박당해서 온 것이지 절대 죄를 물으러 온 뜻이 아니라는 것이었다. 허라라는 고소하다는 표정을 짓고 의자에 앉아서 엉덩이를 요리조리 돌리면서 껌을 짝짝 씹고 있었다. 그러면서도 이따금씩 쇠갈고리처럼 날카로운 눈빛으로 내 몸을 스치고 지나가곤 하였다.

아빠는 그 기세에 당황해하면서 비굴한 표정을 지었다.

"아버지, 어머니, 라라야, 저녁은 드셨어요? 안 드셨으면…"

말하면서 아빠가 나를 한번 바라보았다. 나는 대뜸 눈치를 채고 벌떡 일어나며 말했다.

"드시지 않으셨으면 제가 가서 사올게요! 우리 앞 골목에 맥도날드도 있고 국수도 있고 완자튀김도 있어요!"

할아버지가 위엄이 서린 표정으로 "에헴" 하고 기침을 하시더니 나에게 손짓을 하었다.

"샤오샤오야, 네 방에 들어가 있거라. 네 아빠와 할 얘기가 있단다.

라라도 같이 들어가고."

허라라가 내키지 않는 듯 억지로 일어나면서 말했다.

"무슨 비밀이라도 있어요? 신비로운 척 하시게요."

허라라는 그런 아이였다. 온 집안에서 오직 그 애만이 감히 할아버지에게 말대꾸를 하고 저항하지만 할아버지는 또 유난히 그 애의 억지를 받아주곤 하였다.

나는 일어나 방으로 가면서 고개를 돌려 아빠를 쳐다보았다. 아빠가 걱정되어서다. 그러나 아빠는 오히려 안심하라는 듯 손을 뒤로 한 채 '오케이'라는 모양을 해보였다.

허라라는 나를 따라 들어오더니 몸을 돌려 발로 문을 '탕'하고 걷어찼다. 그리고는 불쾌한 기색을 드러내며 말했다.

"어른들의 얘기를 아이들은 왜 들을 수 없는거야? 들을 수 없으면 왜 나를 데리고 왔대? 나에게 이 꼬맹이를 지키게 하려고?"

내가 대담하게 말했다.

"난 너보다 조금밖에 어리지 않아."

허라라가 우쭐대며 고개를 빳빳이 쳐들었다.

"하루가 어려도 어린 거야. 하물며 난 네 고모이기도 하거든!"

나는 정말 허라라를 힘껏 발로 차주고 싶었다. 다시는 내 앞에서 위세를 부릴 수 없게 말이다.

우리는 약속이나 한 듯이 똑같은 동작을 하였다. 부랴부랴 문에 바싹 붙어 서서 밖에서 일어나는 상황을 보려고 눈을 문틈에 갖다 붙였다. 그리고 밖의 말소리를 들으려고 귀를 곤두세웠다.

안타깝게도 문의 방향이 맞지 않아 문틈으로는 주방과 화장실만 보일 뿐 거실에 있는 사람들은 보이지 않았다. 다행히 할아버지 목소리가 높아 어른들의 말소리는 들을 수 있었다. 할아버지가 대뜸 "탕" 하고 손바닥으로 탁자를 내리쳤다.

"런이 이 멍청한 놈아, 그 머릿속은 대체 무슨 생각을 하고 있는 거야? 기어이 내 속을 뒤집어 놓아야 직성이 풀리느냐? 친구가 너에게 일자리를 구해줬으며 열심히 다닐 일이지. 노력도 하지 않고 책임감도 없고, 하다가 말고 말이야. 도대체 뭐가 불만이야? 엉?"

맙소사! 이제야 알았다. 외할머니가 말씀하신 방법이 알고 보니 우리 할아버지와 새 할머니를 내세워 아빠를 설득하는 것이었다.

'중재자'의 역할을 맡은 새 할머니가 할아버지를 말렸다.

"샤오샤오 할아버지, 화부터 내지 말고 샤오샤오 아빠 생각부터 들어봅시다. 수업하러 가기 싫어진 데는 다른 이유가 있지 않겠어요?"

할아버지는 노발대발하셨다.

"무슨 다른 이유가 있겠어요? 다른 이유가 있을 일이 뭐 있어요? 다 게으르고 책임감 없고 소극적이어서 그런 거지. 샤오샤오가 여덟 살이나 되도록 이 몇 년 동안 집에서 대체 뭘 했는지 말 좀 해보라고. 허송세월만 한 거지! 아이고 복장 터져. 내가 재 때문에 이 칭양성에서 창피해서 얼굴을 못 들고 다녀요."

"샤오샤오 할아버지, 샤오샤오 할아버지…"

"말리지 마세요. 이건 우리 부자간의 일이에요!"

새 할머니는 더 이상 말이 없으셨다.

아마도 참견하기가 곤란한 모양이었다.

허라라는 문에 엎드려 고개를 갸웃하고 있었는데, 이상하리만치 흥분해 얼굴이 불그스레해 있었다.

"너의 아빠 벙어리가 된 거야? 왜 대꾸를 하지 않아? 빨리 말해야지! 빨리!"

허라라는 가볍게 발까지 굴렀다. 나는 정말 그 애를 두들겨 패주고 싶었다. 내년 봄에 뱀이랑 벌레들이 굴에서 나올 때가 되면 두꺼비나 뱀을 잡아 허라라의 이불 속에 몰래 집어넣어야겠다고 생각했다.

아빠는 끝까지 입을 열지 않았다. 나는 지금 아빠가 어떤 표정을 하고 있을지 상상이 되지 않았다.

아빠가 말을 하지 않는 이상 할아버지가 화를 내 봤자 의미가 없었다. 혼자서 자문자답하는 것은 멋쩍은 일이다. 할아버지는 허세로 탁자를 내리

치기도 하고, 찻잔 비슷한 도자기를 하나 바닥에 집어던져 깨뜨리는 것으로 강경한 태도를 보여주었다. 그리고는 씩씩거리며 숨을 몰아쉬었다. 대화가 교착상태에 빠졌다.

이제 새 할머니가 역할을 발휘할 차례가 왔다. 새 할머니는 언제 물러나는 것이 가장 좋은지 알고 있었다. 새 할머니가 큰소리로 선포하셨다.

"이렇게 해요. 샤오샤오 아빠는 오늘 저녁에 아버지의 얘기를 곰곰이 생각해 보게나. 고집 부리지 말고 내일은 수업하러 가도록 하고. 샤오샤오 할아버지, 우리는 일단 집으로 돌아가요. 샤오샤오 아빠에게도 생각할 겨를을 줘야 할 거 아니에요?"

할아버지가 태도 표명을 하기 전에 새 할머니는 목소리를 높여 허라라를 불렀다.

"라라야, 어서 나와. 집에 가자. 네 오빠와 샤오샤오에게 인사하고."

허라라는 문을 활짝 열고 나갔다.

나에게는 간다는 인사 한마디도 없었다.

세 사람이 돌아간 후, 아빠는 바지 주머니에 두 손을 지르고 내 앞으로 걸어오더니 "휙" 하고 휘파람을 불었다.

"런샤오샤오. 솔직히 불어라. 네가 할아버지에게 고자질한 거지?"

나는 손을 머리 위까지 들어 올리고 눈을 감고 말했다.

"하늘에 맹세코 할아버지에게 전화 한 적이 없어요."

"그럼 이상하네, 노인네가 어떻게 이렇게 빨리 정보를 파악했지?"

아빠가 이마를 찌푸리면서 생각하더니 또 고개를 설레설레 흔들었다.

"칭양은 참으로 재미없는 곳이야. 도시가 손바닥만 하니 남쪽 끝에서 재채기를 하면 북쪽 끝에서도 들리니 말이야. 사생활도 없고 자유롭게 발전할 공간도 없고…"

내가 얼른 부추겼다.

"그럼 남경으로 가요. 상위팅에게."

아빠가 웃는 듯 마는 듯한 표정을 짓고 나를 힐끗 바라 보았다.

"너 혹시 엄마에게 매수당한 것 아냐?"

이것 봐. 실제적인 얘기만 나오면 바로 움츠러든단 말이야. 그렇게 오랫동안 집에만 들어앉아 있던 사람이 정말로 집을 떠나 세상과 부딪히게 된다면 나부터 안심할 수 없을 것이다.

이튿날 아침 내가 일어나 보니 아빠는 그때까지도 컴퓨터 앞에 앉아 흥미진진하게 뉴스를 보고 있었다. 나는 얼른 냉장고에서 우유를 꺼내 한 컵부어 전자레인지에 넣고 데운 다음 또 아빠가 가장 좋아하는 딸기잼을 빵에 발라 알랑거리며 아빠에게 가져갔다.

"아빠, 얼른 아침 식사하고 주무세요. 한 시까지면 그래도 여섯 시간은 주무실 수 있어요."

아빠가 고개를 돌렸으나 생각은 그 혼잡한 뉴스에서 아직 벗어나지 못했는지 어리둥절한 표정으로 물었다.

"무슨 뜻이지?"

내가 또박또박 알려주었다.

"오늘은 금요일이에요."

드디어 아빠는 생각이 난 모양이다. 금요일 오후에 수업하러 가야 한다는 사실을 말이다. 아빠가 물었다.

"진심으로 말해봐. 정말 내가 직장에 다녔으면 좋겠어?"

나는 머리를 끄덕이었다. 아빠가 갑자기 의자에 등을 기대면서 말했다.

"좋아. 내 아들을 위해서라도 분발해야지!"

나는 너무 감동되어 나도 모르게 아빠 머리를 끌어안고 쪽 하고 뽀뽀를 해주었다. 그리고 쑥스러워 도망쳐 나왔다.

하루 종일 수업하는 내내 나는 아빠가 정말 출근하였는지 않았는지 하는 걱정에 집중할 수가 없었다. 오후에 수학 단원테스트가 있었다. 원래는 별로 어려운 응용문제가 아니었지만 나는 오래 동안 읽어보아서야 무슨 말인지 알아보았다. 손오공이 내 답안을 베끼려고 쉴 새 없이 목을 빼들고 엿보면서 빨리 하라고 재촉하였다. 나는 질질 끌다가 마지막 1분 남았을 때에야 답을 적어 넣었다. 그 바람에 손오공은 화가 나서 나를 째려보았다.

주말은 수업이 일찍 끝난다. 오후에 2교시만 수업하면 학교가 끝난다. 나는 책가방을 둘러메고 집으로 질주하였다. 손오공이 뒤에서 소리쳤다.

"안방마님, 오늘은 쌀을 살 건가? 아니면 기름을 살 건가?"

나는 들은 체 만 체 뒤도 돌아보지 않았다.

시장을 지나면서 나는 소매 두 개, 고기소 만두 두 개를 사고, 또 그 옆 고기간장조림 가게(燒臘店)에서 막 나온 돼지 간 조림(鹵豬肝)을 샀다. 집에 돌아가 전기밥솥으로 죽을 쑤어 아빠가 돌아오면 따끈따끈한 죽을 드실 수 있게 준비할 예정이었다.

문을 열고 집에 들어서다 말고 나는 그 자리에 얼어붙었다. 아빠가 집에 있었던 것이다. 앞치마를 두르고 주방에서 쌀을 씻어 죽을 쑬 준비를 하고 있었다. 아빠가 끝내 소년교도소로 가지 않았단 말인가? 아빠가 2교시 수업을 다 마쳤다면 지금쯤은 자전거를 타고 돌아오는 길에 있어야 했다.

나는 만두와 돼지 간 조림을 든 채 멍하니 서있었다. 정말 기가 막혔다.

아빠는 스스로도 꿀린다는 생각이 들었던지 지나치게 뜨겁게 마중을 나와 내 손의 물건을 받아 들더니 내 앞에 슬리퍼까지 가져다 놓으며 말했다.

"우리 아들, 오늘 고생했어."

나는 슬프기도 하고 분하기도 하였다.

"아빠, 약속을 어겼어요."

그러자 아빠가 급해서 설명하였다.

"아니야, 아니야. 난 정말로 1시까지 자고 일어나 특별히 10분 앞당겨서 1시 20분에 문을 나섰어. 그런데 공교롭게도 자전거 타이어가 바람이 빠졌지 뭐야. 그래서 바람을 불어넣으려고 자전거를 밀고 아파트 경비실로 쏜살같이 달려갔거든. 마음이 급해서 자전거펌프를 너무 세게 밟았던지 자전거 타이어가 그만 펑크가 나버렸어. 생각해봐. 자전거 수리소를 찾아 타이어를 바꿔 넣으려면 날고뛰는 재주가 있어도 수업 시간은 맞출 수 없지. 또 생각해보니 지각할 바에야 차라리 가지 않는 게 나을 것 같았어. 어쨌든 정 보살이 진단서를 떼놓았으니까. 샤오샤오야, 나 일부러 그러려고 했던 게 아니야. 절대 일부러 그런 게 아니라고."

아빠는 손짓 발짓 해가면서 아주 진심 어린 어투로 설명하였지만, 얼굴에는 웃음이 어려 있어서 진심인지 아닌지 나는 구분할 수가 없었다.

나는 맥없이 말했다.

"아빠, 난 저녁 안 먹을래요. 머리가 아파요."

그러자 아빠가 바로 손을 내밀어 내 이마를 짚어보았다.

"감기 걸렸어? 열나는 거야?"

나는 아빠의 손을 뿌리치고 삐져서 내 방으로 들어가 문을 닫아버렸다.

아빠가 문 밖에서 더듬거리며 말했다.

"저녁밥 다 되면 부를게!"

Part
9

어쩌다 일이 이렇게 되어버렸을까

9

어쩌다 일이 이렇게 되어버렸을까

저녁밥을 먹은 뒤 아빠는 아직도 머리가 아프냐, 감기약을 먹어야지 않을까 하고 물어보면서 계속 귀찮게 굴었다. 나는 아빠가 자꾸 귀찮게 구는 게 싫어 감기가 아니라 마음이 좀 답답할 뿐이라고 말했다. 그러자 아빠가 싱글벙글 웃으면서 말했다.

"괜찮으면 됐어. 인터넷에서 새로운 미국 재난영화 '2012'를 다운 받았어. 스릴이 넘치는 영화거든. 있다가 컴퓨터를 텔레비전에 연결시켜 같이 보자. 마음이 답답하던 걸 한 방에 날려버릴 거야. 장담해."

나는 길게 한숨을 내쉬고 말았다. 이렇게 속이 없는 아빠를 두고 내가 무슨 말을 할 수 있겠는가?

나는 아빠를 도와 설거지를 하고 밥상을 거두었다. 아빠는 텔레비전 앞에 쭈그리고 앉아 빨간색 파란색 플러그가 달린 단말 전기선을 만지작거리고 있었다. 아빠는 그런 일에는 늘 서툴다. 컴퓨터를 텔레비전에 연결한 후 음성과 동영상 코드의 위치를 자꾸 헷갈려 화면이 사라지지 않으면 소리가 들리지 않거나 하였다. 아빠는 또 인내심도 없는 편이어서 텔레비전 공장에서 물건을 이렇게 복잡하게 만들어 일부러 문외한을 난처하게 한다고 불평을 하였다.

그때 갑자기 전화벨이 울렸다.

"샤오샤오야, 전화 받아!"

아빠가 말했다. 나는 얼른 달려가 전화를 받았다. 정 보살이 전화기에서 소리를 질렀다.

"샤오샤오야, 아빠 전화 받으라고 불러줄래!"

나는 또 수업하느냐 마느냐 하는 일 때문에 그러는 줄 알았다. 그런데 겨우 두 마디 듣고 있던 아빠가 갑자기 얼굴색이 변하더니 놀라서 어쩔 줄 몰라 하며 물었다.

"정말인가? 어쩌다가?"

그리고 또 몇 마디 더 듣더니 황급히 머리를 끄덕였다.

"알았어, 알았어. 지금 곧바로 갈게."

내가 물었다.

"아저씨가 어디로 오라는 거예요?"

아빠가 숨을 헐떡이며 울음 섞인 목소리로 알려주었다.

"장청이 자살했대!"

나는 너무 놀라서 입을 딱 벌린 채 하마터면 오줌을 쌀 뻔했다. 아빠가 말했다.

"아빠가 지금 병원으로 가야 해. 밤에 너 혼자 집에 있을 수 없으니 너도 같이 가자."

아빠가 허둥대며 들락날락하면서 내 외투와 모자를 들고 나와 나에게 입히고 씌우고 꽁꽁 싼 뒤 내 손을 끌고 집을 나섰다.

아빠가 자전거를 밀고 나오더니 나를 안아 뒷좌석에 앉히고는 부리나케 자전거에 올라타고 쏜살같이 현 인민병원으로 질주했다. 정 보살이 전화에서 장청이 현 병원에서 응급처지 중이라고 알려주었을 것이다. 다행히도 아빠가 오후에 자전거를 수리하였으니 망정이지 그렇잖으면 지금쯤 허둥대며 쩔쩔 매고 있을 것이라고 나는 생각하였다.

병원 응급실에 도착하자 멀리서 제복을 입은 사람들이 서 있는 게 보였다. 아빠가 내 손을 꼭 쥐면서 알려주었다.

"저기 보이지? 안경을 낀 저 사람이 칭양 소년교도소 소장이고, 저 여자는 정치위원이야. 에구머니, 다 왔네."

아빠는 교도소 지도자들을 보자 꿀리는 구석이 있는지라 다가가지 못하고 손짓으로 정 보살을 불러와 상황을 물어보았다.

정 보살이 말했다.

"수술실에서 아직 안 나왔어. 어우, 너무 끔직해. 칫솔을 한 토막 삼켰는데 식도가 찢겼나봐. 피를 토했어! 침대에 온통 피었어."

아빠는 얼굴색이 창백해졌다.

"대체 어찌 된 일인가? 작문이 특별 란에 오르지 못해서 그런 건 아니겠지?"

정 보살이 말했다.

"네가 이번 주에 출근하지 않아서 상황을 몰라. 고향에 있는 그 애 누나가 자살한 것 때문일 거야."

"엉?"

아빠가 저도 모르게 소리를 질렀다.

"그래, 자살했다더군. 사는 게 너무 고통스러웠던 게지."

"죽었어?"

"농약을 마셨다는데 죽었대."

아빠가 손으로 얼굴을 가렸다. 너무 고통스러워하는 것 같았다.

정 보살이 혀를 끌끌 차면서 말했다.

"장청이 그 애 누나에 대한 감정을 너도 알잖아. 매형을 죽이려고 했던 것도 누나 때문이었잖아. 그런데 누나가 정말 죽었으니 받아들일 수 없었던 거지. 자신도 살고 싶지 않았겠지. 유서도 남겼어. 자기 죽음으로 누나의 억울함을 호소하겠다고. 그 매형이라는 자는 정말 짐승만도 못한 인간이야."

이야기를 나누고 있는데, 수술실의 문이 열리는 게 멀리서 보였다. 수액병이 걸린 수술침대가 밀려 나왔다. 소년교도소 소장과 정치위원이 다가가자 의사가 그들에게 뭐라고 설명하는 것 같았다. 수술침대는 '중환자실'로 옮겨졌다. 관계자 외의 인원들은 모두 출입할 수 없게 되어 있었다.

정 보살이 말했다.

"아마도 이제는 문제가 없는 거 같아. 그러나 지금은 들어가 볼 수 없어."

그러나 아빠는 단념하지 않고 나를 데리고 계속 병실 주위를 맴돌다가 제복을 입은 사람들이 다 돌아간 후에야 중환자실 앞으로 다가가 유리창문에 엎드려 안을 들여다보았다.

그렇게 몇 분 동안 들여다보더니 아빠는 아무 말도 없이 나를 안아 올려 한번 보게 하였다. 약 냄새가 나는 차가운 큰 유리 너머로 방안에 왜소한 소년이 흰 침대 시트 위에 누워있는 것이 보였다. 침대 아래로는 여러 가지 줄이 가로세로 뻗어있었고, 침대머리에는 환자 감시 모니터가 놓여있었는데 빨간색과 파란색 불빛이 계속 반짝이고 있었다.

장청의 얼굴은 똑똑히 볼 수가 없었다. 눈을 감고 있었는데 얼굴색이 너무 창백하여 흰 벽과 흰 침대 시트와 거의 하나가 되어 있었다.

나는 고개를 돌려 아빠에게 물었다.

"이제는 죽지 않겠지요?"

아빠가 나를 내려놓고 내 머리를 쓰다듬어주면서 말했다.

"이제는 우리가 저 아이를 죽지 않게 할 거라고 말해야지."

토요일 오전에 외할아버지와 새 할머니가 모두 전화를 하셨다. 외할아버지는 며칠 전에 친구와 낚시질하러 갔다가 붕어를 대여섯 마리 낚아다 욕조에다 기르고 있다고 말씀하셨다. 그러면서 외할아버지가 한 생선국 칼국수를 먹으러 오지 않겠느냐고 물으셨다. 새 할머니는 칭양 텔레비전방송국에서 어렵게 아이돌 스타를 초청하여 예능 프로그램을 제작하게 되었는데 제작현장에 관중들을 배치하여야 한다면서 허라는 가고 싶어 하는데 나는 가고 싶지 않느냐고 물으셨다.

나는 숙제가 너무 많다는 핑계로 두 어른의 전화 초대를 다 사절하였다. 아빠가 기분이 좋지 않은 것 같다. 이럴 때 아빠 홀로 집에서 멍하니 있게 내버려둘 수는 없었다.

"장청의 일은 너와 상관없어. 너까지 침통해 할 필요는 없어."

아빠가 말했다.

"아빠와도 상관없는 일 아니에요? 아빠는 왜 침통해 있어요?"

내가 반박하였다. 아빠가 한참 생각하더니 대답하였다.

"아마도 이런 일은 처음 겪는 일이어서 받아들이기 힘든 것 같구나."

그렇게 말하는 아빠는 눈시울이 붉어졌다. 그 바람에 나는 더욱 심상치 않다는 느낌이 들었다. 아침밥을 먹고 나는 부랴부랴 숙제를 하였고 아빠는 컴퓨터 앞에서 부리나케 타자를 하고 있었다. 아빠가 관리하는 블로그 내용을 죄다 업데이트하였다. 아빠는 오늘 쓴 글들이 다 좀 침울해서 고객들이 받아들일 수 있겠는지 모르겠다고 말했다. 그러나 아빠는 또 가끔 글의 스타일을 바꿔보는 것도 좋은 일일 수 있다면서 사람들은 다 옛 것을 싫어하고 새로운 것을 좋아하기에 생선을 많이 먹은 뒤에는 마라탕(麻辣燙)으로 바꿔 먹어야 한다고 하였다.

점심에 우리는 마트에서 사온 냉동 물만두를 삶아 먹었다. 그리고 아빠는 또 나를 태우고 병원으로 향하였다. 다행히도 장청은 수술 후 경과가 좋아 이미 일반 병실로 옮겼다. 잠깐이나마 면회가 가능하였다. 입구에서 당직을 서고 있던 소년교도소의 여자 경찰이 아빠를 알아보고 호의적으로 귀띔하였다.

"임 선생님, 환자가 흥분하지 않도록 말을 적게 하세요."

장청은 깨어 있었다. 손등에는 수액을 달고 있었고, 침대 아래에는 카테터[05]를 비롯해 여러 가지 관들도 아직 그대로 있었다. 그래서 사람은 꼼짝도 못하고 있어야 했다. 처음에 그 아이에게 다가갈 때 나는 속으로 좀 무서웠다. 어쨌든 그는 말만 들어도 온몸이 오싹해나는 '소년 살인범'이니까. 나는 아빠의 손을 꼭 잡고 아빠의 몸 뒤에 얼굴을 숨겼다.

심장이 콩닥콩닥 세차게 뛰었다. 아빠가 내 어깨를 힘껏 누르면서 나를

---

05) 카테터 : 체강이나 위, 창자, 방광 등의 장기 속에 넣어 상태를 진단하거나 영양제, 약품 등을 주입할 때 쓰는 관 모양의 기구.

앞으로 끌어당겼다.

"인사해. 이쪽은 장청 형이야."

나는 피할 수 없이 침대 옆에 서서 장청의 모습을 똑똑히 볼 수 있었다. 그는 아주 준수하게 생겼으며 눈은 가늘고 입술은 조금 두터웠다. 입술 주위에는 옅은 노란색의 보슴털이 자라났는데 마치 이제 막 알을 깨고 나온 병아리의 털처럼 부드러워 보였다. 나는 그의 눈을 뚫어지게 바라보았다. 그의 눈빛에서 일반사람과는 다른, 오직 살인범에게만이 있어야 하는 흉악하고 악독하며 음흉한 그런 것을 찾아내려고 하였다. 마치 영화나 텔레비전에서 나오는 그런 나쁜 놈들처럼 눈만 마주쳐도 무서워 죽을 것 같은 그런 눈빛을 말이다. 그러나 장청은 그렇지 않았다. 그는 아주 연약해 보였고 지쳐 보였다. 그의 눈은 먼지가 덮인 것처럼 부옇고 어두웠다. 그를 보고 있는 동안 나도 모르게 마음이 바닥으로 끝없이 가라앉는 것 같았다. 나는 가슴을 두근거리며 생각하였다. 아마도 피를 너무 많이 흘렸고 또 이제 막 큰 수술을 받은 뒤여서 힘이 없어 보이는 것일 거라고…

아빠가 손을 장청의 이불속으로 넣어 주사를 맞고 있는 그 아이의 손을 잡았다. 갑자기 아빠는 입술을 부들부들 떨더니 볼과 콧방울도 실룩거리기 시작하였다. 놀랍게도 아빠는 울고 있었다. 아빠가 울면서 장청에게 말했다.

"어떻게 이럴 수가 있어? 너 어떻게 이럴 수가 있어?"

장청은 아무 말도 하지 않았으며 고개를 돌려 아빠를 보지도 않았다. 그러나 그 애의 눈가에서도 눈물이 흘러내려 베개 위에 떨어졌다. 그의 엷은 속눈썹이 떨리더니 온 몸이 침대 위에서 떨기 시작하였다. 철제 침대가 가볍게 떨리며 달그락달그락 소리가 났다.

아빠가 당황하며 얼른 눈물을 닦으면
서 말했다.

"장청아, 장청아, 흥분하지 마. 지금은
흥분하면 안 돼. 이제는 괜찮아. 아무
일도 없을 거야."

장청은 눈을 감고 입을 꼭 다물고 있
었는데 얼굴은 누렇게 떠 있었다. 장청
은 자신이 '살아났다'는 사실이 기쁘지
않은 것 같았다. 그는 자신이 빨리 이 세상에서 사라지기를 바라는 것 같
았다.

아빠는 사실 남을 위로할 줄 모르는 사람이다. 특히 아빠도 같이 마음이
괴로울 때는 말을 한마디도 제대로 하지 못한다.

"장청아, 넌 이제 겨우 열여섯 살이야, 얼마나 젊었어."

그리고 아빠가 또 말했다.

"장청아, 넌 글을 참 잘 써. 수많은 인터넷 대필 작가들이 너를 따라가지
못해. 너의 글에는 진실한 감정이 들어있거든."

아빠는 또 엉뚱하게 요구까지 제기하였다.

"네가 형기를 채우고 집에 돌아가면 난 꼭 너의 고향으로 너를 찾아갈 거
야. 너의 집 문 앞의 천국과 같은 세상을 보고 싶거든."

아빠가 말에 착오가 있다는 것을 나까지도 알아들을 정도였다. 장청의 누
나는 자살하고 할아버지는 반신불수가 되었으며 할머니 눈은 거의 실명에

가까운 상황이고 매형은 짐승보다 못한 인간이다. 그의 집은 지옥이 분명한데 어떻게 '천국'이라고 말할 수 있을까?

아빠는 말하고 나서 스스로도 아니라는 생각이 들었던지 고개를 돌려 나를 보는 눈빛이 괴로웠다. 자기 뺨이라도 때리고 싶은 눈빛이었다. 아빠는 어떻게 장청과 대화를 나누어야 할지 몰라 쩔쩔맸다.

다행히 문 밖에 있던 여자 경찰이 들어와 아빠에게 말했다.

"임 선생님, 장청은 이제 쉬어야 합니다."

아빠가 한숨을 내쉬더니 몸을 낮춰 머리맡에 대고 약속하였다.

"내일 또 보러 올게."

그 뒤로 아빠는 계속 아무 말도 하지 않았다. 병원대문을 나올 때도 말이 없었고, 자전거 주차장에서 자전거를 밀고 나와 나를 안아 뒷좌석에 앉힐 때도 말이 없었고, 자전거를 타고 집으로 가는 길에서도 말이 없었다. 그러나 내가 아빠 등에 머리를 갖다 댔을 때 빠르게 뛰는 아빠의 심장 박동 소리를 들을 수 있었다. 쿵쿵거리는 심장소리가 마치 북소리 같았다.

일요일 아침, 아빠는 일어나자마자 외할머니에게 전화를 걸어 수술을 한 환자에게는 어떤 음식이 가장 좋으냐고 물어보았다. 외할머니가 깜짝 놀라서 "누가? 누가 수술했는가? 샤오샤오의 할아버지, 아니면 샤오샤오의 새 할머니인가?"라고 숨 쉴 틈도 없이 물으셨다.

아빠가 모두 아니라고 대답하고서야 외할머니가 비로소 시름을 놓으신 듯했다. 그리고 환자가 수술 받은 부위가 어디냐고 자세하게 물으셨다. 팔 인가? 다리인가? 아니면 머리인가? 아빠는 그것이 먹는 것과 연관이 있는지 물었다. 외할머니가 대답하셨다. "물론 연관이 있지. 뭘 먹으면 뭘 보신

한다는 거야. 나이 그렇게 먹도록 그것도 몰랐는가?"

아빠는 확실히 몰랐다. 아빠가 이전에는 그런 일로 걱정해본 적이 없었다. 결국 아빠는 외할머니에게서 가르침을 받았다. 위 수술을 받은 환자에게는 기름진 음식이 좋지 않고 수술 후 처음 음식을 먹을 때는 생선국이 가장 좋다는 것이다.

"붕어 말고 가물치를 사야 해. 붕어는 발물(질병을 쉽게 유발시키거나 가중시키는 음식물 – 역자 주)이어서 적합하지 않거든. 명심하라고."

맙소사. 전화 한 통을 십 분이나 하였다. 연세 있는 사람에게 말만 걸면 이말 저말 잔소리가 끝이 없는 폐단이 있다.

전화를 놓고 아빠는 자전거를 타고 시장에 가서 몸통이 새까맣고 약간 이상한 무늬가 있는 물고기를 사왔다. 아빠는 물고기를 비닐주머니에서 꺼내 싱크대에 던져 넣고는 마음이 놓이지 않는지 나를 불러 와서 보라고 하였다.

"혹시 잘못 산 건 아니겠지?"

아빠가 나를 그렇게까지 믿어주니 기뻤다. 아빠는 내가 외할아버지를 따라 낚시질을 몇 번 다녀왔기 때문에 물고기 품종에 대해서는 자기보다 아는 것이 많다는 것을 알고 있었다. 나는 아빠를 칭찬하였다.

"딱 맞아요. 이건 영양가가 가장 높은 가물치가 맞아요."

아빠가 두 손을 마주비비더니 신이 나서 손가락을 소리 나게 튕겼다.

사온 생선을 그릇에 담길 우유 빛 어탕으로 만들려면 중간에 아주 복잡한 절차를 거쳐야 한다. 아빠는 어려서부터 손톱 하나 까딱하지 않던 사람이다. 마트의 즉석음식과 해주는 밥을 먹는 데 습관 된 아빠가 지금 생선을 상대하여야 한다. 쉬운 일이 아닐 것이라고 나는 생각하였다. 그러나 아빠는 자신만만하였다.

"모든 일은 처음이 있는 거야. 나만 믿어."

아빠가 앞치마를 두르고 팔소매를 걷어붙이더니 식칼을 쥐고 싱크대 위에서 몇 번 흔들어보며 단단히 준비하는 모습이 그럴듯하였다.

아빠는 또 허풍까지 떨었다.

"내가 이런 일을 할 줄 모를 거라고 생각하지? 난 그저 할 필요가 없다고 여겼을 뿐이야."

아빠는 먼저 고기비늘을 제거하였다. 가물치의 비늘은 잘고도 빼곡한 것이 마치 생선살에 박혀있는 것 같아 그것들을 하나하나 제거하기가 참으로 쉽지 않았다. 그리고 생명력이 특별히 강하고 기력이 왕성한 가물치가 아빠 손 안에서 펄떡펄떡 발악하는 바람에 아빠는 식지 측면과 엄지의 정면 두 곳이 지느러미와 칼날에 찔려 상처를 입고 반창고를 두 개 붙였다.

그 다음은 가물치 대가리를 상대할 차례였다. 가물치의 볼을 헤치고 안에 있는 털 가시가 난 아가미를 떼내야 한다. 그건 더 힘들었다. 비늘을 제거한 가물치 몸통에서 끈적끈적한 액체가 많이 흘러나와 너무 매끄러워 손으로 잡을 수가 없었다. 가물치를 싱크대 위에 눌러 놓으려고 하였지만 그것도 쉽지 않았다. 몇 번 시도했다가 실패하자 화가 난 아빠는 결국 칼을 휘둘러 가물치 대가리를 아예 잘라버렸다. 그리고는 "어차피 대가리는 먹을 수도 없어."라고 말했다.

잘라낸 생선 대가리의 상처가 피범벅인데 꼬리는 아직도 펄떡이고 있었다. 너무 끔찍하였다.

핏물을 깨끗이 씻어낸 다음 순서는 냄비를 올려놓고 가스레인지를 컨다. 기름을 붓고 달궈지면 물고기를 냄비에 넣고 지진다. 물고기를 앞뒤로 충분히 지져야 국물이 뽀얗게 우러난다고 외할머니가 가르쳐주셨다.

그런데 가물치는 대가리를 잘렸는데도 죽지 않았다. 아빠가 가물치 꼬리를 쥐고 기름 냄비에 넣자 가물치가 한 자 높이로 곧추 뛰어오르더니 다시 '텀벙'하고 기름 냄비에 떨어졌다. 그바람에 뜨거운 기름방울이 아빠의 얼굴과 손등에 튀었다. 아빠는 너무 뜨거워 황망히 뒤집개를 버리고 몇 걸음 뒤로 물러섰다. 그리고는 질겁해 냄비에서 꿈틀거리는 가물치를 지켜보며 어찌할 바를 몰라 멍하니 서있었다.

내가 소리를 지르며 지휘하였다.

"아빠, 냄비 뚜껑을 덮고 불을 꺼요!"

아빠가 대뜸 정신 차리고 내가 말한 대로 가스레인지를 껐다.

"어찌된 일이야? 가물치가 왜 죽지 않지?"

아빠는 있는 힘을 다해 냄비 뚜껑을 누르고 있었다. 반쯤 익은 가물치가 또 뛰쳐나올까 봐 두려웠던 것이다.

나는 아빠가 가물치를 손질하던 과정을 곰곰이 돌이켜보다가 아빠가 큰 실수를 한 것을 발견하였다. 아빠는 고기비늘을 제거하고 대가리를 잘랐지만 배를 가르는 것을 잊어버린 것이다. 물고기의 오장 육부가 완강하게 역할을 발휘하여 물고기 생명을 유지해주었던 것이다.

나의 발견을 말하였더니 아빠는 거듭 자책하였다. "바보야! 난 바보야!"

아빠는 기름 냄비에서 이제는 움직이지 않는 가물치를 꺼내어 다시 싱크대 위에 올려놓고 내장을 제거하려고 시도하였다. 그런데 이미 반쯤 익은

생선은 껍질을 다치기만 해도 떨어졌으며 살점도 같이 묻어 떨어졌다. 식칼
로 배를 가르기도 전에 가시와 뼈가 다 드러났다.

아빠가 한숨을 쉬더니 생선을 쓰레기통에 버려버렸다.

"됐어, 너무 시끄러워. 냄비를 가지고 직접 식당에 가서 어탕을 사자꾸
나."

나는 아빠를 동정한다. 아빠는 장청을 위해 이 많은 일들을 하였다. 비록
성공하지는 못하였지만 최선을 다하였다. 모든 사람의 능력은 크고 작은
구별이 있다. 중요한 것은 노력하였느냐 노력하지 않았느냐는 것이다. 이는
우리 선생님이 수업시간에 우리에게 늘 가르치시는 말씀이다.

우리는 양은냄비를 들고 '어탕 칼국수' 전문점을 찾았다. 사정사정해서 뽀
얗게 우려낸 어탕을 반 냄비 얻었다. 값은 '칼국수' 가격의 두 배로 치렀다.

아빠가 어탕을 들고 자전거를 탈 수 없었으므로 우리는 걸어서 병원으로
갔다. 추운 날씨에 탕이 식을까봐 아빠는 좀 빨리 걸었다. 나는 뒤에서 잰
걸음을 쳤지만 따라가기 힘들었다. 아빠가 어탕을 들고 가는 자세도 너무
웃겼다. 두 팔을 앞으로 쭉 뻗어 들고 어탕이 튀어나올까봐 조심조심 걷
고 있었다. 그렇다고 어탕이 한 방울도 튀어 나오지 않을 수 없었다. 어탕

이 튀어나올 때마다 아빠는 어쩔 수 없이 이러 저리 비켜 다녀야 했으므로 '갈지자'로 걷고 있었다. 뒤에서 보고 있는 내가 마음이 급하고 불편하였다. 외할머니와 새 할머니가 우리 집에 국물이나 국물이 많은 반찬을 가져오실 때면 언제나 '락앤락' 플라스틱 밀폐용기를 사용하곤 하신다. 뚜껑을 닫고 '딸깍'하고 버클을 잠그면 한 방울도 흐르지 않는다. 어탕을 가져간다는 사람이 원시적인 양은냄비를 들고 나왔으니 아빠가 일상생활과 얼마나 거리가 먼지 알 수 있다.

장청의 병실 입구에 간수가 또 바뀌었다. 이번에는 정 보살이었다. 하루 당직을 서게 되는 정 보살은 심심해서 모바일 게임에 정신이 팔려 있다가 우리를 보더니 좋아서 실눈을 지으며 웃었다.

"뭐 맛있는 거 가져왔어? 어디 보자!" 그는 손을 내밀어 아빠 손에 든 냄비 뚜껑을 열더니 얼굴 절반을 냄비에 묻다시피 하면서 냄새를 맡았다.

"뭐하는 거야? 코를 벌름거리기는 것 좀 봐. 고양이야 강아지야?"

아빠는 어탕을 어지럽힐까봐 피하면서 불쾌한 표정을 지었다.

정 보살이 아빠 귀에 대고 나지막하게 말했다.

"독이라도 탔을까봐 그런다, 왜."

"무슨 장난을?"

아빠가 크게 소리쳤다. 정 보살이 킥킥거리며 웃었다.

"농담 아니야. 어제 교도소에서 사건소식을 접하였는데 구치소에 갇혀있던 범인이 독을 탄 음식물을 먹고 죽었대. 누군가 작정하고 해치려고 한 거 아니겠어?"

아빠가 문으로 냄비를 받치고 한 손을 비워 자기 코를 가리키면서 말했다.

"내가 장청을 해치겠나?"

"너는 물론 아니지."

정 보살이 시샘하듯 말했다.

"네가 가장 좋아하는 문학의 새싹이잖아, 아끼는 학생."

그는 또 내 뒤통수를 툭 치면서 일부러 과장해서 말했다.

"샤오샤오야, 너 조심해야 돼. 네 아빠가 학생을 좋아하고 널 싫어하게 될지도 몰라."

"난 두렵지 않아요. 우리 형은 나를 떠나 못 살거든요."

내가 말했다.

"아이고, 똘똘이야."

정 보살이 핫하하 하고 웃음을 터뜨리는데 턱이 떨어질까 걱정이었다.

장청은 여전히 어제와 마찬가지로 침대에 누워서 멍하니 있었다. 그러나 상황은 많이 좋아보였다. 카테터도 치웠고 손등에 꽂았던 수액주사도 뽑아서 조금씩 움직일 수 있었다. 아빠가 말했다.

"장청아, 뭐라도 좀 먹어야 돼. 먹어야 빨리 나을 수 있어."

장청의 눈이 움직였다. 그 눈은 아빠를 쳐다보았지만 아무 말도 하지 않았다. 아빠가 양은냄비를 들고 침대 옆에 다가갔다. 손으로 냄비 밑굽을 만져보니 이미 식어있었다. 아빠가 병동의 전자레인지를 찾아 어탕을 데우러 나가고 나 혼자 병실에 남겨졌다. 나는 턱이 뾰족하고 허라라보다 몇 살 크지 않는 장청을 바라보았다. 그의 몸에서 짙은 약냄새가 났다. 나는 한동안 긴장하여 그에게 무슨 말을 해야 할지 몰랐다. 그러나 몇 초 지나지 않아 장청이 먼저 말을 하였다.

소리가 매우 허약하였지만 나는 똑똑히 들을 수 있었다.

"내가 만약 죽지 않는다면 언젠가는 그 사람을 죽여 버릴 거야."

나는 그가 자기 매형을 두고 하는 말이라는 것을 알고 있다. 누르끄레한 얼굴, 천장을 쳐다보며 말하는 모습, 그리고 절망적인 말투, 이 모든 것이 괜스레 나를 두렵게 하였다. 나는 문밖에서 게임에 정신이 팔려 있는 정 보살을 힐끗 곁눈질해 보았다. 방금 장청이 한 말을 정 보살이 들었을까봐 걱정이었다. 만약 정 보살이 듣고 소년교도소 지도자에게 보고라도 한다면 장청에게는 안 좋은 일일 것임이 틀림없었다.

다행히도 아빠가 바로 돌아왔다. 뜨끈뜨끈하고 구수한 냄새가 풍기는 어탕을 들고. 아빠가 숟가락으로 어탕을 떠서 장청에게 먹이려고 하자 장청이 고개를 저으며 거절하였다. 아마도 미안해서 그랬을 것이다. 그는 고개를 옆으로 돌리고 기어이 자기스스로 숟가락을 들고 어탕을 떠서 먹으려고 하였다. 그러나 몸이 허약해서 그는 손을 계속 떨고 있었으며, 숨소리도 거칠었다. 국 한 숟가락을 바르르 떨면서 겨우 입가에 가져갔으나 손이 떨리는 바람에 절반도 넘게 쏟아 베개 수건을 젖혔다. 그의 이마에는 어느덧 땀방울이 송골송골 맺혔다. 보고 있는 사람의 마음을 아프게 하였다.

아빠는 그를 나무랐다.

"장청아, 웬 고집을 그리 피우니? 많이 움직이면 수술자리가 찢어져 다시 꿰매야 하는데. 왜 고생을 사서 하려는 거야?"

장청이 기어들어가는 목소리로 말했다.

"저는 범죄자예요."

아빠가 큰 소리로 대답하였다.

"넌 내 학생이야!"

장청은 눈시울이 붉어지더니 잠자코 있었다.

아빠가 그에게 어탕을 먹이기 시작하였다. 사실 아빠도 아주 서툴렀다. 어탕 한 숟가락을 떠서 장청의 입가까지 가져가다 보면 절반은 베개 수건이 마셔버렸다. 누워있는 사람에게 음식을 먹이는 것은 기교가 필요했다. 한 번도 누가 시중을 들어본 적이 없는 우리 아빠가 그런 기교를 알리가 만무하다.

그래도 정 보살이 경험이 있었다. 아빠가 허둥대는 것을 보더니 옆방 병실에서 빨대를 얻어다가 써보라고 하였다. 그랬더니 좋았다. 장청이 빨대를 입에 물고 국을 마시는데 한 방울도 흘리지 않았다.

아빠가 고개를 들어 정 보살을 쳐다보며 칭찬하였다.

"괜찮은데, 머리가 팽팽 도네."

정 보살이 우쭐하면서 한 술 더 떴다.

"쳇, 샤오샤오에게 물어봐. 누가 더 둔한지?"

물론 나는 대답하지 않았다. 그들 둘은 만나기만 하면 말씨름하기가 일쑤였으니까.

우리가 병실에서 나오는데 정 보살이 뒤쫓아 와 말했다.

"런이, 나 KFC를 1인분만 사다줘. 배가 고파 죽겠어."

그 말에 아빠가

"내가 왜? 자네가 수술을 받아서 움직이지 못하는 것도 아니잖아."

정 보살이 울상이 되어 말했다.

"당직을 서야 잖아. 정말로 잠시도 자리를 비워서는 안 된대. 오늘 여자

친구와의 약속도 다 미뤘단 말이야."

아빠가 병실을 가리키며 말했다.

"장청이 지금 저 몸으로 설마 도망치기라도 할까봐?"

정 보살이 말했다.

"그건 정말 장담 못해. 저 아래 현의 감옥에서 죄수가 병원으로 옮겨져 맹장수술을 받았는데 어떻게 된 줄 아나? 수술 당일 밤 상처를 움켜쥐고 도망갔는데 사흘 뒤에 길에서 숨진 채로 발견됐지 뭐야. 그날 감시를 맡았던 사람이 재수 없었지. 밥통까지 잃었으니."

아빠가 웃으면서 정 보살의 뚱뚱한 배를 두드리면서 말했다.

"깊이 동정하네."

그리고는 고개를 돌려 나에게 심부름 시켰다.

"샤오샤오야, 아저씨에게 KFC에 가서 햄버거 하나 사다드려라. 네 것도 하나 사고 말야. 계산은 저 아저씨가 하는 걸로 해라."

정 보살이 이를 갈며 아빠를 흘겨보았다.

Part 10

크리스마스 선물

10

크리스마스 선물

  일주일 동안 아빠는 이상하리만치 잘했다. 아빠는 소년교도소에 돌아가 문학수업을 다시 시작하였다. 아빠가 나에게 말했다. "장청과 같은 아이들을 생각하면 그들을 포기해서는 안 되겠다는 생각이 들어. 그 아이들은 그처럼 위기의 상황에 처해 있고 마음 또한 유리처럼 취약하다. 만약 그 아이들을 포기한다면, 그들에게 따뜻한 관심과 가르침을 주는 사람이 없으면 그 아이들의 세상은 너무 험악할 거야."

  그렇게 말하는 아빠의 모습이 조금은 낯설었다. 평소에 엉성하고 헐렁하던 아빠의 모습이 아니었다. 그러나 나는 아빠의 그런 변화가 좋았다. 나는 아빠의 겉모습도 혹시 변하지 않았나싶어 슬그머니 살펴보았다. 다행히도 그건 아니었다. 아빠는 여전히 그렇게 젊고 잘생겼다.

  매주 수업은 네 시간이지만 아빠가 수업 준비와 숙제 검사에 허비하는 시간은 네 시간이 훨씬 넘는다. 소년교도소의 교육과정에는 엄격한 교제가 없어서 아빠는 가르치고 싶은 대로 가르치면 된다. 아빠는 학생들에게 시가 감상에 대해 가르칠 계획이었다. 아빠는 소년기에 처한 사람의 마음이 시가와 가장 근접해 있어 거의 자연적으로 맞물린다면서 시적인 마음을 가진 사람은 영원이 사악한 것에 가까이 다가갈 수 없다고 말했다.

아빠는 자기가 좋아하는 시를 골라 자기 방에서 읊어보았다.
그중에 이런 단락이 기억에 남는다.

바람은 아주 아름답다
산들산들 부는 바람은 아주 아름답다
자연계의 꽃망울은 아주 아름답다
물은 아주 아름답다
물이여
그대에게 말을 거는 사람이 아무도 없을 때
그대는 아주 아름답다

기억에 남는 또 한 수가 있었는데 제목이 아주 이상하였다. 「누나, 오늘
밤 나는 더링하(德令哈, 칭하이 성에 있는 지명인데 몽골어로 금빛 세상이
라는 뜻)에 있어요」이다. 시는 이러했다.

누나, 오늘 밤 나는 어둠이 깔린 더링하에 있어요
누나, 오늘 밤 나에겐 사막뿐이에요
초원의 끝에서 나는 빈털터리가 되어 있어요
슬플 때 눈물 한 방울도 잡을 수 없네요
누나, 오늘 밤 나는 더링하에 있어요
여기는 빗속에 서있는 쓸쓸한 도시예요
......

아빠가 문을 닫고 방안에서 낮은 소리로 낭독하는 소리를 나는 문 밖에서 문틈으로 엿들었다. 나는 아빠에게 낭독자의 천부적 소질이 있다는 것을 발견하였다. 아주 평범한 문구들이지만 아빠의 입에서 나오면 어쩜 저렇게 맑고 투명할 수 있을까 하고 감탄하게 된다. 그 문구들은 마치 별처럼, 이슬처럼, 투명한 비누거품처럼 공기 속에서 미끄러지듯 굴러 가면서 사람의 마음을 몽롱한 꿈나라로 안내하는 것 같았다.

참으로 아름다웠다. 너무 너무 아름다운 글이었다.

"그 시를 지은 사람은 누구예요?"

내가 물었다.

"해자(海子)라고 해. 아주 젊은 시인이지."

아빠가 대답하였다.

그렇게 말하는 아빠의 말 속에는 탄식과 떨림이 있었다.

"그 사람 어디 있어요? 텔레비전에서 볼 수 있나요?"

아빠가 한참 침묵하다가 내 머리를 쓰다듬으며 말했다.

"죽었어. 아주 오래 전에, 네가 태어나기도 전에 죽었어."

나는 입을 딱 벌렸다. 하마터면 비명소리가 목구멍에서 뛰쳐나올 뻔했다.

아빠가 고개를 끄떡이며 말했다.

"그런 거야, 예민한 생명은 언제나 취약하지."

나는 대뜸 장청을 떠올렸다. 장청도 취약한 사람이다. 살인과 자살 경력이 그가 일반 아이들과 다르다는 것을 증명해 준다. 아빠는 이미 장청의 손을 잡았다. 아빠는 어떻게 해서든지 그 손을 놓지 않을 것이다.

여가 시간에 아빠는 '수술 후 환자 식단'을 연구하였다. 인터넷에서 많은 자료를 찾아내 비교하고 연구한 뒤 프린트해서 냉장고에 다닥다닥 붙여놓으며 온갖 정성을 다 기울였다. 앞에서도 소개한 바 있지만 우리 아빠는 아주 총명하며 또 조금 '고지식한' 사람이다. 아빠는 어떤 한 가지 일에 열중할 때면 완전히 빠져들어 침식을 잊어가며 날뛰는 스타일이다. 예전에 블로그에 빠졌을 때에도 대학교 때 전반 동창들의 연애사를 단숨에 집중적으로 서술하여 동창들로부터 항의전화가 빗발 쳤던 적이 있다. 그 후 '카운터─스트라이크' 게임에 빠졌을 때도 아빠는 꼬박 2박 2일 동안 쉬지 않고 게임을 한 뒤 또 꼬박 2박 2일 동안 침대에서 일어도 나지 않고 잠을 잤던 적도 있다. 아빠가 만약 규칙적으로 사는 사람이었더라면 엄마가 그를 떠나지 않았을지도 모른다.

일주일 동안 아빠는 '돼지 간 조림'도 해보고, '생선으로 만든 속을 낳은 만두'도 빚어보았으며, '장미 닭고기'(玫瑰鸡丝)도 만들어보고 또 '꼬리곰탕'도 한번 끓였다. 맛이 있고 없고를 떠나서 이름만 들어도 놀랍다. 요리를 할 때 우리 아빠의 좌우명은 "맛은 중요하지 않다. 중요한 것은 영양가이다"라는 것이다. 이처럼 아빠는 자신이 맛있는 요리를 해낼 수 없다는 것을 알고 큰 도리부터 앞세워 내 입을 막으려는 것이다.

한 가지 요리를 하기 위해서 아빠는 때로는 다른 한 가지 음식을 망가뜨리는 것도 불사했다. 한번은 아빠가 '돼지고기 계란 수프'를 만들려고 계란을 그릇에 깨어 넣은 뒤에야 집에 다진 돼지고기가 없는 것이 생각났다. 어쩌지? 마침 냉장고에 새 할머니가 보내온 신선한 혼돈자가 한 곽 있었다. 아빠는 혼돈자를 꺼내 껍질을 벗겨 고기소를 꺼내 다져서 계란에 섞어 넣었다. 새 할머니가 모르고 있어서 다행이지 알았더라면 틀림없이 화가 나서 혈압이 올라갔을 것이다.

아빠는 매일 신나게 음식을 해 신나게 병원으로 날랐다. 가끔 아빠가 나에게 맛을 보라고 하지만 그의 속임수에 넘어갈 내가 아니다. 나는 장청이 아빠가 해다 주는 음식을 먹을 때 어떤 표정일지 알 수 없다. 약을 먹을 때보다 더 고통스러워하지는 않을까…

한번은 우리가 병원에서 돌아오는 길에 칭양 쇼핑센터를 지나다가 일군들이 비계(飛階)⁰⁶를 세우고 장식 건물을 조성하고 있는 것을 보고 그제야 크리스마스가 얼마 남지 않았다는 것이 생각났다. 이틀 만에 2층짜리 아파트 높이의 장식 건물이 조성되었다. 위에는 푸른색 소나무 가지, 빨간색 작은 초롱, 그리고 황금빛 오각별, 알록달록한 장식등들이 장식되어 있었다. 웃기는 것은 그 장식 건물 옆에 세워 놓은 흰 수염의 산타클로스의 차림이었다. 머리에는 분명히 빨간색과 흰색으로 된 산타 모자를 쓰고 있는데 몸에는 자홍색의 중국 전통 의상을 입고 있었다. 아무리 봐도 어색하였다. 아빠는 그 옆을 두 번 지나갔는데 볼수록 눈에 거슬려 다짜고짜 산타클로스의 옷을 벗기려다가 도시 관리자에게 발각되었다. 하마터면 정신질환이 있는 사람으로 취급당해 경찰에 신고 당할 뻔하기도 했다. 그래도 아빠는 불복하며 그들에게 소리를 질렀다.

"대체 상식이 있어요? 없어요?"

그들도 고래고래 고함질렀다.

"한 번만 더 왔다간 혼날 줄 알아!"

---

06) 비계(飛階) : 건설, 건축 등 산업현장에서 쓰이는 가설 발판이나 시설물 유지 관리를 위해 사람이나 장비, 자재 등을 올려 작업할 수 있도록 임시로 설치한 가 시설물 등을 뜻한다.

나는 아빠가 참으로 웃기는 사람이라고 생각한다. 자신이 상관할 일이 아닌데 쓸데없이 참견하여 걱정하고 있으니 말이다.

크리스마스는 연말연시에 가장 먼저 맞이하는 명절이다. 크리스마스가 다가오면 신년설도 멀지 않다. 설을 쉬고 나면 이어서 음력설이 다가온다. 그때면 나는 나이를 한 살 더 먹는다. 나는 한 해가 빨리 흘러 빨리 컸으면 좋겠다. 아빠만큼 키가 크고 매일 학교에 가지 않아도 될 만큼 크게 되면 직업을 찾을 수 있고, 자신을 먹여 살릴 수 있게 된다. 그때면 나는 분명 자유롭고 즐거운 사람일 것이다.

그러나 우리 가족들은 그렇게 생각하지 않는다. 매년 설을 쇨 때면 외할머니는 얼굴을 만지면서 탄식하신다. "또 한 살 늙는구나. 퇴직도 멀지 않았구나." 외할아버지는 그의 썰렁한 집안을 둘러보며 중얼거리신다. "다들 기후온난화라고 하는데 나는 왜 해가 갈수록 점점 더 추워지지?" 할아버지는 매년 건강검진보고서를 꺼내 여러 가지 수치들이 어떠한 곡선모양으로 올라가고 내려가는지 하나하나 대조해보신다. 새 할머니는 텔레비전방송국에서 많은 행사를 준비하기 때문에 연말이 가장 바쁘시다. 새 할머니는 늘 맥도 없고 새로운 아이템도 떠오르지 않아 이제 곧 젊은이들에게 밀려나 자리를 내줘야 할 것이라고 불평을 부리신다. 심지어 이제 열세 살인 허라라까지도 거울에 얼굴을 이리저리 비춰보면서 자기 얼굴에서 주름이나 기미를 발견하지 못했느냐고 나에게 물어본다.

나는 우리 가족들이 이상하다고 생각한다. 설 쇠고 명절을 쇠는 것은 아주 즐거운 일인데 그들은 왜 오히려 무서워하는 것 같지? '설'이 뭐 괴물이어서 그들 몸의 어느 부분을 먹어버리기라도 하는가?

신년설과 음력설보다 나는 크리스마스를 더 좋아한다. 왜냐하면 아빠와 엄마가 항상 크리스마스 때 나에게 선물을 주기 때문이다. 크리스마스이브에 잠들기 전에 양말을 침대 머리에 걸어두고 이튿날 깨어나 만져보면 양말 안에 항상 뭔가 들어 있곤 하였다. 아빠의 선물은 전 날에 사 놓았다가 밤에 살그머니 넣어둔다. 상위팅의 선물은 사전에 아빠에게 우편으로 부쳐온 다음 아빠가 대신 양말 안에 넣어두곤 한다. 내가 크리스마스를 여덟 번 보내는 동안 엄마가 크리스마스선물을 부쳐 보내는 것을 잊은 적은 한 번도 없었다. 그래서 아빠는 "그래도 조금은 엄마 같은 데가 있구나."라고 말하곤 한다.

　허라라도 나에게 선물을 준다. 그러나 나는 공짜로 받기만 하는 것이 아니라 나도 허라라에게 선물을 준다. 작년에 허라라는 나에게 열쇠고리를 선물하였는데 흑백색의 해골사람이었다. 허라라가 나의 책가방 끈에다 그것을 달아주면서 말했다. "내일 학교에 가면 네 친구들이 보고 깜짝 놀랄 거야." 그런데 결국 놀란 것은 내 친구들이 아니라 우리 반 담임선생님이셨다. 선생님은 너무 놀라서 해골사람 모양의 열쇠고리를 뚫어지게 바라보더니 나를 꾸짖었다. "어쩌면 그렇게 어두운 생각을 가지고 있어! 이런 물건을 어떻게 학교에 가져올 생각을 다 했니? 어린 것이 대체 무슨 생각을 하는 거야?" 그리고 손을 뻗어 내 열쇠고리를 떼어 몰수하였다.

　허라라에게 준 나의 선물은 아주 해맑은 것이었다. 바로 우윳빛 긴 털 곰인형이다. 나는 여자애들이 모두 인형을 좋아할 줄 알았다. 그런데 생각밖에 허라라는 내가 준 선물이 마음에 들지 않은 것 같았다. 나를 "너무 유치하다"고 비난하였으며, 또 심미적 느낌이 어쩌면 여자애 같으냐고 힐난하

기까지 하였다. 나는 너무 화가 나서 음력설이 될 때까지도 허라라에게 말을 한 마디도 하지 않았었다.

올해 허라라가 나에게 무엇을 선물할지 나는 모른다. 나는 허라라에게 무엇을 선물할까? 그것도 모르겠다. 에이, 선물을 주고받는 건 즐거운 일이긴 하지만 자칫 잘못하면 그것도 꽤 성가신 일이다.

지난주 엄마가 전화해서는 뜬금없이 "핸드폰이 필요해?"라고 물었다.

나는 너무 좋았다. 나는 엄마가 크리스마스에 나에게 핸드폰을 선물하려는 것이라고 생각하였다. 우리 반 애들 중 절반이상이 핸드폰을 가지고 있다. 그 애들은 늘 수업이 끝나면 메시지를 주고받곤 하며 집에 돌아가 숙제를 다 한 다음에도 답안을 맞춰보곤 하면서 꽤 우쭐하였다. 나에게 핸드폰이 있다면 나도 그 애들처럼 우쭐할 수 있을 것이다.

나는 참지 못하고 아빠에게 알려주었다. 나에게 핸드폰이 있으면 아빠가 나와 연락하기도 편리하니까 아빠도 나에게 핸드폰이 있는 것을 바랄 것이라고 생각하였다. 그런데 내 말을 듣고도 아빠는 별로 좋아하지 않았다. 아빠는 심드렁한 표정을 지었다.

"그까짓 핸드폰. 핸드폰을 갖고 싶다고 말했더라면 벌써 사주었지."

그리고 아빠는 또 경계하는 투로 물었다.

"네 엄마 또 무슨 말을 했어? 너에게 다른 꿍꿍이속이 있는 건 아니지?"

아빠는 엄마가 나를 빼앗아 갈까봐 늘 걱정하고 있다. 그건 아빠 마음의 병이다. 비록 아빠는 나를 키우는 것이 아주 힘이 들지만, 그러나 그동안 나를 키우면서 우리는 이제 하나로 이어져 조금만 베어놓아도 피투성이가 되어 아플 것 같았다.

나는 핸드폰도 갖고 싶고 아빠도 갖고 싶다. 어느 쪽도 놓지 않을 것이다.

나는 허라라가 그렇게 큰 크리스마스트리를 선물할 줄은 미처 생각하지 못하였다. 트리는 플라스틱으로 된 가짜 트리였지만 푸른 가지와 잎이 꼭 진짜 같은 것이 제법 그럴싸하였다. 허라라는 그것을 아주 큰 종이상자에 담아 자전거에 묶어 밀고 왔다. 그리고 혼자서 계단으로 끌고 올라와서는 신비로운 표정으로 종이상자를 열어 '휙'하고 크리스마스트리를 세워놓으면서 감동적인 마술을 보여주었다.

"어때? 또 깜짝 놀랐지?"

허라라가 우쭐해서 말했다.

크리스마스트리는 진짜 매우 컸다. 나뭇잎을 모두 펼치고 보니 거의 책상 하나를 다 차지하는 면적이었다. 나는 조심스럽게 뾰족한 솔잎을 만지면서 말까지 더듬거리며 어디서 얻어왔느냐고 물었다. 그 트리가 엄청 비쌀 것 같았기 때문에 허라라가 나에게 선물하려고 그걸 살 돈이 있을 리가 없다고 나는 생각하였다.

허라라가 눈을 치뜨며 대답하였다.

"머리를 굴려봐! 내가 너를 위해 어디 가서 도둑질했겠어? 네가 뭐라구? 알려줄게. 이것은 우리 엄마가 일하는 텔레비전방송국에서 도구로 썼던 나무야. 프로그램 녹화를 끝내고 버리는 것을 내가 끌고 왔지. 네 할아버지가 또 고집불통이잖아. 기어코 가짜 나무는 집에 들이지 못한다잖아. 별수 없잖아. 그래서 너 네 집에 좀 두자고. 이렇게 예쁜 나무를 버리자니 너무 아까워."

나는 아빠도 이런 가짜 나무는 거들떠보지도 않을 거라고 생각했다. 그런데 뜻밖에도 아빠는 흔쾌히 받아들였다.

"가짜 나무 좋지. 올해 쓴 뒤 내년에도 또 쓸 수 있잖아. 만약 모두가 진짜 나무를 베어오면 지구가 견딜 수 있겠어?"

아빠가 특별히 자전거를 타고 교외에 있는 소상품시장에 가서 곱게 꾸민 장식등을 사고 또 황금색과 빨간색 종이를 사다가 종이꽃을 만들어 나뭇가지에 걸어놓았다. 우리는 담배케이스 속의 은박지로 별을 만들었다. 아빠는 또 서랍에서 탁구공과 유리구를 들춰내 가는 실로 올무를 만들어 그 공들을 나무에 걸어놓고는 "아름다운 크리스마스 과일"이라는 이름을 지어주었다.

"봐봐. 우리 집 크리스마스트리가 상점 문 앞에 있는 그 트리보다 몇 배는 더 예쁘지!"

아빠가 말했다.

이 모든 것은 나를 위한 것이다. 아빠는 내가 즐겁기를 바란다. 어른들은 모두 명절을 쇠는 것을 두려워하고 오직 애들만 신난다고 아빠가 나에게 말한 적이 있다.

크리스마스이브는 마침 토요일이었다. 엄마가 갑자기 남경에서 돌아왔다. 엄마가 나에게 전화를 해 점심에 외할머니 집 근처의 '하오커주점'(豪客酒家)으로 자기를 만나러 오라고 말했다. 엄마는 아빠를 데리고 오지 말고 나 혼자만 와야 한다고 하였다.

"홀로 와야 해!"

라고 엄마는 거듭 당부하였다. 나는 엄마가 나에게 핸드폰을 선물하는 것을 아빠에게 보여주고 싶지 않아서 그러는 것이라고 생각하였다.

괜히 쓸데없이 두 어른이 아이 하나를 놓고 다투고 싶지 않아서일 것이라고 나는 생각하였다. 내가 나의 판단을 아빠에게 알려주었을 때 아빠는 그렇다고는 생각하지 않았다.

"뭐 그럴 거 있어? 내가 어디 그렇게 속이 좁은 사람인가?"

말은 그렇게 하면서도 아빠는 결국 나 홀로 엄마를 만나러 가는 것에 동의하였다.

점심이 거의 될 무렵 아빠가 자전거로 나를 외할머니 집 근처에까지 태워다주고는 먼저 가버렸다. 말로는 할아버지네 집에 가서 얼굴만 비추고 점심을 얻어먹은 다음 집에 돌아가 '크리스마스 통닭구이'를 만들어서 저녁에 나를 데리고 병원에 가 장청과 정 보살이랑 같이 크리스마스이브를 보내자고 하였다. 이미 확인해 보았는데 크리스마스이브에 마침 정 보살이 병원에서 당직을 설 차례여서 우리가 제멋대로 하여도 전혀 문제 될 것 없다는 것이다. 나는 혼자 외할머니 집 근처의 골목을 따라 걸었다. 이 동네를 나는 너무 잘 안다. 눈을 감고도 어느 나무가 거리 어디에 자랐는지 말할 수 있다. 50미터도 안 가서 모퉁이를 돌아서니 빨간색 바탕에 금빛 글로 '하오커주점'이라고 쓰여 져 있는 간판이 보였다. 나는 그 주점이 최근 인테리어를 새로 한 것을 발견하였다. 길옆의 벽을 허물고 벽 전체를 통유리로 만들어 안팎이 모두 훤해 보였다. 크리스마스를 맞이하면서 유리창에 눈꽃, 별, 금빛 방울 그리고 꼬마 사슴과 썰매 그림을 붙여 이국적인 분위기가 물씬 풍기면서 예뻐 보였다. 입구의 안내원 누나도 크리스마스 명절 차림을 하고 있었다. 산타 모자를 쓰고 붉은 바탕에 흰 테두리를 한 얇은 솜두루마기를 입고 있었다. 내가 들어서는 것을 보자 웃으면서 고무지우개

크기만 한 '도브 초콜릿'을 건네주면서 "메리 크리스마스!"라고 인사까지 하였다. 나는 초콜릿을 손에 들고 뜻밖의 대우에 놀라 어쩔 줄 몰랐다. 그렇다면 나도 그들이 정중하게 맞이해야 하는 진정한 '손님'인 셈인가? 엄마는 왜 나를 이렇게 호화스러운 곳으로 불렀을까? 예전에는 항상 맥도날드나 혼돈자 가게에서 대충 만나고 돌려보냈었다.

내가 홀에 들어서자 엄마가 나를 발견하고 일어나 손짓하였다. 나는 엄마가 헤어스타일을 새로 바꾼 것을 발견하였다. 앞머리로 이마를 가린 터부룩한 느낌의 헤어스타일과 어울려 엄마는 더 젊어 보였다. 몸에는 딱 맞는 핑크빛 짧은 솜 외투를 입고 은회색 스카프를 헐렁하게 둘렀는데 여우처럼 아리따웠다. 상위팅의 옆에는 안경을 낀 남자가 앉아 있었다. 뚱뚱한 편이었고 약간 대머리였다. 그는 머리를 갸우뚱하고 웃음을 머금고 나를 훑어보았다.

엄마가 나를 자리로 끌어당겨 소개하였다.

"샤오샤오야, 인사해. 이쪽은 엄마가 새로 사귄 친구 짜오(趙) 아저씨야. 아저씨 안녕하세요, 인사해야지."

내가 "아저씨 안녕하세요."하고 인사하였다. 그랬더니 그가 웃으면서 일어나 허리를 굽히면서 나에게 한 손을 내밀었다. 나는 멈칫하다가 그가 나에게 악수를 청하고 있음을 알아차렸다. 나는 우물쭈물하며 손을 내밀어 그의 손을 잡았다. 그 손바닥은 아주 두껍고 또 아주 부드러웠다. 그 손을 잡으니 마치 쿠션을 만지는 것 같았다. 나는 갑자기 얼굴이 붉어졌다. 이것은 내 생에 어른과의 첫 악수였다.

"런샤오샤오, 오늘부터 우린 서로 알게 된 거야."

그는 말할 때 기력이 넘쳤고 발음이 똑똑하였으며, 우리 현지에서는 보기 드문 권설음(捲舌音, 중국어에서 혀를 말아 발음하는 말 – 역자 주)이 들렸다. 엄마는 앉아서 나를 바라보다가 또 고개를 돌려 아저씨를 바라보다가 하는데 눈이 반짝반짝한 게 빛이 났다. 그러다가 마치 용기를 내서 입을 연 것처럼 말했다.

"샤오샤오야, 엄마가 아마도 이 짜오 아저씨와 결혼할 것 같아. 너에게 알려주려고 만나자고 했어. 너와 아저씨가 서로 잘 지내고 좋은 친구가 됐으면 좋겠어."

한참 지나 엄마는 내가 멍해있는 것을 보더니 또 내 비위를 맞추듯이 말했다.

"네 아빠는 아직 몰라. 너에게 먼저 말한 거야."

어른들은 이런 경우에 부딪치면 어떻게 반응할까? 울까? 화를 낼까? 머리 위에서 폭탄이 터진 것처럼 어안이 벙벙해 있을까? 나는 확신할 수가 없었다. 아무튼 그때 당시 내 모습은 너무 멍청하였다. 나는 감히 고개를 들어 그 아저씨를 쳐다보지 못하였고, 상위팅과 감히 눈을 마주치지 못하였다. 나는 기를 쓰고 머리를 숙인 채 눈에서 흘러나오려는 액체를 꾹꾹 내리누르려고 애쓰는 수밖에 없었다. 엄마가 언젠가는 다른 사람과 결혼할 것이라는 걸 나는 진작부터 알고 있었다. 외할머니도 말씀하셨고, 외할아버지도 말씀하셨던 적이 있다. 그러나 정작 그 날이 정말로 닥치니 역시 괴로웠다. 나는 아빠를 생각하였다. 만약 아빠가 갑자기 다른 사람과 결혼할 것이라고 나에게 말한다면 나는 똑같이 괴로울까?

Part
11

특별한 크리스마스이브

특별한 크리스마스이브

오후에 내가 집에 돌아갔을 때, 아빠는 시장에서 잡아놓은 닭을 사다가 수돗물에 좔좔 씻고 있었다. 나는 그에게 짜오 아저씨를 만난 일을 보고하였다. 아빠는 조용히 들으면서 닭 부리를 벌리고 닭 목구멍으로 물을 부어 넣으면서 닭의 배속에 있는 핏물을 씻어내고 또 닭 껍질에 남아 있는 잔털을 깨끗하게 제거하였다. 일주일 동안 훈련을 거쳐 아빠는 이제 이런 일들이 이전보다 많이 손에 익은 것 같다.

"엄마는 아저씨가 무슨 일을 하는 사람이라고 하더냐?"

"변호사래요."

"아하, 괜찮네. 이번에는 믿을 만 하군."

아빠가 하얀 닭 내장 한 토막을 쓰레기통에 버렸다.

"그런데 좀 늙어보였어요. 적어도 아빠보다는 늙었어요."

"그렇겠지. 나만 한 사람 없지."

아빠가 우쭐거렸다.

"난 싫어요."

"네가 싫어한들 무슨 소용 있니? 결혼은 네 엄마가 하는 건데."

나는 싱크대 위에 턱을 고이고 엎드리며 물었다.

"아빠, 사람은 왜 꼭 결혼해야 하나요?"

"엉?"

아빠가 눈을 들어 나를 바라보았다.

"내가 묻고 있잖아요. 왜 꼭 결혼을 해야 하는가?"

아빠가 수도꼭지를 잠그고 고개를 갸우뚱하고 생각하였다.

"잘은 모르겠고. 같이 걸어갈 사람이 필요한 거 아닐까."

"둘이서 같이 걸으면 안 좋아요. 서로서로 기다리느라고 늦어져요."

이건 내가 손오공과 같이 걸어갈 때 느낀 것이다.

아빠가 크게 웃고 나서 말했다.

"그런데 만약 아주 먼 길을 걸어야 하고 한평생 걸어야 하는 길이라면 혼자서 걷기에는 너무 외로울 거야."

"그럼 아빠는 왜 동무해줄 사람을 찾지 않아요?"

내가 얼른 물었다.

"나에겐 네가 있거든."

아빠가 고개를 숙여 나를 내려다보았다. 웃고 있는 아빠의 눈에 '사랑'이라고 불리는 것이 담겨 있었다. 나는 마음이 뭉클하더니 목이 메는 것 같았다. 마치 솜뭉치가 부풀어 오르는 것처럼 부드럽고 편안하였다.

그런데 아빠가 또 계속 말했다.

"혹시 이후에 필요할 수도 있겠지. 그때가 오면… 음, 앞으로 어떻게 될지는 아무도 몰라…"

아빠가 갑자기 생각났는지 불쑥 물었다.

"네 엄마가 선물한 핸드폰은?"

나는 핸드폰을 꺼내 보여주었다. 파란색 노키아7100이었다.

슬라이드 폰이고 아주 평범한 스타일이었다.

"엄마는 네가 자주 연락하기를 바라는 거야."

아빠가 생각에 잠겨 핸드폰을 뚫어지게 바라보다가 이런 결론을 내렸다.

'크리스마스 통닭구이'를 만드느라고 우리 둘은 엄청 애를 썼다. 우리 집 전자레인지에 '굽기 기능'을 갖추고 있다고 명시되어 있어서 아빠는 통닭도 구울 수 있는 줄 알았다. 그런데 사실 그렇지 않았다. 완전히 속은 것이다. 아빠는 조리법에 적힌 대로 통닭을 파와 생강즙, 간장에 재웠다가 다시 시럽을 한 층 발랐다. 그리고 전자레인지에 넣으려고 보니 닭이 너무 커서 전자레인지 조리실에 집어넣을 수가 없었다. 닭은 전자레인지와 겨루기라도 하듯이 죽기내기로 두 다리로 레인지 벽을 뻗디디고 있어 그릴이 아예 돌아가지 않았다. 하는 수 없이 아빠는 닭을 전자레인지에서 꺼내 수술 의사처럼 통닭을 해부하였다. 먼저 통닭을 2등분 하고 다시 4등분한 다음 쓸데없는 머리와 발을 잘라내서야 겨우 큰 접시에 담을 수 있었다.

얼마 동안 구워야 하는지 우리 둘은 다 정확히 모르고 있었다. 나는 반시간 정도 걸려야 할 것이라고 말했다. 아빠는 반시간으로는 모자랄 것이라고 말했다. 케이크도 반시간은 구워야 하는데 닭은 적어도 한 시간은 걸려야 할 것이라고 말했다. 후에 우리 둘의 의견을 절충하여 일단 45분으로 시간을 설정하였다. 그런데 전원을 연결하고 겨우 10분 동안 구웠을 때쯤 주방에서 타는 냄새가 나기 시작하였다. 아빠가 개 코처럼 코를 쿵쿵거리며 말하였다 "뭐지? 어떻게 된 거지? 10분 만에 다 된 거야?" 그리고 달려가 플러그를 뽑고 레인지 문을 열어 닭을 꺼내 상태를 살펴보았다. 이게 어디 익은 거야? 손가락으로 찔러보니 닭고기가 딴딴한 그대로였다.

　원인을 연구 분석해 보니 여전히 전자레인지 조리실이 너무 작은 탓이었다. 조리실이 작으니 음식과 열원이 너무 가까워 쉽게 타는 것이었다. 이 전자레인지로 닭 날개 몇 개를 구울 순 있어도 통닭을 굽는 것은 너무 무리인 것 같았다.

　그러나 이미 시작한 일이고 닭 껍질은 누르스름하게 구워졌고 닭살도 이미 반숙이 되었으니 버리기는 아깝고, 그렇다고 이 상태로 먹을 수도 없는 노릇이었다. 아빠가 기지를 발휘하여 반숙 상태인 닭을 냄비에 넣고 물을 부어 푹 삶았다. 거의 물러지려 할 때 꺼내서 다시 소스와 시럽을 발라 전자레인지에 넣어 7, 8분 정도 돌려냈다. 꺼내 보니 불그스레하고 반지르르한 것이 제법 통닭구이다웠다.

"괜찮네."

　아빠가 자화자찬하였다.

"전자레인지에 이 정도로 해냈으면 잘한 거지. 어쨌든 직접 만든 것이니 일한 가치도 있어."

　우리는 가장 큰 플라스틱 도시락에 구운 닭을 담고 보온 조치로 수건을 몇 겹 감았다. 그리고 콜라 4캔과 마트에서 사온 토스트를 챙겨가지고 서둘러 병원으로 향하였다. 아빠가 정 보살에게 6시 전에 도착한다고 미리 얘기했는데 닭 시중을 드느라고 지체하는 바람에 핸드폰에 표시된 시간이 벌써 6시 10분이었다.

　날은 아주 추웠다. 낮이 짧아 6시가 조금 넘었는데 벌써 캄캄해졌다. 우리가 사는 칭양은 비록 소도시지만, 이 몇 년 사이에 크게 번영해 패션 면에서 대도시에 뒤지지 않았다. 거리 양 켠에는 가로등이 환하게 들어오고 크리스마스이브여서 오색영롱한 장식등이 켜져 서양 명절을 맞는 이국적인 분위기가 물씬 풍겼다. 상점의 진열장에는 네온사인관으로 산타클로스와 북극 사슴, 소나무와 별의 윤곽이 조성되어 반짝이고 있어 마치 동화세계에 들어선 것 같았다. 맥도날드와 KFC의 문 밖에는 과장된 차림을 한 젊은이들이 히히덕거리며 모여 있었다. 그들 중에는 텔레비전 속 한류 스타와 똑같은 옷을 입은 사람이 있는가 하면, 맨드라미 모양의 머리를 빨갛고 파란 색으로 염색한 사람도 있었다. 어떤 여자애는 '스모키화장'을 하여 눈 주위를 온통 시커멓게 화장해 마치 큰 굴뚝에서 막 끌어낸 것처럼 섬뜩하였다. 가게를 찾는 사람은 많은 데 반해 가게 좌석이 적다보니 앞에 선 사람들은 먼저 들어가고 뒤에 선 사람들은 참을성 있게 줄을 서 기다리는 중이었다. 마치 크리스마스와 같은 명절에는 패스트푸드가게에서 보내야만 걸맞다고 여기는 것 같았다. 칭양은 겨울이면 항상 일찍 안개가 껴 도로가 축축해지곤 하는데 불빛 아래서 도로면이 기름을 뿌린 것처럼 까맣다. 호텔과 식당의 문어귀에서 흰 김이 모락모락 피어오르는 것이 보기만 해도 마음이 따스해지는 것 같았다. 길옆에서는 아이들이 폭죽을 터뜨리고 불꽃놀이를 하고 있었다. 이쪽에

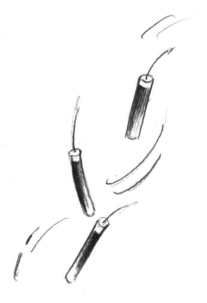

서 '펑'하고 폭죽이 터지는 소리가 나는가 싶더니 어느새 저쪽에서 '빵'하는 소리와 함께 불꽃이 뿜어져 나온다. 연기가 자오록이 퍼지면서 밤빛 속에서 옅은 청색으로 보인다.

현(縣) 인민병원 정문 앞에도 크리스마스와 새해를 맞이해 곱게 꾸민 장식등이 걸려 있었다. 그리고 '쾌락(快樂)'이라는 두 글자가 쓰여 져 있는 커다란 붉은 등롱이 두 개 걸려 있었다. 멀리서 정 보살이 경찰용 짙은 남색 솜 외투를 두르고 둥글둥글한 머리를 드러낸 채 계단 아래서 왔다 갔다 하며 초조한 모습으로 기다리는 게 보였다. 정 보살이 우리를 발견하고 두 손을 허우적거리며 마치 둔한 곰처럼 덮쳐왔다. 첫 마디가

"런이, 큰일 났어! 장청이 탈옥했어!"

라는 말이었다. 아빠가 퉁명스런 어투로 꾸짖었다.

"정 보살, 헛소리 좀 안 하면 안 되겠어?"

그리고 발끝으로 땅을 톡톡 치면서 말했다.

"여기가 어디야? 병원이야!"

정 보살도 따라서 발을 굴렀다.

"헛소리하는 거 아니야. 장청이 진짜 도망쳤어! 사람이 없어졌단 말이야! 눈 깜짝할 사이에…"

정 보살은 입을 삐죽거리고 얼굴을 흉하게 일그러뜨리더니 당장이라도 울 것 같았다.

아빠가 정 보살을 똑바로 바라보며 말했다.

"너 지금 무슨 말 하는지 알기나 해?"

정 보살이 울부짖다시피 소리쳤다.

"런이야!"

아빠는 갑자기 몸이 굳어져버린 것처럼 꼼짝도 하지 않고 서 있었다. 처음 무심한 표정에서 믿기 어려운 표정으로, 다시 진실임을 확신하기에 이르고, 또 다시 일의 심각성과 위해성을 깨닫기까지 짧은 순간에 몇 차례의 변화가 아빠의 얼굴을 스쳐 지나갔다. 마지막에는 정 보살과 마찬가지로 당황하여 어쩔 줄 모르는 표정이 되었다.

"그럴 리가?"

아빠가 한 손으로 정 보살의 옷깃을 잡고 흔들었다.

"계속 지키고 있었잖아. 그런데 어떻게 도망친 거야?"

정 보살이 울음 섞인 목소리로 말했다.

"나도 모르겠어. 어쩌다가 사람이 없어졌는지. 오늘 수술자리 실을 뽑았거든. 의사 선생님이 내일은 퇴원시킬 것이라고 했어. 그런데 내가 화장실에 다녀오는 사이에 도망쳐버렸어! 런이야, 난 끝장이야. 이렇게 큰 실수를 하였으니. 나 무서워서 지도부에 보고도 못 했어… 나 나…"

정 보살이 두 손으로 머리를 움켜잡고 팽이처럼 제자리를 맴돌았다.

아빠는 그래도 괜찮아 보였다. 이런 상황에서 정 보살보다 좀 침착해 보였다. 하긴 아빠에게 일어난 일이 아니어서 그럴 수도 있겠다. 아빠가 동창인 정 보살에게 정말로 아직 교도소 지도부에 보고하지 않았느냐고 물었다. 정 보살은 그렇다고 대답하였다. 너무 무서워서 감히 보고하지 못하고 우리 아빠가 와서 좋은 방법을 생각해내기를 기다렸다고 한다. 정 보살이 불쌍한 표정을 짓고 아빠에게 부탁하였다.

"넌 나보다 총명하고 머리도 좋잖아. 좋은 방법 좀 내놔봐!"

아빠가 한숨을 쉬더니 말했다.

"무슨 좋은 방법이 있겠어? 아무 말도 하지 말고 사람부터 찾아보자. 병원 안팎을 샅샅이 한번 찾아보고 나서 다시 얘기하자."

그들 둘은 나에게 제자리에 꼼짝 말고 있으라면서 그들이 돌아오면 합류하자고 말했다. 그리고는 허둥지둥 흩어져 한 사람은 병동 건물로 들어가고 다른 한 사람은 관목이 우거진, 칠흑 같이 컴컴한 뒷마당으로 사라졌다.

6시가 넘은 시간이어서 병원에는 응급실 당직을 서는 인원 외에 의사들도 다 퇴근하고 환자를 면회하러 왔던 가족들도 모두 떠났다. 입구 앞 공터는 텅 비어 쓸쓸하였다. 불빛이 주변의 큰 나무를 비추어 어렴풋한 것이 마치 누군가 나무 그림자 속에 숨어 나를 엿보고 있는 것처럼 무시무시한 느낌이 들었다. 멀리 거리에서는 아직도 폭죽 터뜨리는 소리가 들려오고 떠들썩한 것이 이쪽과는 전혀 다른 세상에 있는 것 같았다. 고개를 들어 보니 병동 계단의 층층이 나 있는 유리창을 통해 아빠가 토끼처럼 뛰어올라갔다가 뛰어내려왔다가 하는 모습이 보였다. 아빠는 벌써 1층에서 4층까지 뛰어올라갔다가 또 3층과 2층을 차례대로 훑어보고 또다시 4층으로 뛰어올라갔다. 나는 '장청이 도주한' 사실의 심각성에 대해 잘 알 수 없었지만, 아빠의 행동에서 그의 초조함을 느낄 수 있었다. 아빠가 꼭 장청을 찾고 싶어 한다는 것을 나는 알고 있었다. 아빠는 장청이 또 다시 잘못을 저질러 상처를 받는 것을 원하지 않기 때문이다.

정 보살도 마찬가지였다. 그가 이미 뒷마당을 찾아보았고 주차장, 병원 매점, 주변의 구조 통로도 찾아보았으며, 심지어 용기를 내 병원의 영안실

203

까지 갔다가 숨이 턱에 차 헐떡거리며 돌아오는 것이 보였다. 뚱뚱한 그는 이리저리 뛰어다니는 바람에 기진맥진한 것 같았다. 그러나 그도 아빠와 마찬가지로 아무것도 발견하지 못하였다.

두 사람이 내 앞에서 합류한 후 정 보살이 아빠의 손을 덥석 잡더니 엄숙하게 말했다.

"안 되겠어. 런이. 더는 미룰 수 없어. 이러다 큰 일 나! 신고해야겠어."

아빠가 간곡히 부탁하였다.

"조금만 더 기다려보자. 좀 더 찾아보고."

정 보살은 발을 탕 굴렀다.

"범인이 도망쳤어. 이건 엄청 심각한 사건이야!"

아빠가 말했다.

"만약 장청이 제 발로 돌아오지 않고 잡혀온다면 그 애 인생은 끝나는 거야!"

두 사람은 얼굴을 맞대고 마주보며 한참동안 아무 말이 없었다.

그리고 그들은 한 시간만 더 시내 안에서 찾을 수 있는 곳을 다 찾아보기로 합의하였다. 지금은 저녁 7시니까 시내를 드나드는 버스도 끊겼고, 장청에게 차를 세내서 시내를 벗어날 돈도 없을 것이며, 날씨도 추우니 그가 도주할 생각이라면 아직 시내 어딘가에 숨어있을 것이라 여겼다.

아빠는 걸어 다니면서 찾는 건 시간이 너무 지체된다고 생각하고 집에 가서 자전거를 가져오고 나를 집에 떼어놓기로 하였다. 아빠가 나에게 당부하였다.

"샤오샤오야, 무서워하지 말고 집에서 기다려라. 아무에게도 문을 열어주지 말고."

내가 말했다.

"전등을 켜지 않을 게요. 사람들이 우리 집에 아무도 없는 줄로 알게요."

"아무에게도 전화하지 말고."

"안 할게요. 할아버지 외할아버지가 전화해도 받지 않을 게요."

"좋아. 훌륭한 친구야."

아빠가 내 머리를 쓰다듬어주고 나서 또 가볍게 다독여 주었다.

우리는 복도 문으로 들어가 손을 잡고 계단을 올라갔다. 우리가 사는 아파트는 낡은 아파트여서 방범 문이 있으나 없는 것이나 마찬가지로 항상 열려 있었다. 복도의 자동 점멸 전등도 고장이 나서 손뼉을 쳐도 켜지지 않는다. 북풍이 복도 창문 틈으로 불어 들어오면서 '윙윙'하고 가느다란 흐느낌소리를 내고 있었다. 건물 밖의 흔들리는 나뭇가지가 불빛에 비쳐 복도에 얼른거리는 확대된 어렴풋한 검은 그림자를 드리웠다. 그때 장청의 도주로 인한 인위적인 긴장감 때문에 나는 말로는 무섭지 않다고 하였지만 마음속에는 무서움이 남아 아빠의 손을 꽉 잡고 있었다.

4층까지 올라갔을 때 복도에서 가냘픈 목소리가 들려왔다.

"임 선생님…"

아무것도 보이지 않아 마치 벽이 소리를 내고 있는 것 같았다. 나와 아빠는 모두 깜짝 놀랐다. 아빠는 부주의로 계단에 걸려 하마터면 계단의 손잡이에 부딪칠 뻔하였다.

"누구야?"

아빠가 큰소리로 물으면서 나를 등 뒤로 숨겼다.

겁에 질린 그 소리가 또 들려왔다.

"임 선생님…"

"세상에,"

아빠가 말했다.

"장청이구나. 너 장청이구나!"

아빠가 나를 버려둔 채 어둠 속에서 뛰어가 장청을 덥석 잡더니 그를 끌고 몇 계단을 올라가 황급히 열쇠를 꺼내 우리 집 문을 열었다.

그리고 전등을 켜더니 장청을 문 안에 밀어 넣었다.

장청의 모습이 똑똑히 보였다. 그의 머리카락은 길었고 옷은 매우 얇았으며 몸집이 아주 작았다. 추워서 부들부들 떨고 있는 것이 마치 찬바람 맞은 채소 잎사귀 같았다. 그의 얼굴색은 놀라울 정도로 창백하고 입술은 새파랗게 질려 있었으며 눈빛은 놀란 토끼 눈 같았는데 나와 아빠의 얼굴을 감히 쳐다보지도 못하고 한 번 힐끗 스치고 피해서 우리 두 사람의 신발에 고정시켰다. 그가 우리를 감히 쳐다보지 못하는 이유는 우리가 따져 물을까봐 두려워서일 것이라고 나는 생각하였다. 그는 한 손으로 수술 자리를 움켜쥐고 가쁜 숨을 몰아쉬고 있었는데 이따금 얼굴에 고통스러워하는 빛이 스쳐지나갔다. 나는 그가 오늘 수술자리 실을 뽑았다던 정 보살의 말이 떠올랐다. 나는 그의 수술자리가 터져 피가 세차게 흘러나오지는 않을지, 심지어 그의 간이며, 폐며 창자까지 다 흘러나오지는 않을지 두려웠다. 그렇게 되면 우리 집이 순식간에 피바다로 될 것이다.

아빠는 그 점을 인식하지 못한 것 같았다. 그는 장청을 소파에 앉힌 뒤 왔다 갔다 하며 분주하게 움직였다. 먼저 에어컨을 켜서 온도를 최고로 맞

추고 또 방에 가서 담요를 가져와 다짜고짜로 장청의 몸에 둘둘 감아주었다. 그리고 담요 위로 어깨며 손이며 발을 비벼서 빨리 따뜻해지게 하였다.

장청은 멍하니 앉아서 입술을 달달 떨면서 우리 아빠가 하는 대로 내맡긴 채 한 마디도 하지 않았다. 그가 말을 하지 않으니 우리 아빠도 입을 열지 않았다. 두 사람은 인내심을 겨루는 것 같았다. 한참이 지나자 끝내 장청이 참지 못하고 갑자기 털썩 무릎을 꿇더니 목쉰 소리로 아빠에게 애원하였다.

"임 선생님, 노자로 쓰게 돈 좀 빌려주세요! 집에 다녀올 수 있게요!"

아빠가 깜짝 놀라 뒤로 한 걸음 물러났다.

"장청이 너 미쳤어! 겨우 노자나 빌리려고 우리 집까지 찾아온 거야?"

장청이 고개를 끄덕였다. 그의 눈빛은 집요하고 단호하였다.

"노자를 빌려 집에 가려고? 고향으로 돌아가려고?"

장청이 다급하게 말했다.

"집에 돌아갈 수 있게 한번만 도와주세요.

한번만 집에 갔다 오면 됩니다."

"그런데 여긴 어떻게 찾아왔어?"

"정 교도관에게 주소를 물어보고 행인들에게 물어서…"

"어쭈, 똑똑한데."

집에 가서 무엇을 하려는지 반드시 말해야 한다고 우리 아빠가 요구하였다. 장청은 고개를 푹 숙이고 입술을 꼭 깨물며 한 글자도 말하려 하지 않았다. 아빠도 아주 단호하였다.

"말하지 않으면 돈을 빌려줄 수 없어."

이어 아빠가 혹시 매형을 찾아가 죽기내기로 싸울 생각이냐고 물었다. 그 한 마디에 장청은 완전히 무너지며 대성통곡하는 것이었다.

몸을 세차게 흔들면서 흐느껴 우는데 눈물이 지렁이처럼 얼굴을 타고 마구 흘러 내렸다.

"누나가 죽었어요."

그가 말했다.

"누나를 허망하게 죽게 할 수는 없어요…"

아빠가 장청을 가리키며 화를 냈다. 양측 아랫볼에서 쥐가 뛰어다는 것 같았다.

"장청아, 장청이, 넌 생각이 있는 거야 없는 거야? 그 후과가 얼마나 심각할 것인지를 몰라? 노자만 빌리면 집으로 돌아갈 수 있을 거라고 생각해? 잘 들어. 경찰들이 뭐 쌀만 축내는 사람들인 줄 아니? 집에 도착하기도 전에 도중에 꼼짝 못하고 잡혀 오게 될 거야!"

아빠가 흥분하고 초조하여 방안에서 왔다갔다 서성거리면서 장청을 꾸짖다가 또 정 보살을 꾸짖다가 하였다. 나중에 그는 전화기를 들고 정 보살의 휴대전화로 전화를 해 당장 와서 사람을 데려가라고 하였다.

"네가 싼 똥은 네가 치워!"

그는 전화에 대고 고래고래 소리 질렀다. 10분도 안 돼 정 보살이 쿵쾅쿵쾅 달려왔다. 문에 들어서자마자 그는 흥분하여 이를 갈며 장청에게 달려들어 장청을 나쁜 놈이라며 자신이 하마터면 망할 뻔했다고 욕을 퍼부었다. 그는 또 말했다.

"이러려고 그랬니? 어쩐지 오후에 계속 나를 떠본다 했더니 임 선생님의 거처를 알아내려고 그랬던 거니? 미리 계획이 있었구나. 너 정말 사처에 불똥을 튀기며 돌아다니는 쥐불꽃이구나. 나만 해치는 게 아니라 임 선생님도 해치고 칭양 소년교도소도 해치려는 거야!"

그는 한바탕 화를 낸 뒤에야 진정이 되는지 고개를 돌려 아빠에게 이 일을 어떻게 해야 할지 의논하였다.

"이러지도 저러지도 못하는 상황이 되었으니 이제 나더러 죽으라는 거지 뭐야?"

그보다 먼저 방법을 생각해놓은 아빠가 앉아서 냉철하게 몇 가지 의견을 내놓았다.

첫째, 신고를 하지 않는 것이 최선이다. 신고를 하면 모두에게 불리하고 특히 정 보살에게 불리하다. 그가 당직 경찰이니 책임이 가장 크기 때문이다. 잠시 후 장청을 병원에 데리고 간다. 묻는 사람이 없으면 이 일은 없었던 일이고, 만약 누가 물어보면 오늘은 크리스마스이브이고 또 장청이 실을 뽑았으니 명절을 쇠는 셈 치고 밖에 데리고나가 목욕도 시키고 밥도 먹였다고 말한다. 아빠는 이렇게 말했다.

"물론 신고를 하지 않는 것은 사실을 은폐하는 것이니 그것도 잘못이다. 그러나 잘못에도 크고 작은 구별이 있다. 작은 잘못으로 큰 잘못을 막을 수 있다면 해볼 만 한 게 아닌가?"

둘째, 장청은 내일 퇴원하여 교도소로 돌아간 후 순순히 개조를 받으면서 다시는 복수할 생각을 하지 않는다. 도주해 가형을 받게 되는 것은 둘째 치더라도 설사 도주하여 집에 돌아갔다 하더라도 열여섯 살짜리 아이가 혼자 힘으로 짐승보다 못한 나쁜 놈을 상대할 수 있겠는가?

셋째, 이것이 가장 중요한 것이다. 장청이 마음잡고 복역한다면 우리 아빠가 밖에서 장청을 도와 방법을 내서 장청 누나의 억울함을 풀어주고 그 가족을 위해 정의를 찾아줄 것이다. 아빠는 반드시 그렇게 할 것이라며 정 보살도 그렇게 하리라 믿는다고 말했다.

"정 교관님 그렇죠?"

정 보살은 맹세하였다.

"꼭 그렇게 할 거야! 반드시 할 거야!"

아빠는 장청에게 얼굴을 돌리며 물었다.

"어떻게 생각해? 동의할 수 있겠어?"

나는 아빠가 참으로 대단하게 느껴졌다. 평소에는 흐리멍덩하게 지내지만 중요한 시각에는 똑딱똑딱하는 정확하게 잘 맞는 시계추처럼 두뇌가 명석하고 정확하게 돌아갔다. 정 보살과 장청은 우리 아빠의 말을 따를 수밖에 없었다. 그들이 더 좋은 아이디어를 생각해 낼 수 없었기 때문이다.

아빠는 나를 집에 두고 정 보살과 함께 장청을 병원에 데려다주고 아주 늦은 시간까지 있다가 돌아왔다. 아빠는 한기를 안고 들어왔지만 얼굴은 싱글벙글 웃고 있었다. 아마도 큰 일이 드디어 잘 해결되었다는 생각 때문일 것이다. 그는 주방으로 달려가 한 바퀴 둘러보고는 나에게 저녁을 먹었느냐고 물었다. 나는 과자만 먹었다고 대답하였다. 그때 아빠가 갑자기 구운 닭이 생각났는지 나에게 구운 닭은 어디 갔느냐고 물었다.

나는 아무리 생각해도 어디다 잃어버렸는지 도무지 기억이 나지 않았다. 도시락까지 그림자도 없이 사라진 것이다. 아빠는 나의 이마를 꾹꾹 찍어 누르면서 말했다.

"아이고, 샤오샤오야, 그건 이 형님이 오후 내내 구운 거란 말이야!"

그리고는 또 말했다.

"내가 노망하는 건 나이가 들어서 그런 거고, 넌 아직도 쪼끄마한 아이가 왜 그렇게 잘 잊어버리느냐?"

어쨌든 냉장고에는 정말 저장해둔 음식이 없었으므로 우리는 어쩔 수 없이 또 라면을 먹어야 했다. 아빠는 라면을 모두 세 그릇 끓였다. 아빠가 두 그릇, 내가 한 그릇, 그리고 매 사람의 그릇에 계란 두 개씩 넣어 그나마 꽤 훌륭해 보였다. 아빠가 그릇을 들고 젓가락으로 면을 집어 높이 들어올리면서 과장되게 말했다.

"이것 봐, 하늘에서 은하수가 쏟아지는 것 같지(疑是銀河落九天. 이백의 시의 한 구절). 대단하지!"

그리고 장청의 일로 저녁 내내 바삐 움직이다가 우리 집에 예쁘게 장식해 놓은 크리스마스트리에 등불도 아직 켜지 않았고 아빠가 나에게 사준 크리스마스 선물도 미처 아빠 가방에서 꺼내지 못하였다는 것을 생각하였을 때는 이미 열시가 넘었다. 나는 연거푸 하품이 나면서 잠이 왔다. 그런데도 아빠는 기어이 잠자리에 들지 못하게 막았다.

"안 돼. 의식이 중요하거든. 등불은 켜야지."

아빠가 방으로 뛰어가 작은 선물 꾸러미를 꺼내다가 크리스마스트리 아래에 정중히 놓은 다음 전기를 연결하였다.

장식등에 불이 들어왔다. 반짝반짝 빛나는 것이 하늘의 별 같았다. 알록달록 동화 같은 칠색 별 같았다. 방안에서 에어컨이 윙윙하며 소리를 내고 있다. 바깥세상보다 훨씬 따뜻했다. 비록 나와 아빠 두 사람뿐이지만 나는 마음이 든든하고 편안했다.

"자 크리스마스트리 아래서 소원을 빌어봐."

아빠가 나를 불렀다. 우리 둘은 눈을 감고 소원을 빌었다.

아빠가 내 팔을 툭툭 치며 물었다.

"무슨 소원을 빌었어? 말해봐."

나는

"아빠 소원부터 말해 봐요."라고 요구하였다.

"그건 싫어. 난 어른이야, 어른은 비밀이 아주 많거든."

"어린 아이도 비밀이 많아요."

아빠는 별수 없어 흥 하고 콧방귀를 뀌고는 호기심을 포기하였다.

그리고 나는 알록달록한 등불이 반짝이는 크리스마스트리 아래서 선물 포장을 열어보았다.

선물을 보고 나는 크게 실망하고 말았다. 선물은 오렌지색 QQ사탕 한 봉지였던 것이다. 새해가 되면 나는 9살이 된다. 그런데 아빠는 아직도 이렇게 유치한 걸 나에게 선물한다.

어쩌면 아빠 마음속에서 나는 영원이 네 살? 다섯 살? 아니면 영원히 어른이 될 수 없는 것일까? 나도 모르겠다.

어쨌든 나는 그래도 아빠에게 고맙다고 말했다.

나는 아빠 이마에 뽀뽀하고

"안녕히 주무세요." "메리 크리스마스"라고 인사를 하고나서 방에 들어가 잤다.

Part 12

아빠가 공익 소송을 걸다

12

아빠가 공익 소송을 걸다

세해 첫날은 공휴일이고 주말 휴일 이틀을 합쳐 3일간이 연휴다. 아빠는 큰 결심을 내렸다. 3일 연휴를 이용하여 쑤(蘇)베이 시골에 있는 장청의 고향으로 가 장청의 반신불수 할아버지와 눈 먼 할머니를 찾아보기로 하였다. 그리고 또 현지 법원에 가서 소장을 제출하여 장청의 누나를 자살로 몰아간 짐승보다 못한 그 매형을 고소하기로 하였다.

아빠는 자신만만하게 나에게 약속하였다.

"샤오샤오야, 넌 아직 법원에서 재판하는 것을 본 적이 없지? 이제 그 나쁜 놈이 판결을 받을 때 꼭 너를 데려가서 구경시켜 줄게."

나는 속으로 생각하였다. 누가 법정을 본 적이 없다고 그래? 드라마에서 툭하면 법정에서 판결을 선고하는 장면이 나오는데, 미국, 영국, 홍콩, 대만… 전 세계의 법정을 다 본 적이 있다. 아빠는 참, 비행기 모형을 가지고 노는 것만으로도 신이 나서 소리를 지르곤 하였던 자기 어릴 때와 우리가 같다고 생각하고 있는 것이다. 그래도 나는 그 말을 입 밖에 내지는 않았다. 아빠의 열성에 찬물을 끼얹고 싶지 않아서다.

아빠는 가기 전에 은행에서 현금을 인출하였다. 어디에 쓸 거라고 말은 하지 않았지만 나는 아빠가 그 돈을 장청의 할아버지와 할머니에게 드려 불쌍한 두 노인이 생활을 유지할 수 있게 도우려 한다는 것을 짐작하였다. 만약 두 노인에게 무슨 일이라도 생긴다면 장청의 세상은 완전히 무너질 것이다. 그때 가서 그가 무슨 일을 저지를지는 아무도 예측할 수 없다.

아빠가 외할머니에게 전화해 나를 며칠 돌봐달라고 부탁하였다. 외할머니는 대뜸 뭘 하려고 외출하느냐, '목표'가 생긴 것이냐고 캐물었다. 외할머니가 말씀하시는 '목표'는 당연히 아빠가 여자 친구를 찾는 것을 가리킨다. 외할머니는 "만약 여자 친구가 생긴다면 꼭 응원할 걸세."라고 말씀하셨다. 아빠는 전화를 내려놓고 쓴웃음을 지으며 말했다.

"네 엄마가 결혼을 하게 되었다고 네 외할머니가 날 동정해야 하는 대상으로 생각하나봐. 난 철저한 약자가 되었어."

내가 아빠를 위로하였다.

"그럴 리가요. 결혼하는 사람이 약자죠. 이혼하고 다시 결혼하지 않는 사람이 진짜 대단한 사람이에요."

아빠가 손으로 내 코를 쓱 내리 쓸면서 말했다.

"입에 꿀을 발랐구나."

내가 외할머니네 집에 들어간 첫날 외할아버지도 그의 이불 보따리를 싸 들고 찾아오셨다. 이유는 나를 돌보기 위해서였다. 외할머니는 문을 막고 서서 들어오지 못하게 하셨다. 외할아버지는 얼굴이 붉으락푸르락하여 말씀하셨다.

"샤오샤오는 내 손자이기도 해요!"

외할머니가 반박하셨다.

"이 집에서 나갈 때는 왜 가족들에게 당신이 필요하다는 걸 몰랐어요?"

외할아버지가 감상에 젖어 말씀하셨다.

"교장씩이나 한다는 사람이 묵은 장부는 그만 뒤지고 앞을 좀 바라볼 수 없겠어요? 그때 당신을 떠난 것은 내가 잘못했어요. 나에게 바로잡을 수 있는 기회를 한번 주면 안 되겠어요?"

그러나 외할머니는 화가 나서 씩씩거리며 대답하였다.

"안 돼요. 분명히 말해두는데요. 이 일에서 나는 속 좁은 여자예요. 도무지 속이 풀리지가 않아요."

그러나 외할아버지는 올해 설은 가족들과 모여 쇠려고 작정하신 것 같았다. 내가 있으니 외할머니가 너무 심하게 하지 못하실 것이라는 점을 노리고 몸을 낮춰 외할머니의 겨드랑이 밑으로 막무가내로 비집고 들어왔다. 그리고 이불 보따리를 걸상 위에 내던지고 소파에 털썩 주저앉았다.

외할머니가 소파 앞까지 쫓아와 팔짱을 끼고 외할아버지를 흘겨보았다.

"당신은 어찌 어린애처럼 억지를 부려요? 눈이 있으면 좀 보세요. 당신이 잘 침대가 있는가요?"

외할아버지는 서두르지도 않고 화도 내지 않고 말했다.

"난 침대도 필요 없어요. 내가 쓸 요와 이불을 가지고 왔어요. 소파에서 자도 좋아요."

외할머니가 비아냥거렸다.

"차라리 총을 가지고 와 군대식 점령을 하지 그러셨어요?"

외할아버지가 으쓱해서 대답하였다.

"그럴 필요까지 있겠어요? 그 정도로까지 할 건 없죠."

외할머니는 얄미워서 발을 동동 굴렀다.

"뻐꾸기가 까치집을 차지하는 격이군요."

외할아버지가 손을 내저었다.

"틀렸어요. 틀렸어. 마땅히 개과천선이라고 해야죠."

두 노인은 옥신각신 입씨름을 하다나니 어느새 주방으로 가서는 쌀을 씻고 채소를 다듬고 고기를 썰고 마늘을 까며 밥을 짓기 시작하였다. 그러는 사이에 외할머니가 또 외할아버지의 묵은 장부를 한번 뒤졌다. 외할머니는 외할아버지가 그때 이혼하고 재취할 때 얼마나 몰인정했고, 얼마나 남의 시중을 받는 삶을 동경했으며, 결과는 어떠했느냐며

"당신은 그런 좋은 팔자를 타고나지 못했어요!"

라고 비꼬았다. 그때 외할아버지는 주방에서 소매를 걷어붙이고 꽃부리 앞치마를 두르고 있었는데, 성질도 각별히 부드러워 외할머니가 무슨 말을 하시든 웃기만 하며 '그래 다 맞아'라고 하며 고개를 끄덕이셨다. 그리고 앞질러 빗자루를 들고 다듬은 채소 잎과 뿌리를 쓸어내고, 앞질러 수도꼭지를 틀어 놓고 도마와 식칼을 씻었으며, 앞질러 솥을 가스레인지에 올려놓고 불을 붙여 요리를 하셨다. 외할아버지는 그때 이런 사소한 집안일에 싫증을 느껴 외할머니와 이혼했던 사실을 완전히 잊으신 것 같았다.

아빠가 돌아오면 나는 오늘 있었던 일을 아빠에게 알려주고 아빠는 어떻게 생각하는지 들어볼 것이다. 잘되면 외할아버지와 외할머니가 다시 재결합해서 늙을 때까지 같이 갈 수 있을 것이라고 나는 생각한다.

엄마가 전화를 했다. 나에게서 외할아버지가 들어와 지내신다는 말을 전해들은 엄마는 감동해서 말까지 더듬었다.

"샤오샤오야, 말 잘 들어야 해. 외할머니와 외할아버지를 기쁘게 해드려

야 돼."

나는 엄마가 가식적이라고 생각했다. 나에게는 외할머니와 외할아버지를 기쁘게 해드리라고 부탁하면서 자기는 칭양을 멀리 떠나 짜오 씨 성을 가진 대머리 아저씨에게 시집을 가려고 하고 있으니 말이다. 우리 모두의 느낌 따위는 전혀 관심이 없는 것이었다.

엄마가 물었다.

"남경에 와서 며칠 놀지 않을래? 오고 싶으면 외할아버지에게 차표를 사서 버스에까지 태워달라고 부탁하면 돼. 이쪽에서 내가 마중 나가면 되니까. 아주 간단한 일이야."

나는 단번에 거절하였다. 엄마는 머리에 문제가 있는 것이 분명하다. 엄마가 외할머니와 외할아버지의 재결합을 바란다면서 왜 또 나에게 그들의 곁을 떠나 있으라고 꼬드기는가? 만약 내가 떠나면 외할아버지가 무슨 이유로 외할머니네 집에 계속 묵는단 말인가?

그러고 보면 엄마가 우리 아빠와 헤어진 것도 전적으로 아빠 잘못만은 아닌 것 같았다. 상위팅도 마찬가지로 믿음직스럽지 못했던 것이다.

나는 매일 열심히 숙제를 하였다. 숙제가 너무 많기 때문이다. 1월 하순의 기말시험까지 한 달 가까이 남았다. 그러나 선생님들은 마치 강적이라도 닥친 것처럼 잇따라 복습제강을 내놓으면서 죽기내기로 복습문제를 내주었다. 국어 선생님은 이렇게 말씀하셨다. "모든 과문을 줄줄 외워야 한다. 문장 부호 하나라고 잘못 기억해서는 안 되고, 중심 사상과 단락의 대의는 더더욱 혼동해서는 안 된다." 수학선생님은 이렇게 말씀하셨다. "모든 유형의 문제를 적어도 100문제씩은 풀어봐야 해. 숙련되어야 기교가 생기는 거야." 영어선생님은 이렇게 말씀하셨다.

"단어, 문법, 문형, 한 가지도 빼놓을 수 없어!"

외할아버지가 책상 위에 펼쳐놓은 내 숙제공책을 보고 다가와 보시더니 크게 놀라셨다. "세상에, 네 엄마 어렸을 때보다도 숙제가 더 많구나!"

그러자 외할머니가 다가와 반박하셨다.

"많긴 뭐가 많아요? 요즘 애들은 영양이 좋아 기력이 넘쳐요. 숙제를 적게 내면 인터넷 게임이나 할 텐데. 게임에 중독이라도 되면 더 큰일 아닌가요? 차라리 숙제를 많이 내어 그들을 묶어 놓는 게 낫지요."

이게 바로 초등학교 교장선생님의 사고방식이다. 모든 일에 대해 외할머니는 항상 가장 최악의 결과를 생각하고 가장 안정적인 방향으로 노력한다. 오죽하면 인터넷에서 중국의 교육제도로는 노벨과학상을 받을 수 있는 사람을 배출하지 못한다고 하였겠는가.

외할아버지는 나를 아끼신다. 그렇다고 공개적으로 외할머니에게 맞서서 그들 사이의 평화로운 국면을 파괴할 용기는 없으시다. 그래서 외할아버지는 몰래 내 숙제를 도와주려고 하신다. 국어 숙제는 필적이 발각될 수 있기 때문에 감히 돕지 못하신다. 수학숙제는 할 줄 모르신다. 그는 요즘 초등학교 수학이 당신 세대의 중학교 수학보다도 더 어렵다고 하신다. 외할아버지는 단어를 베껴 쓰는 영어숙제를 도와주신다. 그는 예전에 영어를 배운 적이 별로 없어서 영어 알파벳을 쓸 줄 모르고 또박또박 정연하게 쓰기 때문에 초등학생의 필적과 비교해 별반 차이가 없다. 외할머니가 외출만 하면 외할아버지는 "어서, 빨리 공책 가져와!"하며 나를 재촉하며 서두르신다. 내가 영어교과서를 펼쳐놓고 베껴 쓸 단어에 동그라미를 쳐놓으면 할아버지는 머리를 묻고 낑낑거리며 베껴 쓰신다. 엄동설한에 땀까지 뻘뻘 흘리며 쓰신다. 한참 베껴 쓰시다가 혼자 픽하고 웃으신다. "내가 왜 도둑 놈처럼 긴장을 하고 이러지?" 그리고는 자신이 쓴 영어 단어를 쳐들고 이리저리 살펴보면서 자기 칭찬을 하신다. "봐봐, 정연하지! 자모마다 인쇄체 같지." 우리 반 애들은 늘 핸드폰 문자를 주고받으며 숙제 답안을 맞춰보곤 한다. 모르는 문제는 꺼내 단체 문자를 보내면 할 줄 아는 애가 모르는 애에게 전화해 어떻게 풀어야 하는지를 알려주곤 한다. 휴대전화가 이때 기능을 발휘하는 것이다. 나는 일반적으로 애들과 답안을 맞춰보기는 좋아하지만 단체 문자를 보내 답안을 구하는 건 싫어한다. 왜냐하면 일단 단체 문자를 보내면 전 반 애들이 다 내가 어느 문제를 할 줄 모르는지 알게 되기 때문이다. 심지어 애들의 엄마와 아빠까지도 알게 되기 때문에 소문이 나면 창피하기 때문이다. 가끔은 문제가 진짜 어려워 아무리 머리를 쥐어짜도 풀 수 없을 때면 허라라에게 문자를 보내 도움을 청한다. 허라라는 일반 문제는 그런대로 풀 수 있어도 '올림피아드경시대회 수학' 문제가 나오면 나보다도 더 지능지수가 떨어질 때가 많다. 예를 들면 이런 문제가 있었다. "시계가 고장 나 시간당 1분씩 늦어진다. 만약 저녁 9시에 잠자리에 들어서 아침 7시에 반드시 일어나야 한다면 시계가 몇 시를 가리킬 때 일어나야 하는가?" 내가 문제를 허라라에게 문자로 보내자 그는 바로 나에게 전화해서는 다짜고짜 훈계부터 하였다. "머리가 망가졌어? 이렇게 간단한 문제도 나에게 물어봐야 해? 시간당 1분씩 늦어진다. 저녁 9시에서 오전 7시까지 총 10시간이다. 그러면 시계가 10분 늦어져야 하지 않겠니?"

나는 그렇게 간단하지 않을 것이라고 의심하였다. 선생님이 이렇게 간단한 문제를 내 우리가 숙제를 수월하게 끝내게 할 리 있을까?

어쩌면 내가 예민하여 원래 간단한 문제를 복잡하게 생각한 것일까?

사람의 머리가 좀 더 단순한 게 좋은지 복잡한 게 좋은지 나는 정말 모르겠다. 결국 나는 그 문제를 건너뛰기로 결정하였다. 하지 않은 것은 내가 모른다는 것을 설명한다. 모르면서 아는 체 하지 않는 것은 나의 학습태도가 아주 엄숙하다는 것, 적어도 얼렁뚱땅 넘어가기를 원하지 않는다는 것을 설명한다. 단지 이 한 가지만으로도 수학선생님은 나를 칭찬해 주어야 한다. 연휴의 마지막 날에 아빠가 돌아왔다. 아빠는 내 핸드폰에 문자를 보냈다. "런샤오샤오, 본 사령관의 명령이다. 즉각 병영으로 튀어올 것!"

나는 잽싸게 짐을 싸기 시작했다. 칫솔과 수건, 그리고 갈아입을 속옷 한 벌을 가방에 쑤셔 넣고 외할머니, 외할아버지에게 작별인사를 하였다. 외할머니는 내가 서둘러 돌아가려는 것이 미워서 아니꼬운 말투로 불만을 표하셨다.

"네 아빠 집이 외할머니 집보다 그렇게 더 좋으냐? 문자 한통에 마음이 벌써 날아갔어? 정말 검은 머리 짐승은 거두는 게 아니라더니 괜히 예뻐했네."

외할아버지가 얼른 다가서며 말씀하셨다.

"괜찮아요. 괜찮아. 샤오샤오가 가면 내가 남아서 며칠 같이 있어줄게요."

외할머니가 소리 질렀다.

"꿈 깨세요!"

외할아버지가 나에게 눈을 찡긋해 보였다. 외할머니가 불평을 부리는 걸

관계하지 말고 어서 가라고 뜻이었다. 나는 계단을 내려가면서 외할아버지가 외할머니네 집에 더 머물 수 있을까 생각하였다. 그랬으면 좋겠다. 한 노인 가정에 백발의 남자 주인도 있고 백발의 여자주인도 있어 서로 합쳐야 '행복'이라고 할 수 있다.

　집으로 돌아가는 길에 나는 아빠가 장청의 고향에서 나에게 뭘 가져왔을 지를 생각하였다. 나는 시골에 가본 적이 없어서 시골과 도시가 도대체 어떻게 다른지 모른다. 그러나 나는 시골에는 뛰어다니는 개, 배불리 먹고 자는 살찐 돼지, 새하얀 수염을 가진 염소, 그리고 말, 소, 당나귀가 있을 것이라고 생각하였다. 하지만 아빠가 그런 동물을 데려올 수는 없다. 왜냐하면 우리 아파트 관리사무소에서 들어오지 못하게 막을 것이기 때문이다. 그래도 아빠는 새 몇 마리, 혹은 장청이 작문에서 묘사하였던 땅속으로 파고드는 땅강아지, 싸움을 잘하는 귀뚜라미, 고추만 먹으면 매워서 소리 지르는 베짱이는 잡아올 수 있을 것이다. 아니다. 귀뚜라미와 베짱이는 여름에만 있는 것 같다. 겨울에 시골에는 뭐가 있을까? 나는 정말 생각해 낼 수가 없었다. 계단을 올라갔을 때 아빠가 아주 큰 목소리로 말하는 소리가 들렸다. 우리 집에서 목소리가 가장 큰 사람은 할아버지시다. 왜냐하면 할아버지는 귀가 좀 어둡기 때문이다. 다음으로는 외할머니시다. 외할머니는 학생들에게 수업하면서 딱딱하게 끊어가면서 말하는 데 습관 되었기 때문이다. 우리 아빠는 말을 할 때 언제나 경쾌하고 짧게 말하여 이웃에 층간 소음 같은 걸 조성하는 일이 없었다. 나는 그가 오늘 왜 이렇게 큰 목소리로 말을 하고 있는지 우리 집에 도대체 무슨 손님이 왔는지 궁금했다. 나는 서둘러 열쇠를 꺼내 방문을 열었다. 그런데 문이 뭔가에 막혀 아주 작은 틈밖에 열리지 않았다. 아빠가 달려와 허리를 굽혀 뭔가를 밀어내는 것이 문틈으로 보였다. 그제야 문을 열 수 있었다.

아빠가 밀어낸 것은 휠체어였다. 휠체어에는 수세미처럼 쪼글쪼글한 노인이 앉아 있었다. 그는 위에는 우리 아빠의 패딩 재킷을 걸치고 다리에는 내가 어릴 적에 쓰던 담요를 덮고 있었다. 패딩 재킷은 원단이 너무 스타일리시하고 스타일이 너무 전위적이었으며, 담요에는 미키마우스 그림이 그려져 있었는데, 그 두 가지가 노인의 몸에 걸쳐져 있으니 전혀 어울리지 않았다. 아마도 아빠가 갑자기 적절한 것을 찾지 못해 손에 잡히는 대로 가져다 걸쳐놓았을 것이다. 노인은 머리카락이 고슴도치 가시처럼 빳빳하고 희끗희끗하였으며 머리는 한쪽으로 기우뚱해 있었다. 볼은 비쩍 여위어 홀쭉하였으며 눈동자는 뿌옇고 눈은 움푹 꺼져 들어갔다. 손은 닭발 모양으로 구부러들었고, 담요 아래 두 다리는 종이처럼 얇아 담요가 후줄근하게 그의 무릎에 걸쳐져 언제라도 미끄러져 떨어질 것 같았다. 그는 힘겹게 눈을 옆으로 돌려 나를 바라보았다. 입귀가 턱 쪽으로 비뚤어지고 울대뼈가 오르내리는 것이 무슨 말을 하려고 애를 쓰는 것 같았으나 또 말이 나오지 않아 괴로워하는 것 같았다.

아빠가 말했다.

"샤오샤오야, 이 분은 장청의 할아버지야. 너에게 인사를 건네고 계신다."

나는 그가 장청의 반신불수 할아버지일 것이라고 벌써 짐작하고 있었다. 그러나 반신불수 노인이 이 정도로 말라 있을 줄은 몰랐다. 문화재 사진에서 본 '미라' 같다는 생각이 들면서 속으로 무서웠다.

아빠가 내 손을 잡더니 말했다.

"그리고 또 장청의 할머니도 계셔. 인사해."

한 할머니가 식탁 옆의 의자에서 일어섰다. 할머니도 똑같이 여위고 작았으며 등까지 휘어 휘청휘청하는데 키는 나와 비슷해 보였다. 할머니는 비록 늙었지만 얼굴은 아름다웠다. 가느스름한 눈, 훤칠한 이마, 얼굴의 주름은 꽃처럼 고왔다. 할머니는 짙은 남색의 털실 모자를 쓰고 있었는데 모자에 뚫린 구멍으로 희끗희끗하고 가는 머리카락이 비집고 나와 있었다. 할머니가 말을 하거나 고개를 움직일 때마다 머리카락이 마치 바다의 해파리처럼 흔들거리는 것이 재미있었다. 할머니는 내 앞으로 한 걸음 다가서더니 몸을 앞으로 숙이고 소매로 눈을 비벼 눈물을 닦고 나를 똑똑히 보려고 애썼다.

"아이고, 네가 임 동지의 아들이구나. 참으로 신통한 녀석이구나. 둥글둥글하고 단단한 게 참 귀엽게 생겼구나!"

할머니가 말씀하셨다.

할머니는 눈이 좋지 않아 기껏해야 나의 윤곽만 어렴풋이 볼 수 있을 뿐 내 얼굴은 아예 똑똑히 볼 수 없다는 것을 나는 안다. 내가 어디 둥글둥글하고 단단하게 생겼는가? 나는 머리도 작고 얼굴도 마르고 턱이 뾰족한 것이 '원숭이처럼 생겼다'라고 해야 맞다.

우리 아빠는 참으로 대단하다. 그는 혼자서 반신불수 할아버지와 눈먼 할머니를 쓰베이 시골에서 칭양까지 모셔온 것이다. 반신불수 할아버지는 계단을 오를 수 없고 눈먼 할머니는 혼자서 길을 걸을 수 없으니 아빠가 한 사람을 업고 다른 한 사람을 부축하면서 계단을 올라 온 것이 아닐까? 그리고 오는 길에 기차에 올라타고 내리고, 자동차에 올라타고 내리고 하였을 텐데 그가 어떻게 해냈을까? 마음씨 고운 사람들이 도와주었을까? 나는 1년 365일 컴퓨터와 씨름하는 것밖에 모르던 게으른 아빠가 스스로 얼마나 힘을 북돋아주어서야 이렇게 힘들고 긴 여정을 완성해낼 수 있었을 지 상상할 수 없었다.

손님이 왔으니 아빠는 저녁밥을 간단하게 때울 수 없었다. 그렇다고 두 노 인을 데리고 외식하는 것도 불편한 일이었다. 아빠는 할 수 없이 잘 아는 작은 식당에 전화해 음식을 배달시켰다. 다 해봤자 평소에 흔히 먹는 요리 를 네 가지 시켰을 뿐인데 할머니는 불안해하면서 "너무 큰 신세를 지는 것 같다"고 거듭 말씀하셨다. 할머니는 밥과 채소를 큰 그릇에 담아 비벼 서 숟가락으로 반신불수 할아버지에게 떠먹였다. 할머니는 잘 보이지 않고 할아버지는 또 입을 크게 벌리지 못하니 국과 밥알이 자꾸 떨어져 아빠의 그 패딩이 기름으로 얼룩졌다. 할머니는 패딩에 붙은 밥알에 손이 닿으면 얼른 자기 옷소매를 당겨 닦으려고 애쓰면서

"옷을 망쳤네, 망쳤네 그려."

하고 거듭 사과하셨다. 아빠가 서둘러 말렸다.

"괜찮아요, 할머니. 세탁 맡기면 돼요."

그러나 이전에 내가 실수로 잉크 한 방울을 아빠의 패딩에 떨어뜨렸을 때 는 아빠가 대뜸 미간을 찌푸리며 큰소리로 꾸짖었었다.

"어쩌다 이러는 거야? 이건 한정판 짝퉁 명품이란 말이야."

지금 아빠는 그 옷이 아깝지 않아서가 아니라 아까워하기가 곤란하고 아 까워해서는 안 된다고 여겨서라고 나는 생각했다.

저녁에 아빠는 손님에게 자기 방을 내주고 자기는 내 방에 비집고 들어왔

다. 내 침대는 너무 작아서 두 사람이 누워 자는 건 아예 안 될 일이었다.

"너는 자라. 아빠는 컴퓨터로 블로그를 써야 하니까."

아빠가 말했다. 아빠는 올빼미여서 밤새 자지 않는 것은 일상사였다. 그러니 나는 사양할 필요가 없었다.

아빠가 내 방에 숨어서 정 보살에게 전화하면서 내일 장청의 '면회'를 대신 신청해달라고 부탁하였다. 정 보살이 전화에서 뭐라고 캐물었는지 아빠가 버럭 화를 냈다.

"장청의 누나는 죽었어도 그 애 할아버지와 할머니는 살아 있잖아."

10분도 지나지 않아 정 보살이 우리 집으로 달려와 문을 쾅쾅 두드렸다. 그는 들어오자마자 또 큰 소리로 우리 아빠에게 따지는 것이었다.

"무슨 꿍꿍이수작이야?"

아빠는 두 노인이 들을까봐 걱정되어 얼른 정 보살을 내 방으로 끌고 들어왔다.

"내가 무슨 꿍꿍이수작 있겠어?"

아빠가 문을 닫아걸고 정 보살의 질문에 대답하였다.

"나는 그저 두 노인이 장청을 한 번 만나보게 돕고 싶은 것뿐이야."

정 보살은 아빠를 손가락질하며 이를 갈았다.

"런이, 너 돌았어. 한 사람은 반신불수, 다른 한 사람은 눈먼 봉사, 무슨 재주로 그들을 여기까지 데리고 왔어? 힘들지도 않았어?"

아빠가 어깨를 으쓱하며 대수롭잖게 말했다.

"힘들어도 내가 힘들지 네가 힘드냐?"

"그러다 무슨 일이라도 생기면 어떡할래? 누가 책임져?"

"내가 벌인 일이니 내가 책임질게."

"헛소리 하지 마!"

"헛소리 아냐. 난 한다면 하는 사람이야."

정 보살은 한참동안 아빠를 노려보더니 힘없이 손을 내저었다.

"런이, 너 참 잘났다. 정말이지 너 엉뚱한 건 알아줘야 해."

아빠가 껄껄 웃더니 장청의 고향에서 보고 들은 걸 정 보살에게 얘기하기 시작하였다. 아빠가 쑤베이 현성에서 순백색의 백합을 한 다발 사서 장청을 대신하여 그 누나의 산소를 찾아갔다. 그랬더니 온 마을 사람들이 희한해하며 모두 구경을 나왔더라고 한다. 왜냐하면 현지인들은 산소에 가면 종이를 태우고 밥 한 그릇과 반찬 한 접시를 차려놓고 향을 태우면 그뿐이었다. 예쁜 생화를 가지고 산소를 찾는 사람은 지금껏 없었기 때문이다. 그가 산소를 다녀가자 숱한 아이들이 달려들어 서로 다퉈가며 꽃을 빼앗아갔다고 한다. 울지도 웃지도 못할 장면이었다고 한다.

"나쁘지 않았어. 도시 사람이나 시골 사람이나 아름다운 사물은 다들 좋아한다는 사실을 증명한 것이지."

잠깐 생각에 잠겼다가 아빠가 말을 이었다.

"그날 장청 누나의 무덤 앞에 섰는데 눈물이 나는 거야. 무덤이 겨우 요만큼이나 될까?" 아빠가 팔을 벌려 솥뚜껑 크기의 원을 그려보였다.

"그놈은 정말 짐승이었어. 생전에도 마누라를 그렇게 때리고 욕하더니 죽어서도 그렇게 박대하다니."

그리고 아빠는 두 노인의 생활 형편에 대해 이야기하기 시작하였다. 아빠가 특히 분노하였던 것은 그 일 때문이었다. 엄동설한인데 사방으로 찬바람이 새어 들어오는 땔나무를 쌓아둔 헛간에 두 노인이 움츠리고 있더라는 것이다. 땅바닥에 볏짚을 깔고 볏짚 위에 누더기를 펴놓은 것이 두 노인의 잠자리였다. 문 앞에는 장작 난로가 하나 있었고 난로 위에는 야채 고구마죽이 끓고 있었고, 솥뚜껑에는 밀가루를 발효시켜 만든 빵이 두 개 놓여있었다. 그건 두 노인의 점심밥이었다.

"장청의 부모님이 살아계셨다면, 장청이 있었다면, 그 놈이 감히 그렇게 할 수 있었겠어? 감히?"

아빠의 목소리가 떨리고 있었다.

"그 나쁜 놈은 그 집에 데릴사위로 들어온 거잖아? 대체 어떻게 할 작정 이래?"

정 보살이 물었다. 아빠은 얼굴색이 어두워졌다.

"넌 상상도 못할 거야. 장청의 누나가 죽자 그 놈은 곧바로 사천(四川)에서 온 과부를 집에 들여앉혔다나. 그 과부가 임신까지 했대. 마을 사람들에게 듣자하니 봄이면 결혼식까지 올린대. 이건 공공연히 장청네 집을 강점하려는 거잖아? 옛날 지주 악질분자보다도 더 악독하잖아!"

"개자식!"

웬만해서는 화를 낼 줄 모르는 정 보살이 얼굴이 빨개지면서 욕설을 퍼부었다. 아빠가 말을 이었다.

"촌민위원회에까지 찾아갔었어. 장청의 집이 지금 이런 상황인데 촌민위원회에서 나서서 제대로 처리해줘야지 않겠느냐, 그 나쁜 놈을 내쫓아야지 않겠느냐고 했지."

"촌민위원회에서는 뭐라던가?"

정 보살이 목을 빼들고 물었다.

"상상도 못할 거야. 그들은 계속 관료적인 말투로 거드름을 피우더라고! 그들도 이 일을 중시해 장청의 할머니와 할아버지에게도 여쭤보았는데 두 노인이 사위에게 방을 비워주기 위해 스스로 원해서 헛간에 들어가 산다고 하더라고."

"누가 봐도 그 악마 같은 놈이 두려워 노인네가 감히 말도 못하는 거구만!"

"이게 다가 아니라고. 장청의 누나가 아이를 낳지 못해서 농약을 마시고 자살한 거라고, 아이를 낳지 못하는 것은 농촌에서는 큰일이라 그 일대에는 해마다 목을 매는 사람이 있다고. 따지고 보면 다 여자들이 속이 좁아서 그러는 거라고 말이야…"

"헐! 헐…"

정 보살은 놀란 나머지 말문이 막혀버렸다.

"그래서 돈을 내서 변호사를 구하려고 해. 무슨 일이 있어도 그 놈을 고소할 거야!"

아빠가 이를 부득부득 갈았다. 아랫볼에서 또 쥐 두 마리가 아래위로 뛰어다니기 시작하였다.

"고소해야 해! 런이, 나도 끼워줘."

정 보살은 가슴을 두드리며 의기가 충천하여 말했다. 그리고 두 사람은 어떻게 고소할지에 대해 의논하였다. 그들은 나지막한 소리로 속닥거리며 법률 전문 용어들도 많이 제기하였다. 또 '민사 사건'이냐 '형사 사건'이냐를 놓고 한참 옥신각신하였다. 나는 이불 속에 숨어서 듣다가 어느새 잠이 들어 어떤 의견일치를 이루었는지는 알 수가 없었다.

  그날 밤 나는 뒤숭숭한 꿈을 꾸었다. 꿈에서 머리를 길게 땋은 여자애가 들판을 뛰어다니는가 하면 장청이 총을 들고 추악하게 생긴 남자를 쫓아다니기도 하고, 또 갑자기 들판에 시커먼 구덩이가 나타나더니 머리를 길게 땋은 여자애가 첨벙하고 그 구덩이에 빠져 들어가고 구덩이 입구가 솥 뚜껑만한 무덤으로 변해버리는 것이었다. 그리고 또 장청의 할머니와 할아버지의 쪼글쪼글한 얼굴이 나를 마주보며 뭐라고 소리치고 있는데 아무 소리도 들리지 않았다…

  나는 잠에서 깼다. 온몸이 땀으로 흠뻑 젖어 있었다. 이불이 너무 두터워서인지 아니면 꿈 때문에 놀라서인지는 알 수 없었다. 눈을 뜨자 나의 작은 책상 앞에 앉아 있는 올빼미 아빠의 뒷모습이 보였다. 그는 어느새 컴퓨터를 내 방으로 옮겼고 신문지로 탁상 등을 둥그렇게 가려놓았다. 내가 잠자는 데 방해가 될까봐 그랬을 것이다. 그리고 추워서 아빠는 인디언처럼 담요를 두르고 있었는데 오른쪽 어깨를 세우고 오른손을 담요 밑으로 빼서 마우스를 잡고 있었다. 모니터 화면이 자꾸 바뀌는 걸로 봐서 인터넷에서 무언가를 열심히 찾고 있는 것 같았다. 나는 모로 누워 등과 엉덩이를 벽에 딱 붙이고 침대의 3분의 2 면적을 내주며 아빠에게 빨리 와서 자라고 불렀다. 아빠는 고개를 돌려 나에게 웃어 보이더니 새해가 되어 한 살 더 먹더니 사람을 생각해줄 줄도 알고 철이 들었다고 칭찬하였다. 또 잠이 오지 않는다면서 급히 해야 할 일이 너무 많다고 말했다.

  아빠가 자지 않으니 나도 잠이 오지 않았다. 침대에서 엎치락뒤치락하면서 장청네 일을 생각하다가, 장청의 작문 '소를 타고 하늘나라로 가다'를 생각하다가, 또 아빠가 장청네를 도와 이 소송에서 이겨 장청의 매형 그 나쁜 놈이 죄 값을 치르게 할 수 있을지 이 생각 저 생각을 많이 생각하였다. 7시까지 그렇게 누워 있다가 일어나서 아빠가 밖에서 두 노인을 도와 세수하는 틈을 타 나는 재빨리 아빠의 인터넷 접속 기록을 열어보았다. 화면에는 온통 칭양 현지와 성도의 여러 변호사사무소 컬러 홈페이지와 개업변호사의 개인 소개, 다양한 사건 설명이었다. 나는 가슴이 두근거렸다. 아빠가 법적 수단으로 장청 누나의 억울함을 풀어주려고 일심전력으로 애쓰고 있는 게 틀림없었다.

나는 아빠가 성공하기를 바란다. 위에서도 말하였다시피 우리 아빠는 그런 사람이다. 그는 한 가지 일을 할 때면 완전 빠져들어 목숨을 걸고 하는 사람이다.

Part 13

아빠는 태양처럼 새롭다

월요일 내가 학교로 갈 무렵 아빠는 외출하여 두 노인에게 드릴 새 옷을 한 벌씩 사왔다. 내가 학교를 마치고 집으로 돌아왔을 때 아빠는 주방에서 요리를 하느라 분주히 움직이고 있었다. 두 노인은 새 옷을 입고 잔뜩 긴장한 채 거실에 앉아있었다. 새 옷을 어지럽힐까봐 걱정되어 팔과 다리를 모으고 꼼짝도 않고 있는 두 분의 모습이 마치 우스꽝스러운 목각인형 같았다. 나의 심미적인 관점으로 볼 때, 새로 산 옷 두 벌은 다 잘 어울리지 않았다. 할아버지는 솜옷 위에다 '리닝'(李寧)표 운동복을 덧입었다. 반짝반짝 빛나는 그런 원단에 가슴과 바짓단에는 컬러 블로킹까지 있어 수세미외처럼 마른 반신불수 할아버지가 입으니 어색하기 그지없었다. 할머니의 새 옷은 디자인과 원단은 그럭저럭 괜찮은데 사이즈가 너무 커서 할머니가 입으니 마치 옴포동이(살이 올라 포동포동한 모습 – 역자 주)같았다. 또 대추 살에 파묻혀 대추 살을 헤쳐야 비로소 씨가 보이는 대추씨 같기도 하였다.

그러나 또 내 옷까지 모두 상위팅과 외할머니가 사줄 정도로 한 평생 남에게 옷을 사준 적이 없는 아빠가 상점의 형형색색의 옷들 중에서 이 두 벌을 골라 집에 사들고 와서 두 노인에게 바꿔 입히기까지 한 것을 생각하면 아빠에게는 너무 어려운 일이었을 것이라는 생각이 들었다.

그러고 보면 옷이 잘 맞느냐 안 맞느냐, 너무 정색해 따질 필요도 없는 일이었다.

저녁에 아빠는 달걀찜을 한 그릇 하였고, 또 마트에서 사온 어묵과 고기완자 국을 한 솥 끓였는데, 안에 넣은 배추와 목이버섯은 너무 끓어서 풀어질 것 같았다. 두 노인의 치아 상태를 생각해서 푹 끓인 것이라고 아빠가 설명하였다. 밥도 너무 질어서 그릇에 담아 놓으니 걸쭉한 죽 같았다. 아빠는 불평을 부려서는 안 된다면서 손님들이 불편을 느끼게 해 드려서도 안 된다고 나에게 슬그머니 경고하였다.

아빠는 나를 너무 얕보는 것 같았다. 교장선생님인 외할머니도 나를 '애 어른'이라고 부르는데 아빠가 두 노인을 위해 애쓰고 있는 것을 내가 모를리 있겠는가?

식사 후 아빠는 수요일에 소년교도소로 장청의 면회를 가는 것과 관련해 할아버지와 할머니에게 설명하였다. 그는 나를 거실 가운데 앉혀 놓고 장청 역을 맡게 하였다. 그리고 할아버지와 할머니를 나와 1미터 거리를 두고 맞은편에 앉혔다. 그리고 그는 등이 높은 의자를 가져와 나와 두 노인 사이에 가로놓고는 면회실 유리 칸막이라고 설정하였다. 아빠가 장청의 할머니의 귀에 대고 말했다.

"이것은 유리예요! 할머닌 손자 얼굴을 볼 수는 있지만 만질 수는 없어요. 말소리도 들리지 않아요. 말하려면 수화기를 들고 해야 해요. 혹시 텔레비전 보세요? 텔레비전에서 범인을 면회하는 걸 보신 적이 있어요?"

할머니가 망연하게 고개를 가로저으셨다. 아빠가 할머니를 위로하였다.

"괜찮아요. 할머니가 하고 싶은 말을 미리 생각해 두었다가 면회할 때 수화기에 대고 말씀하시면 돼요. 한 가지 기억하셔야 할 것은 면회 시간이 정해져 있기 때문에 장청을 만나서 절대 흥분하시지 말고 우시지 말아야 해요. 울면 시간이 훌쩍 다 지나가버려 하고 싶은 말도 할 새 없거든요. 할머니, 기억하셨죠?"

할머니는 아무것도 모르는 유치원 어린애처럼 뭐든지 아빠의 말을 따랐다.

아빠가 말했다.

"자, 일단 한번 해봅시다. 샤오샤오야, 먼저 일어나서 주방 쪽으로 갔다가 걸어 들어오는 거야."

나는 고분고분 일어나 먼저 주방으로 걸어가 문 뒤에 숨어 있다가 '걸어 오라'는 아빠의 손짓을 보고 재빨리 걸어와 의자에 앉았다.

아빠가 마음에 들지 않은 모양이다.

"너 이렇게 걸어야 해. 먼저 아주 천천히 두리번거리면서 걷다가 갑자기 할아버지 할머니를 보고 감동하며 달려오는 거야. 그리고 앉기부터 할 것이 아니라 유리 칸막이에 달려들어 유리를 두드리며 할아버지와 할머니를 부르는 입 모양을 해야 돼. 가족 상봉은 그런 거야."

정말 못 말려. 아빠는 자신을 감독으로 상상하고 드라마 감독처럼 나를 지휘하고 있는 것이다. 그러나 배우가 아닌 이상 나는 아빠가 구상한 장면을 연기해낼 수 없다.

나 같은 초보 '배우'를 데리고는 어찌할 방법이 없었던지 아빠는 이번엔 두 노인을 지휘하기 시작하였다. 아빠가 차근차근 설명을 하였다.

"할머니 할아버지 잘 들으세요. 지금 할머니와 할아버지 맞은편에 앉아 있는 사람이 손자 장청이라고 가정하구요. 장청이 수감구역에서 걸어 나와 앉았다고 해요. 사이에는 유리가 한 층 가로막혀 있어요. 자, 이제 양쪽에서 모두 수화기를 들고 말을 해요. 할머니, 무슨 말씀을 하실지 잘 생각해 보세요. 할아버지 말씀도 대신하셔야 해요. 생각해 보세요…"

아빠가 허리를 굽혀 할머니의 어깨에 손을 얹고 할머니의 흐릿한 눈을 은근히 주시하였다.

그런데 할머니도 많이 긴장을 하신 것 같았다. 할머니가 계속 입술을 부들부들 떨면서 소매를 들어 눈을 마구 비비더니 갑자가 울음을 터뜨렸다.

"유리는 왜 사이에 둬야 하나요? 우리 손자 얼굴이 똑똑히 보이지 않아요! 우리 손자 한 번 만져보고 싶은 데요! 임 선생님, 우리 손자 얼굴을 만져볼 수 있게 그 유리를 뜯어달라고 사정을 해보면 안 되겠어요?"

아빠는 고개를 돌려 나를 바라보더니 어깨를 으쓱하면서 어찌할 도리가 없어 씁쓸한 표정을 지었다.

"그건 제가 결정할 수 있는 일이 아니에요. 아마도 안 될 거예요. 면회 규정이 있으니까요. 할머니가 이해하셔야 해요."

할머니는 무릎을 치고 고개를 마구 흔들면서 장청의 이름을 부르면서 슬프게 흐느껴 울었다. 할아버지도 옆에서 마음은 급한데 소리 내어 말릴 수도 없어 그저 '어어'하면서 휠체어가 삐걱삐걱 소리가 나게 몸을 흔들었다.

하는 수 없이 아빠가 말했다.

"됐어요. 그만합시다. 오늘은 여기까지만 해요. 런샤오샤오, 이제 넌 방에 들어가 숙제를 해도 돼."

나는 일어나서 먼저 거실의 의자를 제자리로 옮겨놓았다. 그리고 화장실로 가서 따뜻한 물을 대야에 떠다가 할머니가 얼굴을 닦게 할머니 앞에 가져다 놓았다. 할머니가 울음을 그치더니 나를 품에 꼭 그러안으시면서 코맹맹이 소리로 말씀하셨다.

"기특해라. 할머니 때문에 놀랐지. 할머니가 나빴어. 미처 생각도 못하고."

나는 아빠를 한 번 쳐다본 다음 얌전하게 대답하였다.

"할머니, 괜찮아요. 오늘 울었으니 다음에 장청을 만날 때는 울지 않을 수 있을 거예요."

그 말에 할머니는 그만 웃고 말았다.

"아이고, 애 말 예쁘게 하는 걸 좀 봐, 귀여워 죽겠네."

아빠가 나에게 정말 잘했다는 눈짓을 보냈다.

수요일 아침 일찍 내가 화장실에서 양치질을 하고 있는데 정 보살이 벌써 도착하였다. 그는 아주 낡은 산타나(Santana) 자동차까지 몰고 와 집 아래서 빵빵하고 경적을 울렸다.

아빠가 얼른 그의 핸드폰에 전화했다.

"남의 똥차를 빌려가지고 와서 뽐내기는? 너 운전면허증 딴 걸 자랑하는 거냐?"

정 보살이 차창을 내려 뚱뚱한 머리를 내밀고 핸드폰으로 아빠와 통화하면서 베란다에 있는 나에게 손짓하였다. 아주 즐거운 표정이었다.

아빠가 전화를 끊고 나에게 자신의 분노를 표하였다.

"정 보살 저 친구는 쥐꼬리만 한 걸 얻고도 좋아서 어쩔 줄 모르거든! 운전면허도 도로 주행 시험을 세 번이나 쳐서야 통과했으면서. 보는 내가 더 급하더라니까. 샤오샤오야, 장담하는데 내가 운전을 배우려고 마음먹으면 쟤의 3분의 1의 시간이면 충분해."

나는 그 말을 믿는다. 그러나 중요한 것은 정 보살은 총명하지는 않지만 열심히 노력하려 하고 우리 아빠는 머리는 아주 비상하지만 말만 하고 행동에 옮기지 않는다는 것이다. 그들 두 사람은 재작년부터 운전을 배우러 가자고 의논하였었다. 그런데 지금 정 보살은 차를 몰고 우리 집 아파트단지까지 들어왔지만 우리 아빠는 핸들도 한번 만져본 적이 없다. 아빠는 시샘이 났지만 정 보살이 장청의 할머니와 할아버지를 소년교도소까지 모셔가려고 자발적으로 운전해 온 것만은 내심 기뻤다. 역시 친구는 다르다. 친구는 항상 상대방이 무슨 생각을 하는지 무엇을 원하는지 잘 알고 있다.

아빠는 할아버지를 업고 나는 뒤에서 할머니를 부축하면서 조심조심 두 노인을 아래층까지 모시고 내려갔다. 그리고 다시 정 보살의 차에 태워 주었다. 나는 아빠에게 나도 같이 따라갈 수 없느냐고 물었다. 왜냐하면 정 보살이 운전하는 차를 꼭 한번 타고 싶었기 때문이다.

정 보살은 웃으면서 옆에 있는 조수석을 툭툭 치면서 말했다.

"되고말구. 어서 타."

아빠는 딱딱한 표정으로 단번에 거절하였다.

"안 돼, 넌 학교 가야지. 그리고 소년교도소는 네가 갈 곳이 아니야."

정 보살은 할 수 없이 나에게 눈을 찡긋해보였다.

"그럼 다음에, 다음에, 아저씨가 운전해서 상주 공룡공원에 데리고 갈 게."

아빠는 조금도 체면을 봐주지 않았다.

"뻥치지마! 운전면허증 따서 일 년이 되기 전에는 고속도로에 들어설 수 없어!"

그래도 정 보살은 여전히 싱글벙글하였다.

"일 년 뒤면 되겠어? 아니면 고속도로로 가지 않고 국도로 가면 안 돼?"

나는 아빠에게 빨리 차에 타라고 재촉하였다. 그리고 뒷좌석 문을 닫아 주었다. 두 친구가 농담하게 내버려 두었다가는 면회 시간에 늦을지도 모른다. 학교에서 오전 내내 나는 뜨거운 솥뚜껑 위의 개미처럼 안절부절 못하면서 소년교도소에서 곧 발생하게 될 일을 상상해보았다. 할머니와 할아버지가 면회실로 들어갔을까? 할머니가 수화기를 들고 말할 줄 알까? 장청이 할머니와 할아버지를 만나서 기뻐할까? 점심 휴식시간까지 겨우 참았다가 나는 더는 참지 못하고 교실에서 핸드폰을 켜고 아빠에게 문자 한 통을 보냈다.

"잘하고 있는지 알려주세요."

잠시 후 아빠가 문자로 답하였다.

"잘하고 있으니 걱정하지 마."

나는 실망하였다. 아빠가 나에게 그렇게 건성으로 대답하면 안 되는 것이라고 생각하였다. 적어도 나에게 할머니와 할아버지가 울었는지 안 울었는지, 장청은 울었는지 안 울었는지는 알려줘야 한다고 생각하였다. 아빠처럼 글을 그렇게 잘 쓰는 사람에게는 상봉 장면을 문자로 묘사하는 것이 식은 죽 먹기가 아닌가?

나중에야 나는 정 보살에게서 그날 일에 대해 들었다. 면회실에서 면회

할 때 할머니와 할아버지 그리고 장청은 모두 서로 마음 아파할까봐 흥분하지 않으려고 애써 참더라는 것이다. 감정을 주체하지 못한 것은 오히려 우리 아빠였다. 아빠는 할머니가 가까이 온 장청의 머리를 만져보려고 유리 칸막이를 마구 쓰다듬는 모습을 보고 더는 참지 못하고 면회실을 뛰쳐나와 정 보살의 차에 숨어 어린애처럼 엉엉 울었다고 한다. 내가 아빠에게 문자를 보냈을 때 아빠 눈은 여전히 빨갛고 마음도 복잡하였을 것이다. 그래서 급급히 몇 글자로 나에게 답장을 보냈을 것이다.

나는 아빠를 용서하였다. 마음이 그렇게 괴로웠으니 당연히 나와 이런저런 얘기를 나눌 기분이 아니었을 것이다.

며칠 뒤, 나는 또 외할머니네 집에 묵게 되었다. 아빠는 장청의 할머니와 할아버지를 집에 모셔다 드리고 그 길로 남경으로 달려가 상위팅의 변호사 남자친구를 찾아 소송에 대하여 의논하기로 하였다. 아빠는 나에게 장청이 적극적으로 노동 교화를 통해 감형을 받으려고 애쓰고 있다면서 어느 날 장청이 출소하여 집으로 돌아갔는데, 그 나쁜 놈 매형이 장청의 집을 강점해 자기 신혼집으로 만들어버린 상황을 상상할 수 없다고 말했다. 그건 장청에게는 너무나 불공평한 일이 아니냐고 아빠가 말했다.

외할머니는 우리 아빠의 행위에 대해 이해할 수 있다가도 또 이해할 수 없는 부분도 있다고 말씀하셨다. 외할머니는 "자기 일에는 신경 쓰지 않으면서 남의 일에는 아들도 돌볼 새 없이 오금에서 불이 나게 몰아치니 말이다."라고 불평을 늘어놓았다.

외할아버지가 이때다 싶어 말참견하였다.

"돌볼 새 없는 것도 좋지요. 우리에게 맡기면 우리도 좋지요."

외할머니가 외할아버지를 흘겨보았다.

"당신이 뭘 돌봐줘요? 수학 숙제도 지도하지 못하면서."

외할아버지는 싱글벙글 웃으면서 외할머니의 태도에는 전혀 개의치 않았다. 그동안 외할아버지는 줄곧 외할머니네 집에서 버티고 지냈다. 게다가 이미 나의 작은 침대 옆에 성공적으로 임시 행군 침대까지 하나 더 만들어놓았다. 외할아버지는 얼마 안 가 이 행군 침대를 없애버리고 외할머니의 안방으로 다시 들어갈 것이라고 나에게 슬그머니 말씀하셨다.

나는 너무 기뻤다. 앞으로 다시는 외할아버지의 양로원 타령을 듣지 않을 수 있게 되었다. 이제 나도 한시름 놓았다.

어느 날 내가 수업을 마치고 학교 대문을 나오는데 할아버지가 맞은편 거리의 신문 가판대 앞에 팔짱을 끼고 서 있는 것을 발견하였다. 며칠 못 본 사이에 할아버지는 더 늙은 것 같았다. 찬바람 속에서 얼어서 코는 새빨갛게 되었고 눈을 쉴 새 없이 껌뻑이는 것이 마치 추위 때문에 눈알이 유리구로 얼어붙을까봐 쉴 새 없이 움직여 열량을 보존하려는 것 같았다.

"런샤오샤오, 너희들 어찌 된 일이야? 집으로 전화를 몇 번 했는데 왜 받는 사람이 없어?"

그제야 나는 아빠가 남경으로 간다는 말을 할아버지에게 알리지 않았다는 것을 알았다.

아빠가 왜 할아버지에게 그 말을 하지 않았을지 나는 재빨리 머리를 굴려보았다. 할아버지가 또 지난 일을 들추어낼까봐 '남경'을 언급하는 것을 꺼려서일까? 아니면 아빠가 장청네를 대신해 소송을 거는 걸 할아버지가 알면 동의하지 않을까봐 두려워서일까?

어쨌든 아빠가 말하지 않았으면 나도 말할 수 없다. 나는 아빠가 동창을 만나러 남경에 갔다고 대충 둘러댔다.

"그래, 동창들과 연락하는 것은 좋은 일이지. 동창들이 모두 발전하고 있으니 네 아빠도 보고 느끼는 바가 있겠지. 이제 겨우 서른인데 평생 집에만 틀어박혀 살 수는 없잖아."

나는 할아버지가 그렇게 말씀하실 줄 알았다. 아빠가 할아버지에게 사실대로 말하지 않은 것도 이런 잔소리를 들을까봐 두려워서일 것이다.

"요즘 어디서 지내고 있어?"

할아버지가 갑자기 물으셨다. 나는 외할머니 집에서 지내고 있다고 대답하였다.

할아버지는 대뜸 안색을 흐리면서 말했다.

"외할머니는 무슨? 네 아빠와 엄마가 이혼했으니 지금은 '전 외할머니' 지!"

그리고 또 말했다.

"외할머니가 더 가까우냐? 할아버지가 더 가까우냐? 네 아빠가 외출하면 너를 나에게 보내야지. 멍청한 놈."

할아버지가 당장 내 손을 잡아끌고 학교에 찾아가 외할머니에게 따지려고 하였다. 그러나 교문 앞까지 가서 할아버지는 기운이 빠져버렸다.

"관두자. 교장도 호락호락한 사람은 아니야. 이번에는 그냥 넘어가주지."

할아버지는 내 손을 쓰다듬어주고 또 내 옷매무새를 아래위로 바로잡아주면서 옷이 두꺼운지 따뜻한지 살펴보았다.

"올 겨울은 너무 추워. 코트를 하나 더 사줄까? 모자까지 달린 그런 거로?"

나는 옷이 너무 두꺼우면 교복을 껴입을 수 없다면서 필요 없다고 말했다.

할아버지는 더 이상 아무 말도 없이 나와 함께 앞으로 걸어갔다. 외할머니네 집으로 굽어드는 길모퉁이까지 왔을 때 할아버지는 멈춰 서더니 한참 머뭇거리다가 굳은 표정으로 입을 열었다.

"샤오샤오야, 아마도 앞으로는 허런 할머니가 너희들에게 음식을 해서 가져다주지 못할 것 같구나."

"왜요?"

내가 물었다. 할아버지는 얼굴을 들고 먼 곳을 바라보다가 한숨을 내쉬었다. 그리고 다시 시선을 나에게로 돌려 울적한 목소리로 말씀하였다.

"우린 아마도 각자 제 갈 길을 가야 할 것 같아."

"각자 제 갈 길을 간다는 건 무슨 말이에요?"

"헤어진다는 말이야. 따로 따로 사는 거지."

"왜 헤어져요?"

할아버지는 고개를 갸우뚱하고 나를 이해시킬 수 있는 말을 생각하느라고 애썼다. 그러다가 마침내 생각해냈는지 말씀하셨다.

"내가 너무 답답해서 싫대."

나는 마음속으로 '답답하다'는 단어에 대해 생각해 보았다. 그 단어로 우리 할아버지의 성격을 요약하는 것은 아주 적절하다는 생각이 들었다.

그러나 허런 할머니와 허라라가 우리 할아버지의 집을 떠나 이제부터 우리와는 아무 상관도 없는 사람이 될 거라고 생각하니 마음이 또 불편한 게 기분이 언짢았다. 어른들은 살아가면서 왜 항상 의외의 상황이 생기는 걸까? 외할머니와 외할아버지가 이제야 막 화해하자 할아버지와 허런 할머니가 또 헤어진다고 한다. 엄마와 아빠도 그렇다. 엄마는 결혼할 수 있을까? 아빠는 홀아비 생활을 언제까지 유지할 수 있을까?

그만 생각하자. 그들을 걱정할 필요가 없다. 왜냐하면 내가 무슨 생각을 하는지 아무도 신경 쓰지 않을 것이다. 어서 집에 돌아가서 아빠에게 전화를 해야겠다. 변호사를 찾았는지 언제 돌아오는지 물어봐야겠다. 나는 아빠와 함께 라면을 먹던 나날들이 그리웠다.